12. avenue d'Italie — Paris XIIIe

Du même auteur
dans la collection 10/18

ALLEZ-Y, JEEVES, n° 1535
BARONNETS ET BARS HONNÊTES, n° 1644
BONJOUR, JEEVES, n° 1498
BRAVO, ONCLE FRED, n° 1643
ÇA VA, JEEVES ? n° 1499
ÉCLAIR DE CHALEUR, n° 1533
HOLLYWOOD FOLLIES, n° 1743
L'INIMITABLE JEEVES, n° 2311
JEEVES, AU SECOURS ! n° 1497
JEEVES DANS LA COULISSE, n° 1793
MERCI, JEEVES, n° 1496
MR. MULLINER RACONTE, n° 1573
ONCLE DYNAMITE, n° 1986
ONCLE GALAHAD AU CHÂTEAU DE BLANDINGS, n° 2166
PAS DE PITIÉ POUR LES NEVEUX, JEEVES, n° 1864
LA PETITE GARÇONNIÈRE, n° 2167
LE PETIT TRÉSOR, n° 2264
LE PLUS BEAU COCHON DU MONDE, n° 1642
SOUS PRESSION, n° 1574
TOUS CAMBRIOLEURS, n° 2025
UNE PLUIE DE DOLLARS, n° 1702
VALEURS EN COFFRE, n° 1701
VERY GOOD, JEEVES, n° 2341
LA CITROUILLE A BESOIN DE VOUS, n° 2653
SALLY ENTRE EN SCÈNE, n° 2868

PICCADILLY JIM

PAR

P. G. WODEHOUSE

Traduit de l'anglais
par Isabelle TIERRIE-MUILWIJK

10|18

INÉDIT

« Domaine étranger »
dirigé par Jean-Claude Zylberstein

Si vous désirez être régulièrement tenu au courant de nos publications, écrivez-nous :

Éditions 10/18
c/o 01 Consultants (titre n° 2998)
35, rue du Sergent Bauchat
75012 Paris

Titre original :
Piccadilly Jim

ISBN 2-264-02611-1

Les personnages de ce roman sont purement imaginaires et n'ont aucun lien avec des personnes existant ou ayant existé.

CHAPITRE PREMIER

La résidence de Mr. Peter Pett, l'homme d'affaires bien connu, se trouve sur Riverside Drive, boulevard chic et venteux de New York. Cette construction parfaitement hallucinante se classe sans difficulté en tête du peloton des horreurs qui bordent ledit boulevard. C'est bien simple, elle vous arrache l'œil. Quand un architecte l'aperçoit, il ne peut réprimer un mouvement de recul mêlé d'effroi. Et même le dernier des profanes en matière d'architecture en restera à jamais traumatisé. Ce bâtiment tient à la fois de la cathédrale, du pavillon de banlieue, de l'hôtel et de la pagode chinoise. La plupart de ses fenêtres sont en verre coloré et au-dessus du porche trônent deux lions en terre cuite encore plus laids que ceux qui gardent la bibliothèque municipale de New York. Nul ne peut passer devant cette maison sans la voir. Voilà sans doute précisément la raison pour laquelle Mrs. Pett avait tant pressé son mari de l'acheter : Mrs. Pett adorait qu'on la remarque.

Il était environ dix heures en ce beau dimanche matin et Mr. Pett, le propriétaire des lieux, errait comme une âme en peine. Tout était calme dans la maison, tout sauf Mr. Pett. Son visage d'habitude serein reflétait l'exaspération. Entre haut et bas, il lâcha un juron glané sans nul doute dans ce milieu impie de la Bourse :

— Nom de Dieu !

Sa situation relevait du pathétique. Ce n'est pas qu'il exigeât beaucoup de la vie. Il désirait peu de choses ici-bas : à ce moment précis, tout ce qu'il voulait, c'était un coin tranquille pour lire son journal. Mais le coin en question restait introuvable. Des intrus étaient tapis derrière chaque porte. La maison frôlait la surpopulation.

Les choses n'avaient cessé d'empirer depuis son mariage, deux ans auparavant. L'organisme de sa chère épouse était contaminé par un virus littéraire tenace. Non seulement elle-même avait la plume fertile (tout amateur de romans à sensation connaît le nom de Nesta Ford Pett), mais elle avait pour ambition de tenir salon. Elle avait commencé avec un unique spécimen, son neveu Willie Partridge, qui travaillait actuellement à un nouvel explosif qui devait révolutionner l'art de la guerre. Puis elle avait progressivement étendu sa collection, si bien qu'elle donnait désormais refuge à pas moins de six jeunes génies méconnus, en majorité des romanciers n'ayant pas encore débuté et des poètes sur le point de le faire. En cette belle matinée de juin, tout ce petit monde semait un joyeux désordre dans la maison de Mr. Pett, tandis que celui-ci, cramponné à son journal, errait telle la Colombe de la Genèse, incapable de trouver quelque repos. Dans ces moments-là, il en arrivait à envier le premier mari de sa femme, un collègue de travail du nom d'Elmer Ford, qui était mort subitement, terrassé par une attaque d'apoplexie.

Le mariage avait sans aucun doute compliqué la vie de Mr. Pett, comme c'est souvent le cas pour les hommes qui s'y risquent vers la cinquantaine. Mrs. Pett avait amené dans son nouveau foyer, outre les six génies méconnus, Ogden, le fils unique qu'elle avait eu de son premier mariage. Agé de quatorze ans, Ogden était d'un naturel fort peu aimable. Comme il n'avait jamais fréquenté que des adultes et qu'on l'avait beaucoup ménagé côté discipline, ce cher petit était doté d'une précocité qui avait réduit à néant les efforts conjugués de toute une série de précepteurs. Ils arrivaient, optimistes et confiants, et repartaient rapidement, brisés par la résistance tenace que le jeune garçon opposait à toute forme d'éducation. Pour Mr. Pett, qui ne se sentait déjà pas à l'aise avec les enfants, Ogden était une source d'irritation constante. Non seulement son caractère lui déplaisait, mais il soupçonnait le garçon de lui voler ses cigarettes, ce qui l'agaçait d'autant plus qu'il n'arrivait jamais à le prendre sur le fait.

Mr. Pett reprit son errance. Il s'était arrêté un instant pour coller l'oreille à la porte de la salle à manger. Mais à travers le panneau de chêne lui était parvenue une voix suraiguë pérorant sur le poète Shelley. Il ne s'était donc pas attardé. Le silence qui régnait derrière une autre porte, un peu plus loin dans le couloir, l'encouragea à poser la main sur la poignée. Un accord retentissant plaqué sur un piano invisible la lui fit retirer prestement. Procédant ainsi par élimination, Mr. Pett se retrouva devant la porte de ce qui, en principe, était sa bibliothèque privée, une vaste pièce tranquille remplie de livres anciens dont son père avait été fervent collectionneur. Il s'arrêta un instant, l'oreille aux aguets. Pas un bruit. Il entra et fut parcouru par ce frisson d'extase que connaissent les vieux messieurs d'humeur solitaire lorsqu'ils se retrouvent enfin seuls. Soudain, une voix s'éleva, détruisant son rêve de quiétude.

— Salut, 'pa !

Dans la pénombre, Ogden Ford se prélassait dans un fauteuil profond.

— Entre, ’pa, entre. Y a de la place pour tout le monde.

Mr. Pett resta sur le pas de la porte, considérant son beau-fils d’un œil sombre. Le ton condescendant que prenait le jeune garçon l’agaçait d’autant plus que ce dernier se vautrait dans son fauteuil préféré. Même d’un point de vue purement esthétique, le spectacle de cet enfant rondouillard le choquait. Visiblement, Ogden Ford n’était pas sous-alimenté. Il avait cette tendance à l’obésité de ceux que les seuls mots d’« exercice physique » font frémir, et le teint jaunâtre du mangeur de bonbons impénitent. Une demi-heure à peine s’était écoulée depuis le petit déjeuner que déjà ses mâchoires se mouvaient en cadence.

— Qu’est-ce que tu manges, mon garçon ? demanda Mr. Pett, qui sentait monter en lui une certaine irritation.

— Un bonbon.

— J’aimerais bien que tu cesses de manger des bonbons à longueur de journée.

— C’est Maman qui me l’a donné, fit simplement Ogden.

Et comme il s’y attendait, cette réponse neutralisa le feu de l’ennemi. Mr. Pett marmonna quelque chose, mais ne se risqua à aucun commentaire intelligible. Pour fêter sa victoire, Ogden s’enfourna un autre bonbon dans la bouche.

— J’te trouve bien ronchon, aujourd’hui, ’pa.

— Je ne te permets pas de me parler de cette façon !

— Effectivement, ça se confirme, fit simplement son beau-fils d’un ton satisfait. Mais pourquoi tu me cherches des poux dans la tête ? J’ai rien fait, moi !

Mr. Pett renifla d’un air soupçonneux.

— Tu as fumé dans cette pièce.

— Qui ça, moi ?

— Je te dis que tu as fumé ici.

— Jamais de la vie !

— Regarde, il y a deux mégots dans le cendrier.

— C'est pas moi qui les ai mis là.

— Ah non ? L'un d'eux est encore chaud.

— Il fait chaud aujourd'hui, c'est normal.

— Allez, reconnais que tu l'as jeté là quand tu m'as entendu venir.

— C'est pas vrai. J'suis ici que depuis quelques minutes. Je parie que c'est un des domestiques. Ils n'arrêtent pas de te piquer tes clopes. Tu devrais faire quelque chose, tu sais, tu devrais montrer ton autorité.

Un sentiment d'impuissance envahit Mr. Pett. Pour la millième fois, il se sentait complètement désemparé face à ce garçon aux yeux globuleux qui le traitait comme une vieille chaussette.

— Tu devrais être dehors au grand air, par un temps pareil, hasarda-t-il.

— D'accord. J'y vais si tu y vas.

— Je... j'ai autre chose à faire.

La perspective d'une promenade en tête à tête avec Ogden Ford engendrait fort peu d'enthousiasme chez Mr. Pett.

— De toute façon, cette histoire de grand air n'a aucun sens. À quoi bon avoir une maison si on n'y est jamais !

— Quand j'avais ton âge, j'étais dehors par un si beau temps... à pousser mon cerceau.

— Et regarde le résultat !

— Qu'est-ce que tu veux dire ?

— Ben, maintenant t'as du lumbago !

— Je n'ai jamais eu de lumbago, rétorqua Mr. Pett, très susceptible sur le sujet.

— Comme tu voudras. Tout ce que je sais, c'est que...

— Peu importe !

— Je disais juste que Maman...

— Ça suffit !

Ogden se remit à farfouiller dans la boîte de bonbons.

— T'en veux un, 'pa ?

— Non merci.

— T'as raison. Vaut mieux être prudent à ton âge.

— Comment ça, à mon âge ?

— Tu prends de la bouteille, tu sais. T'es plus aussi jeune qu'avant. Bon, alors, tu entres ou quoi ? Ça fait courant d'air, cette porte ouverte.

Mr. Pett se retira, passablement énervé. Il se demandait comment un autre homme aurait réagi en pareille situation. Pourquoi, une fois de retour à Riverside Drive, n'était-il plus que l'ombre de l'homme qu'il était à son bureau de Pine Street ? Pourquoi, là-bas, pouvait-il tenir tête à des adultes, à des hommes d'affaires à favoris et à mâchoire carrée, alors qu'ici il était incapable d'éjecter un garçon de quatorze ans de son propre fauteuil ? Il avait parfois l'impression que cette étrange paralysie de la volonté s'abattait subitement sur lui au sortir du bureau. Mais, pour l'instant, il lui fallait encore dénicher un endroit où lire son journal. Il réfléchit quelques instants. Soudain son front s'éclaircit. Il se mit à gravir les escaliers. Arrivé au dernier étage, il s'avança dans le couloir jusqu'à l'une des portes du fond. Du bruit filtrait mais, cette fois, cela ne sembla pas décourager Mr. Pett. C'était le cliquetis d'une machine à écrire. Il écouta un instant, d'un air approbateur. Mr. Pett adorait ce bruit. Il lui rappelait tellement le bureau ! Il frappa.

— Entrez ! lança une voix féminine.

La pièce dans laquelle Mr. Pett pénétra était petite mais confortable, d'un confort d'habitude propre aux chambres d'hommes. Une vaste bibliothèque couvrait presque entièrement l'un des murs, offrant ses joyeuses couleurs rouges, bleues et brunes au regard du visiteur. Des gravures étaient accrochées aux murs, choisies et disposées de façon judicieuse. Sur la gauche, par une fenêtre entrouverte, se déversaient un flot de soleil et le ronronnement lointain des voitures. Assise au bureau placé à angle droit avec la fenêtre, ses cheveux d'un roux flamboyant soulevés par la brise soufflant de la rivière, se trouvait la jeune fille qui tapait à la machine. Au moment où Mr. Pett entra, elle se retourna et lui sourit par-dessus son épaule.

Ann Chester, la nièce de Mr. Pett, était à son avantage quand elle souriait. Bien que la chevelure attirât d'abord le regard, ce que la physionomie offrait de plus particulier c'était la bouche, une bouche qui semblait capable de tout. Au repos, un petit air de contentement teinté de modestie donnait toujours l'impression que quelque chose de drôle venait de s'en échapper. Quand Ann souriait, elle dévoilait une rangée de dents d'un blanc éclatant. Et quand ses lèvres restaient closes, une fossette creusait sa joue droite, donnant à son visage tout entier une chaleur mêlée d'espièglerie. Aux coins de sa bouche et dans la ligne ferme du menton se dessinait également une bonne dose d'autorité. Ann Chester aimait agir à sa guise et était habituée à ce qu'il en soit ainsi.

— Bonjour, Oncle Peter, dit-elle. Qu'y a-t-il ?

— Je ne te dérange pas, Ann ?

— Pas du tout. Je ne fais que taper une histoire pour Tante Nesta. Je la lui ai promise. Tu veux que je t'en lise un passage ?

Mr. Pett déclina l'offre.

— Tu ne sais pas ce que tu rates, dit Ann en tournant les pages. Je suis complètement prise par l'histoire. Ça s'intitule *Au cœur de la nuit* et c'est rempli de crimes et de trucs dans ce genre. On ne dirait pas, comme ça, que Tante Nesta a l'imagination aussi fertile. Il y a des détectives, des ravisseurs et toutes sortes de détails croustillants. Dis-moi, c'est sans doute l'influence de ce que je viens de lire, mais j'ai comme l'impression que tu cherches quelque chose.

Le visage aimable de Mr. Pett se crispa en ce qui se voulait être un sourire amer.

— Je cherche seulement un endroit tranquille pour lire mon journal. C'est incroyable ce que cette maison peut paraître grande, vue de l'extérieur, et comme on y manque en fait de place. On ne peut pas faire un pas sans se heurter à un poète ou je ne sais quoi d'autre.

— Et la bibliothèque ? Je sais que c'est un lieu sacré pour toi.

— Ogden y est, ce sale gosse !

— Quel toupet !

— Et il se vautre dans mon meilleur fauteuil en fumant mes cigarettes, dit Mr. Pett d'un ton morose.

— Il fume ? Je croyais pourtant qu'il avait promis à Tante Nesta de ne plus fumer.

— En fait, il a prétendu qu'il n'était pas en train de fumer, bien sûr, mais je sais que c'est faux. Qu'est-ce que je vais bien pouvoir faire de ce garçon ? Dès que je fais mine de le réprimander, il prend un air tellement condescendant ! conclut Mr. Pett d'un ton indigné. Il est là, calé dans mon fauteuil, les pieds sur mon bureau, et il me parle la bouche pleine de bonbons comme si j'étais son petit-fils.

— Quel petit morveux !

Ann compatissait. Depuis qu'elle avait perdu sa mère, de nombreuses années auparavant, Mr. Pett et elle étaient devenus inséparables. Son père, grand voyageur, explorateur, chasseur de gros gibier et, de manière générale, amateur de séjours dans les endroits les plus retirés et les plus sauvages de la planète, ne venait que rarement à New York. Il avait quasiment confié Ann à la garde de Mr. Pett, qui se trouvait ainsi associé à tous les meilleurs souvenirs de la jeune fille. Mr. Chester avait de nombreuses qualités, mais certainement pas celles d'un homme d'intérieur. Ses relations avec sa fille se limitaient en général à quelques lettres et cadeaux. Ces dernières années, Ann en était presque arrivée à considérer Mr. Pett comme son père. Et elle le plaignait autant qu'elle l'aimait. L'homme d'affaires avait gardé un côté puéril, la puérilité d'un garçon qui se débat dans un monde hostile et qui fait tout de travers. Ce trait de caractère réveillait en elle sa propre puérilité. Elle était à l'âge courageux où l'on brûle de redresser les torts, de voler au secours de l'opprimé, et elle n'était jamais en panne d'imagination pour réformer l'univers. Dès le début, elle avait assisté, impuissante, aux difficultés qui agitaient la vie conjugale de son oncle. Si Mr. Pett lui avait demandé conseil et s'y était tenu, ses problèmes domestiques se seraient réglés de façon explosive. Car, dans ses moments de méditation, Ann avait souvent, à ce sujet, élaboré des plans qui auraient fait se dresser d'horreur les cheveux gris de son oncle.

— J'ai déjà vu des garçons de toutes sortes, dit-elle, mais Ogden forme une catégorie à lui tout seul. À mon avis, il faudrait l'envoyer dans un internat très strict.

— Il faudrait l'envoyer au pénitencier de Sing-Sing, tu veux dire, rectifia Mr. Pett.

— Pourquoi ne le mets tu pas à l'école ?

— Ta tante ne veut pas en entendre parler. Elle a peur qu'il se fasse enlever. C'est ce qui s'est passé la dernière fois qu'il y est allé. On ne peut pas lui reprocher de le surprotéger, après ça.

L'air pensif, Ann faisait courir ses doigts sur les touches de la machine à écrire.

— Parfois, je pense que...

— Oui ?

— Non, rien. Je dois continuer ce truc pour Tante Nesta.

Mr. Pett déposa l'épaisse édition dominicale de son journal par terre à côté de lui et se mit à parcourir le supplément humoristique d'un œil connaisseur. Ce côté grand enfant qu'Ann aimait tant le poussait toujours à commencer ses lectures de cette façon, le dimanche. Malgré ses cheveux gris, il gardait le goût de la bouffonnerie, aussi bien dans l'art que dans la vie réelle. Personne n'avait jamais connu ce plaisir indicible qu'il avait ressenti le jour où Raymond Green, un romancier protégé de sa femme, avait trébuché sur une barre d'escalier et dégringolé tout un étage.

Plus loin dans le couloir, quelqu'un frappait des coups sourds. Ann interrompit son travail un instant et prêta l'oreille.

— C'est Jerry Mitchell qui s'entraîne au punching-ball.

— Comment ? fit Mr. Pett.

— Je disais simplement que j'entendais Jerry Mitchell dans la salle de sport.

— Je crois qu'il y est, en effet.

Ann jeta un long regard pensif par la fenêtre. Elle fit pivoter son fauteuil.

— Oncle Peter !

Mr. Pett émergea lentement de son supplément humoristique.

— Plaît-il ?

— Est-ce que Jerry Mitchell t'a déjà parlé de son ami qui tient une clinique pour chiens à Long Island ? Je ne sais plus très bien son nom... Smithers ou Smethurst, quelque chose comme ça. Les gens, des vieilles dames, tu vois... enfin, les gens lui amènent leurs chiens malades pour qu'il les soigne. Il a un remède infaillible, paraît-il. Il se fait beaucoup d'argent avec ça.

— De l'argent ?

Au mot magique, l'homme d'affaires reprit le pas sur le collégien.

— C'est peut-être un bon filon, si on étudie bien la question. Les chiens sont très à la mode en ce moment, et je suis sûr qu'il y a un marché pour un médicament vraiment efficace.

— J'ai bien peur que tu ne puisses lancer le médicament de Mr. Smithers sur le marché, Oncle Peter. Ce remède ne fonctionne que si le chien a trop mangé et qu'il n'a pas pris assez d'exercice.

— Eh oui, c'est souvent ce qui arrive avec ces chiens de luxe. Je sens que je vais faire des affaires avec ce monsieur. Je demanderai son nom à Mitchell.

— Laisse tomber, Oncle Peter, tu ne feras pas d'affaires avec lui de cette façon. Quand on lui amène un chien qui est trop gros et en mauvaise forme, Mr. Smithers se contente de le mettre à la diète presque totale. Il ne lui donne que des aliments très simples, tu vois, et il le fait courir. Au bout d'une semaine de ce traitement, le chien est en pleine forme, aussi beau et joyeux qu'il peut l'être.

— Ah, fit simplement Mr. Pett, déçu.

Ann effleurait les touches de sa machine.

— Si j'ai mentionné le nom de Smithers, dit-elle, c'est parce que nous avons parlé d'Ogden. Tu ne crois pas que ce traitement est exactement ce qu'il lui faut ?

Les yeux de Mr. Pett se mirent à briller.

— Quel dommage qu'il ne puisse le suivre une semaine ou deux !

Du bout des doigts, Ann pianotait un petit air sur le bureau.

— Ça lui ferait du bien, hein ?

Un silence que seul rompait le cliquetis de la machine à écrire s'abattit sur la pièce. Mr. Pett, qui avait terminé son supplément humoristique, se plongea dans la rubrique sportive. Il était fervent amateur de base-ball, mais les impératifs de son travail l'empêchaient d'aller voir autant de matchs qu'il l'aurait voulu. Il suivait donc assidûment le passe-temps national dans la presse.

— Oncle Peter, dit Ann en se tournant à nouveau.

— Oui ?

— C'est drôle que tu aies parlé de l'enlèvement d'Ogden. L'histoire de Tante Nesta tourne entièrement autour d'un enfant angélique qui, j'imagine, représente ce cher Ogden, et cet enfant se fait enlever, est séquestré, et tout et tout. C'est étonnant qu'elle écrive ce genre d'histoires. On ne s'y attend vraiment pas, quand on la voit comme ça.

— Ta tante, dit Mr. Pett, a l'imagination très fertile dans ce domaine. Elle me raconte parfois que, il n'y a pas si longtemps encore, la moitié des ravisseurs d'Amérique étaient aux trousses de son fils. Elle l'a envoyé à l'école en Angleterre... enfin, son mari l'a envoyé, plus exactement. Ils vivaient séparés. Et d'après ce que j'ai compris de l'histoire, les ravisseurs en question ont tous embarqué sur le bateau suivant et assiégé l'école.

— Si seulement quelqu'un pouvait l'enlever en douce et le garder le temps qu'il s'améliore un peu.

— Ah, si seulement ! fit Mr. Pett d'un air rêveur.

Ann le regarda fixement, mais il s'était déjà replongé dans son journal. Elle poussa un léger soupir et se remit au travail.

— C'est vraiment terrible de taper les histoires de Tante Nesta, dit-elle, elles vous mettent de ces idées en tête !

Mr. Pett ne répondit rien. Il lisait un article médical dans la partie magazine. Il parcourait toujours son journal du dimanche de façon méthodique, sans rien omettre. La machine à écrire se remit à cliqueter.

— Grand Dieu !

Ann pivota et regarda son oncle avec inquiétude. Il fixait son journal, ébahi.

— Qu'est-ce qui t'arrive ?

La page sur laquelle s'était arrêté Mr. Pett était ornée d'un dessin plein de fantaisie qui représentait un jeune homme en smoking poursuivant une jeune femme en robe du soir, autour de ce qui semblait être une table de restaurant. Tous deux passaient visiblement un excellent moment ensemble. En travers de la page s'étalait la légende suivante :

PICCADILLY JIM REFAIT PARLER DE LUI
Les dernières aventures du jeune Mr. Crocker
en direct de Londres et de New York

Cependant, ce n'était ni sur le titre ni sur l'illustration que les yeux fascinés de Mr. Pett s'étaient arrêtés. Il regardait plutôt la reproduction d'une photo insérée dans le corps de l'article. Le cliché représentait une femme d'une petite quarantaine d'années et d'une beauté assez imposante. Au-dessous étaient imprimés ces mots :

MRS. NESTA FORD PETT
Personnalité de la haute société et écrivain

Ann s'était levée et regardait par-dessus l'épaule de son oncle. Ellc fronça les sourcils en apercevant le titre de la page. Puis ses yeux tombèrent sur la photo.

— Mon Dieu ! Pourquoi ont-ils mis une photo de Tante Nesta ?

Mr. Pett poussa un profond soupir mélancolique.

— Ils ont découvert qu'elle était sa tante. C'est ce que je craignais depuis le début. Je me demande ce qu'elle dira quand elle verra ça.

— Cache-le !

— Elle a le journal en bas. Elle est certainement déjà en train de le lire, à l'heure qu'il est.

Ann parcourut l'article rapidement.

— Ce n'est pas la première fois qu'ils publient ce genre de choses sur lui. Je me demande vraiment pourquoi le *Chronicle* s'intéresse tant à Jimmy Crocker.

— Eh bien, vois-tu, il a été journaliste et il travaillait pour ce journal-là.

Ann rougit.

— Je sais, dit-elle sèchement.

Quelque chose dans la voix de sa nièce attira l'attention de Mr. Pett.

— Oui, oui, bien sûr, dit-il précipitamment. J'oubliais.

Un étrange silence s'ensuivit. Mr. Pett toussota. Que le jeune Crocker fût jadis lié au *New York Chronicle* était l'un des sujets qu'ils avaient tacitement décidé de ne pas aborder.

— Je ne savais pas que c'était ton neveu, Oncle Peter.

— Neveu par alliance, corrigea Mr. Pett un peu rapidement. Eugenia, la sœur de Nesta, a épousé son père.

— Je suppose que cela en fait une sorte de cousin pour moi.

— Un cousin éloigné, oui.

— Jamais assez éloigné à mon goût.

Des pas précipités se firent entendre de l'autre côté de la porte. Mrs. Pett entra, un journal à la main. Elle l'agita devant le visage compatissant de Mr. Pett.

— Oui, je sais, ma chérie, dit-il avec un mouvement de recul. Ann et moi étions justement en train d'en discuter.

Le cliché ne rendait guère justice à Mrs. Pett. Elle était plus belle et plus imposante dans la réalité que sur la photo. C'était une femme de grande taille, bien faite, avec des yeux d'une audace irrésistible. Son irruption brutale brisa l'atmosphère paisible de la pièce. Elle était ce genre de femme que les hommes petits et timides semblent épouser d'instinct, incapables, telles des coquilles de noix happées dans un tourbillon, de décider de leur propre sort.

— Qu'avez-vous l'intention de faire ? demanda-t-elle d'un ton péremptoire, en s'enfonçant lourdement dans le fauteuil que son mari venait de quitter.

C'était un aspect de la question auquel Mr. Pett n'avait pas encore pensé. Il ne lui était pas venu à l'esprit qu'il puisse effectivement faire quoi que ce soit. Dame Nature avait fait de lui un être essentiellement passif en dehors des heures de bureau et, quand il rencontrait un problème, il avait plutôt tendance à prendre la poudre d'escampette. Braver les coups et les flèches d'une cruelle fortune et les retourner à l'envoyeur n'était guère sa tasse de thé. Il se gratta le menton en silence.

— Si Eugenia avait eu deux sous de jugeote, elle se serait doutée de ce qui arriverait si ce garçon quittait New York pour Londres. Ici, au moins, il travaillait trop pour penser à faire des bêtises. Elle l'a lâché dans les rues de Londres avec de l'argent plein les poches et sans aucune occupation. Mais si elle avait eu deux sous de jugeote, elle aurait commencé par ne pas épouser cet idiot de Crocker, comme je le lui avais dit

Mrs. Pett s'interrompit, les yeux brillants de souvenirs. Elle se remémorait la scène qui s'était déroulée entre sa sœur et elle, cinq ans auparavant, quand Eugenia lui avait fait part de son intention d'épouser un obscur acteur entre deux âges du nom de Bingley Crocker. Mrs. Pett n'avait jamais rencontré l'heureux élu, mais elle avait condamné cette union en des termes qui avaient mis un point final à ses relations avec sa sœur. Eugenia n'appréciait guère la critique. Elle était coulée dans le même moule imposant que sa sœur et lui ressemblait de façon frappante, tant au physique qu'au moral.

Mrs. Pett reprit ses esprits. Le passé était le passé. Le présent, lui, exigeait que l'on prenne des dispositions énergiques.

— Il est évident qu'un garçon de son âge a besoin de travailler.

Mr. Pett décida de sortir de sa coquille. Il était l'apôtre du travail, et que sa femme pensât soudain comme lui le comblait d'aise.

— Très juste, dit-il. Un garçon devrait toujours avoir un métier.

— On voit bien la façon dont se comporte ce jeune Crocker depuis qu'il habite Londres. Il ne cesse d'essayer de se faire remarquer : il y a eu cette histoire de promesse de mariage non tenue, la bagarre en pleine réunion politique, les escapades à Monte-Carlo et... et tout le reste. En plus, il doit boire comme un trou. Eugenia est complètement folle. On dirait vraiment qu'elle n'a aucune influence sur lui.

Mr. Pett fit entendre un grognement approbateur.

— Et maintenant que les journalistes ont découvert que j'étais sa tante, ils imprimeront ma photo chaque fois qu'ils publieront un article sur lui.

Elle se tut soudain et resta assise, emplie d'une sainte colère. Mr. Pett, qui se sentait toujours obligé de tenir le rôle du chœur antique pendant les monologues de sa femme, présuma qu'une remarque de sa part s'imposait.

— C'est moche ! s'exclama-t-il.

Mrs. Pett se retourna vers lui comme une tigresse blessée.

— Quel est le sens de cette remarque ? Toute parole est inutile.

— Oui, en effet, fit Mr. Pett, se gardant bien de faire remarquer qu'elle-même n'arrêtait pas de parler.

— Il faut que vous fassiez quelque chose, Peter.

Pour la première fois, Ann intervint dans la conversation. Elle n'avait pas tellement d'affection pour sa tante et elle l'aimait encore moins quand celle-ci tyrannisait Mr. Pett. Cette femme avait le don d'exacerber chez Ann ce côté autoritaire qui se cachait sous son apparence joviale.

— Et à votre avis, que peut bien faire Oncle Peter ?

— Mais, ramener ce garçon en Amérique et le faire travailler, bien sûr. C'est la seule solution.

— Est-ce seulement possible ?

— Évidemment !

— En supposant que Jimmy Crocker accepte de venir en Amérique, quel genre de travail pourrait-il trouver ici ? Impossible pour lui de reprendre sa place au *Chronicle*, il y a renoncé trop longtemps. En plus, il n'a fait que jouer les empoisonneurs publics. Et à part travailler dans un journal, que sait-il faire ?

— Ma chère enfant, ne complique pas les choses, veux-tu ?

— Je ne les complique pas. Elles le sont déjà.

Mr. Pett s'interposa. Il redoutait toujours de voir éclater une altercation entre les deux femmes. Ann était rousse et d'un tempérament qui va généralement de pair avec les cheveux roux. Impulsive, elle ne pouvait pas tenir sa langue et était trop prompte au combat, défaut qu'elle avait hérité de son père. Elle regrettait ses accès belliqueux aussi vite qu'ils éclataient. D'ailleurs, si elle avait proposé de taper le manuscrit qui s'étalait maintenant sur son bureau, c'était pour faire amende honorable après une dispute avec sa tante. Or, Mr. Pett n'avait nulle envie de voir se rompre la trêve.

— Je pourrais peut-être trouver du travail à ce garçon à mon bureau, suggéra-t-il.

Embaucher des jeunes gens à son bureau était l'une des occupations favorites de Mr. Pett. Il y avait, en ce moment même, pas moins de six jeunes gens brillants qui vivaient chez lui, se gavaient de ses provisions et à qui il aurait été ravi d'envoyer leur enveloppe mensuelle à leur adresse personnelle. En particulier à ce Willie Partridge, le neveu de sa femme, qu'il considérait comme un tire-au-flanc sournois. Mr. Pett se refusait à croire en cet explosif qui devait révolutionner l'art de la guerre. Comme tout le monde, il savait que le père de Willie avait été un inventeur exceptionnel, mais il refusait d'imaginer que Willie ait pu hériter d'une once du génie du défunt. Il considérait les expériences sur la Partridgite — car tel serait son nom — avec un scepticisme proche de l'absolu et pensait que la seule chose que Willie ait jamais inventée, c'était une série de plans ingénieux pour vivre dans une oisiveté gloutonne aux crochets d'autrui.

— Excellent ! s'exclama Mrs. Pett. L'embaucher, voilà ce qu'il faut faire.

— Alors, voulez-vous bien écrire pour le lui suggérer ? dit Mr. Pett, savourant une autorité qui lui était peu coutumière.

— À quoi bon écrire ? Eugenia n'y prêterait aucune attention. Et puis, je préfère dire les choses en face. Non, il faut aller la voir en Angleterre. Je lui parlerai franchement, je montrerai combien il serait avantageux pour ce garçon de travailler à votre bureau et de vivre ici.

Ann sursauta.

— Vous ne voulez pas dire ici, dans cette maison ?

— Bien sûr que si. Cela n'aurait pas beaucoup de

sens de faire venir ce garçon d'Angleterre si c'est pour le laisser livré à lui-même une fois arrivé.

Mr. Pett fit entendre une petite toux désapprobatrice.

— Je ne crois pas que cela serait très agréable pour Ann, ma chère.

Ann se dirigea vers la porte.

— Merci d'y avoir pensé, Oncle Peter, tu es un amour. Mais ne t'en fais pas pour moi. Agis à ta guise. De toute façon, je ne crois pas que vous réussirez à le faire venir ici. Il s'amuse trop bien à Londres, il suffit de regarder le journal. Enfin, on peut toujours essayer.

Mrs. Pett regarda la porte se refermer derrière Ann, puis tourna les yeux vers son mari.

— Peter, que voulez-vous dire, à propos d'Ann ? Pourquoi lui serait-il désagréable que le jeune Crocker vienne habiter chez nous ?

Mr. Pett hésita.

— Eh bien, voilà, Nesta. J'espère que vous n'irez pas lui répéter que je vous l'ai dit. Elle est assez chatouilleuse sur le sujet, la pauvre petite. Cela s'est passé avant que vous et moi soyons mariés. Ann était bien jeune, alors. Vous savez comment sont les jeunes filles : un peu sottes et sentimentales. En fait, c'était ma faute. J'aurais dû...

— Juste Ciel, Peter ! Qu'essayez-vous de me dire ?

— Elle n'était encore qu'une enfant...

Mrs. Pett se leva, lentement gagnée par l'horreur.

— Peter ! Parlez ! N'essayez pas de mettre des gants.

— Très bien. Ann a écrit un recueil de poésie et je l'ai fait publier pour elle.

Mrs. Pett se laissa retomber dans son fauteuil.

— Oh, fit-elle, sans que l'on puisse savoir si c'était de soulagement ou de déception. Pourquoi diable faites-vous tant d'histoires ? Pourquoi vouloir être si mystérieux ?

— C'était vraiment ma faute, reprit Mr. Pett, j'aurais dû le savoir. À l'époque, je ne pensais qu'au plaisir qu'aurait la petite de voir imprimer ses poèmes et de pouvoir en offrir un recueil à ses amis, poursuivit-il tristement. Depuis lors, elle essaie de le faire oublier. Un jour, je l'ai vue rembarrer un jeune homme qui essayait de s'attirer ses faveurs en citant ses poèmes qu'il avait découverts dans la bibliothèque de sa sœur. C'était quelque chose !

— Mais pour l'amour du Ciel, qu'est-ce que cela a à voir avec Jimmy Crocker ?

— Je vous explique : la plupart des journaux se sont contentés de mentionner le livre d'Ann dans la rubrique « Dernières Parutions » ou d'écrire quelques lignes sans grande portée. Mais le *Chronicle* a pensé que cela pourrait faire un article pour l'édition du dimanche. Il faut dire qu'Ann sortait pas mal à l'époque et c'était une jeune fille connue dans la bonne société. Ils ont envoyé le jeune Crocker l'interviewer sur ses méthodes de travail, ses sources d'inspiration et je ne sais quoi d'autre encore. Pas un moment nous n'avons pensé faire une erreur. La preuve, j'ai écrit que l'on me fasse parvenir une centaine d'exemplaires quand l'interview paraîtrait. Mais...

Mr. Pett s'empourpra légèrement à ce souvenir.

— ... ce ne fut qu'une vaste entourloupe du début à la fin. Cette jeune canaille s'est moquée des poèmes d'Ann et de ce qu'elle lui avait confié sur ses sources d'inspiration. Il a même cité des extraits pour mieux la ridiculiser. J'ai bien cru qu'Ann ne s'en remettrait jamais. Enfin, elle n'y pense plus aujourd'hui, ce n'est plus une petite fille. Mais ne vous attendez pas qu'elle saute de joie si vous invitez Jimmy Crocker à venir habiter sous le même toit qu'elle.

— Parfaitement ridicule ! s'exclama Mrs. Pett. Je n'ai certainement pas l'intention de modifier mes projets à cause d'un incident grotesque qui a eu lieu il y a des années. Nous prenons le bateau mercredi.

— Très bien, ma chère, répondit Mr. Pett avec résignation. Comme vous voudrez. Heu... juste vous et moi ?

— Et Ogden, bien sûr.

Mr. Pett maîtrisa une grimace par un puissant effort de volonté. C'était ce qu'il redoutait.

— Il ne me viendrait pas à l'idée de le laisser ici pendant mon absence, après ce qui s'est passé la fois où ce pauvre cher Elmer l'a envoyé à l'école en Angleterre.

Feu Mr. Ford avait passé la moitié de sa vie conjugale à se disputer avec sa femme ou séparé d'elle mais, depuis sa mort, il avait été canonisé sous le nom de « ce pauvre cher Elmer ».

— En outre, la traversée en bateau fera le plus grand bien à mon petit chéri. Il n'a vraiment pas bonne mine, depuis quelque temps.

— Si Ogden vient, j'aimerais emmener Ann.

— Pour quoi faire ?

— Elle pourra...

Il cherchait un euphémisme : le « mater » était l'expression qu'il souhaitait éviter. Selon lui, Ann était le seul antidote connu contre Ogden, mais il fallait jouer la carte de la diplomatie.

— ... s'occuper de lui sur le bateau, conclut-il. Vous savez que vous n'avez pas le pied marin !

— Très bien. Emmenez Ann si ça vous chante. Oh, Peter, cela me fait penser à ce que je voulais vous dire tout à l'heure. Cela m'était complètement sorti de l'esprit à cause de cet article épouvantable dans le journal. Lord Wisbeach a demandé Ann en mariage.

Mr. Pett parut un peu contrarié.

— Elle ne m'en a rien dit.

En général, Ann se confiait à lui.

— À moi non plus. Je l'ai appris par Lord Wisbeach lui-même. Il a dit qu'Ann avait promis d'y réfléchir et de lui donner sa réponse prochainement. En attendant, il est venu me voir pour être sûr que j'approuvais cette union. J'ai trouvé cela tellement charmant de sa part !

Mr. Pett fronçait les sourcils.

— Elle n'a pas accepté, au moins ?

— Pas vraiment.

— J'espère bien qu'elle n'acceptera pas.

— Ne dites pas de bêtises, Peter. Ce serait une excellente union.

Embarrassé, Mr. Pett traînait les pieds.

— Je ne l'aime pas. Il y a quelque chose de bien trop mielleux chez ce type.

— Si vous entendez par là qu'il a des manières irréprochables, je suis entièrement d'accord avec vous. Je ferai tout ce qui est en mon pouvoir pour inciter Ann à accepter.

— Je m'en garderais bien, à votre place, lâcha Mr. Pett avec plus d'aplomb qu'à l'accoutumée. Vous savez comment réagit Ann lorsqu'on essaie de lui forcer la main. Elle montre les dents et campe sur ses positions. Exactement comme son père. Quand nous étions enfants tous les deux, parfois nous...

— Ne soyez pas ridicule, Peter... Comme s'il pouvait seulement me venir à l'idée de forcer Ann à faire quoi que ce soit !

— Nous ne savons rien de ce garçon. Il y a deux semaines à peine, nous ne soupçonnions même pas son existence.

— Qu'avons-nous besoin de savoir, à part son nom ?

Mr. Pett ne répondit rien, mais il était loin d'être

convaincu. Le Lord Wisbeach en question était un jeune homme à l'allure et à la conversation agréables. Il s'était récemment présenté au bureau de Mr. Pett afin de consulter celui-ci sur des possibilités d'investissements. Il avait apporté une lettre d'introduction signée d'Hammond Chester, le père d'Ann, qu'il avait rencontré au Canada où ce dernier se livrait alors à la pêche au bar. Si cela n'avait tenu qu'à Mr. Pett, leur rencontre aurait commencé et se serait achevée avec leur discussion financière, car Lord Wisbeach ne lui avait pas été très sympathique. Mais Mr. Pett était américain et, comme tous ses compatriotes, il avait le sens de l'hospitalité. Le jeune homme étant un ami d'Hammond Chester, il s'était senti obligé de l'inviter à Riverside Drive, en dépit d'une appréhension qui, il le sentait maintenant, se trouvait tout à fait justifiée.

— Il est temps qu'Ann se marie, dit Mrs. Pett. Elle commence à en faire un peu trop à sa tête. Enfin, c'est son affaire et nous n'y pouvons rien.

Elle se leva.

— J'espère seulement qu'elle sera raisonnable.

Elle sortit, laissant Mr. Pett encore plus sombre qu'elle ne l'avait trouvé. Il ne supportait pas l'idée qu'Ann puisse épouser Lord Wisbeach. Même si on n'avait rien à reprocher à ce dernier, il avait quand même un gros défaut : il emmènerait très certainement Ann vivre dans son pays à lui, à cinq mille kilomètres de là. Et Mr. Pett ne pouvait se faire à cette idée.

Pendant ce temps, Ann avait emprunté le couloir menant à la salle de gymnastique que Mr. Pett avait fait aménager dans une vaste pièce située à l'extrémité de la maison, pièce dont le précédent propriétaire, qui avait un penchant pour l'art, avait fait son atelier. On n'entendait plus frapper contre le sac de cuir, mais des voix indiquaient à Ann que Jerry Mitchell, le professeur de sport personnel de Mr. Pett, s'y trouvait encore. Elle se demandait qui était avec lui et découvrit, en ouvrant la porte, qu'il s'agissait d'Ogden. Le jeune garçon était appuyé contre le mur et considérait Jerry d'un œil éteint et dédaigneux, ce que ce dernier avait bien du mal à supporter.

— Parfaitement ! disait Ogden quand Ann fit son entrée. J'ai entendu Biggs lui demander d'aller se balader avec lui.

— Je parie qu'elle l'a envoyé sur les roses, répondit Jerry Mitchell d'un ton maussade.

— Et moi je vous parie que non. Pourquoi elle ferait ça ? Biggs est drôlement beau garçon.

— De quoi parles-tu, Ogden ? demanda Ann.

— Je disais que Biggs avait proposé à Celestine d'aller faire un tour en voiture.

— Je vais lui casser la gueule, grommela Jerry, hors de lui.

Ogden eut un rire moqueur.

— C'est ça. Maman vous flanque à la porte dans la seconde, si vous le touchez. Elle ne tolérera pas que son chauffeur se fasse tabasser.

Jerry Mitchell tourna vers Ann un visage suppliant. Les révélations d'Ogden jointes à son admiration pour le physique de Biggs avaient été pour lui une véritable torture. Il ne se faisait aucune illusion sur son propre physique, qui était un handicap certain dans ses efforts pour s'attirer les faveurs de Celestine, la femme de chambre de Mrs. Pett. N'ayant rien d'un Adonis au départ, il avait été tellement boxé et reboxé par les poings gantés d'une multitude d'adversaires tout au long d'une carrière prospère sur le ring, qu'il se voyait contraint, dans les affaires de cœur, de ne compter que sur sa valeur morale et la délicatesse de ses manières. C'était un boxeur de la vieille école, un de ces boxeurs qui ont le physique de l'emploi. Et à une époque où les pugilistes ressemblent à des idoles pour public féminin, Jerry était un anachronisme vivant. Il avait une carrure massive, une tête ronde et solide, de petits yeux, le menton fuyant et un nez que les mauvais traitements avaient réduit à l'état de simple ébauche. Un front étroit séparait les cheveux des sourcils et il portait, sans espoir de pouvoir le masquer, l'insigne de son métier d'autrefois : l'oreille en chou-fleur. C'était néanmoins un homme de valeur et un bon citoyen, et Ann s'était prise d'affection pour lui dès leur première rencontre. Quant à Jerry, il portait à Ann une réelle vénération et aurait fait n'importe quoi pour elle. Depuis qu'il avait découvert qu'Ann était disposée à prêter une oreille compatissante à ses épanchements sur ses amours contrariées, il était son esclave.

Ann vint à son secours de la façon directe qui la caractérisait.

— Sors d'ici, Ogden ! ordonna-t-elle.

Ogden essaya de la défier du regard mais n'y parvint pas. Il n'avait jamais compris pourquoi il avait peur d'Ann mais, c'était un fait, elle était la seule personne au monde qu'il respectât. Elle avait le regard brillant, une allure calme et impérieuse qui ne manquait jamais de le dompter.

— Pourquoi ? murmura-t-il. T'es pas mon chef.

— Dépêche-toi, Ogden !

— Qu'est-ce que c'est que cette histoire, donner des ordres à un garçon...

— Et ferme doucement la porte derrière toi, dit Ann.

Elle se tourna vers Jerry pendant que s'exécutait l'ordre.

— Il vous embêtait, Jerry ?

Jerry Mitchell s'essuya le front.

— Si ce gosse ne cesse pas de venir m'ennuyer pendant que je m'entraîne dans la salle de sport... Vous avez entendu ce qu'il disait sur Maggie, Miss Ann ?

Celestine était née Maggie O'Toole, prénom que Mrs. Pett refusait d'admettre chez aucune de ses domestiques.

— Pourquoi diable faites-vous attention à lui, Jerry ? Vous avez bien dû voir qu'il racontait des histoires. Il passe son temps à rôder jusqu'à ce qu'il trouve quelqu'un à tourmenter, et là, il s'amuse. Maggie n'aurait jamais l'idée d'aller faire un tour avec Biggs.

Jerry Mitchell poussa un soupir de soulagement.

— C'est formidable de vous avoir comme amie, Miss Ann.

Ann se dirigea vers la porte et l'ouvrit. Elle jeta un coup d'œil dans le couloir et, satisfaite de le trouver vide, retourna s'asseoir.

— Jerry, je voudrais vous parler. J'ai une idée qui me trotte dans la tête, quelque chose que j'aimerais que vous fassiez pour moi.

— Oui, Miss Ann ?

— Il faut absolument trouver une solution pour Ogden. Il tourmente de nouveau Oncle Peter et je ne le tolérerai pas. Je l'ai déjà prévenu que, s'il recommençait, il lui arriverait des bricoles. J'imagine qu'il ne m'a pas crue. Jerry, quel genre d'homme est votre ami Mr. Smethurst ?

— Vous voulez dire Smithers, Miss Ann ?

— Je savais que c'était l'un des deux, l'homme aux chiens, quoi. Peut-on lui faire confiance ?

— Je lui confierais mon dernier sou. Nous nous connaissons depuis que nous sommes tout gosses.

— Non, je ne veux pas dire question argent. En fait, je vais lui envoyer Ogden en traitement et je veux savoir si je peux compter sur lui pour m'aider.

— Mince alors !

Jerry Mitchell, complètement abasourdi pendant un instant, couvrit Ann d'un regard où se mêlaient admiration et dévotion. Il avait toujours su que cette jeune femme était un esprit hors du commun mais, cette fois, cela tenait du génie. Cette idée admirable lui coupait le souffle.

— Vous voulez dire que vous allez l'enlever, Miss Ann ?

— Oui... Enfin, c'est vous qui allez l'enlever... Si j'arrive à vous convaincre de le faire pour moi.

— Le faire disparaître et l'envoyer à la clinique pour chiens de Bud Smithers ?

— Pour traitement. J'aime beaucoup les méthodes de ce monsieur. Je sens qu'elles feront le plus grand bien à Ogden.

Jerry était enthousiaste.

— Bud lui redonnera un côté humain. Mais dites-moi, c'est risqué, non ? On peut faire de la prison pour un enlèvement.

— Ce n'est pas un enlèvement à proprement parler.

— Ça y ressemble drôlement, en tout cas !

— Je ne crois pas qu'il faille craindre la prison. Je vois mal Tante Nesta intenter une action en justice contre nous : ce serait reconnaître que nous avons envoyé Ogden dans une clinique pour chiens. Elle aime la publicité, mais pas n'importe laquelle. Non, nous courons un risque, c'est sûr, mais pas celui-là. Vous, vous risquez votre place, et moi, je serai certainement envoyée chez ma grand-mère pour une peine de durée indéterminée. Vous ne connaissez pas ma grand-mère, Jerry, n'est-ce pas ? C'est la seule personne au monde que je craigne ! Elle vit à des lieues de tout et dit des prières pour toute la famille à sept heures trente très exactement chaque matin. Mais je suis prête à courir le risque, si vous êtes également prêt à risquer votre place. C'est pour une bonne cause.

Vous aimez Oncle Peter autant que je l'aime et il finira par faire une dépression nerveuse si Ogden continue à le tourmenter comme ça. Vous n'allez quand même pas refuser de m'aider, Jerry ?

Jerry se leva et tendit une main calleuse.

— Quand commençons-nous ?

Ann lui serra la main avec chaleur.

— Merci, Jerry, vous êtes un ange. Maggie a bien de la chance. Bon, je ne crois pas que nous puissions faire quoi que ce soit avant leur retour d'Angleterre, puisque Tante Nesta est décidée à emmener Ogden avec elle.

— Qui donc va en Angleterre ?

— Oncle Peter et Tante Nesta parlaient à l'instant de prendre le bateau pour essayer de persuader un jeune homme du nom de Crocker de venir ici.

— Crocker ? Jimmy Crocker ? Piccadilly Jim ?

— Oui, pourquoi, vous le connaissez ?

— Je le rencontrais parfois quand il travaillait encore au *Chronicle*. Il m'a l'air d'avoir fichu une sacrée pagaille à Londres. Vous avez vu le journal d'aujourd'hui ?

— Oui, c'est ce qui a décidé Tante Nesta à le faire venir ici. Bien entendu, elle n'a pas la moindre chance de réussir. Pourquoi viendrait-il ?

— La dernière fois que j'ai vu Jimmy Crocker, dit Jerry, c'était il y a deux ans, quand on m'a envoyé entraîner Eddie Flynn pour son combat contre Porky Jones à la Nationale. Je suis tombé sur lui à la NSC. Il était passablement éméché.

— Il boit comme un trou, d'après ce qu'on dit.

— Il m'a emmené dîner dans une boîte huppée. Ils étaient tous sur leur trente et un, là-dedans. Tous, sauf moi. Je me sentais vraiment comme un chien dans un jeu de quilles. Vous savez, c'était un type correct avant, Jimmy Crocker. Mais d'après ce que je lis dans les journaux, on dirait qu'il n'a pas perdu de temps pour faire les gros titres. Ça devait arriver : avant, il avait un emploi stable et, subitement, il s'est retrouvé livré à lui-même avec du fric plein les poches.

— Voilà précisément la raison pour laquelle je veux faire quelque chose au sujet d'Ogden. Il est en train de suivre le même chemin que Jimmy Crocker.

— Oh non ! protesta Jerry. Jimmy et Ogden ne sont pas du même acabit.

— Oh que si ! Je ne vois aucune différence entre les deux.

— Dites-moi, Miss Ann, on dirait que vous avez une dent contre Jimmy, hein ?

Jerry la regardait avec étonnement.

— Qu'est-ce qu'il vous a fait ?

Ann se mordit la lèvre.

— Il me déplaît par principe, dit-elle. Je n'aime pas son genre. Enfin, je suis heureuse que tout soit arrangé pour Ogden. Je savais que je pouvais compter sur vous, Jerry. Je vous dédommagerai de vos peines. Oncle Peter vous donnera quelque chose... suffisamment pour mettre sur pied ce centre de mise en forme dont vous parlez tant. Puis vous pourrez épouser Maggie et vivre heureux jusqu'à la fin de vos jours.

— Eh bien ! Est-ce que le patron est dans le coup ?

— Pas encore. Je m'en vais lui en toucher deux mots... Chut ! Il y a quelqu'un qui vient.

Mr. Pett entra d'un pas hésitant. Il semblait encore contrarié.

— Ann... Oh, bonjour, Mitchell... Ta tante a décidé d'aller en Angleterre. Je voudrais que tu viennes aussi.

— Moi ? Pour vous aider à interviewer Jimmy Crocker, peut-être !

— Non, non, juste pour venir avec nous, pour nous tenir compagnie pendant la traversée. Tu nous seras d'un grand secours pour surveiller Ogden. Toi, au moins, tu sais le faire obéir. Comment tu t'y prends, je n'en sais rien. Avec toi, il n'est plus le même.

Ann lança un regard furtif à Jerry qui lui répondit par un sourire encourageant. Elle fut contrainte de recourir à un langage plus explicite que celui des yeux.

— Jerry, vous voulez bien aller faire un petit tour une minute, s'il vous plaît ? dit-elle d'un ton engageant. Je voudrais dire un mot à Oncle Peter.

— Oui, bien sûr.

La porte se referma. Ann se tourna vers Mr. Pett.

— Tu aimerais bien que quelqu'un se charge de transformer Ogden, n'est-ce pas, Oncle Peter ?

— Si seulement c'était possible !

— Il t'a beaucoup ennuyé dernièrement, hein ? demanda Ann d'un ton compatissant.

— Oh oui, soupira Mr. Pett.

— Alors c'est parfait ! fit Ann brusquement. J'avais peur que tu ne sois pas d'accord. Mais si tu l'es, je n'hésiterai pas une seconde.

Mr. Pett sursauta violemment. Quelque chose dans le ton d'Ann, mais aussi dans l'expression de son visage, lui faisait craindre le pire. Ses yeux exaltés lançaient des éclairs belliqueux et le soleil avait transformé en brasier cette chevelure rousse à laquelle elle devait son déplorable manque de mesure. Il se tramait quelque chose, il le sentait de toute sa craintive personne. Il regardait Ann fixement et, ce faisant, il lui sembla que les années s'évanouissaient. Il était à nouveau un jeune garçon sur le point d'accomplir des actions insensées par la volonté supérieure du héros de son enfance : Hammond Chester. Il y a, dans l'enfance de la plupart d'entre nous, un personnage unique et marquant, un Napoléon juvénile et envoûtant dont la volonté fait loi et sous les injonctions duquel notre bon sens se racornit et meurt. Le père d'Ann avait rempli ce rôle dans la vie de Mr. Pett. Il l'avait dominé à l'âge où l'esprit est le plus malléable. Bien que le temps émousse nos souvenirs d'enfance, les traditions qui s'y rattachent survivent et refont parfois surface à l'occasion d'une crise émotionnelle, comme une explosion qui fait remonter le poisson caché dans les profondeurs boueuses. Et, à ce moment précis, c'était comme si Mr. Pett se trouvait à nouveau face au jeune Hammond Chester et était poussé par une force irrésistible dans une voie qu'il désapprouvait totalement mais qu'il se savait destiné à suivre. Il regardait Ann comme un homme pris au piège qui regarde une bombe à retardement sur le point d'exploser. Elle était la fille d'Hammond Chester et lui parlait avec la voix d'Hammond Chester. Elle était la fille de son père, et elle allait agir.

— J'ai tout arrangé avec Jerry, dit Ann. Il va m'aider à transférer Ogden en douce chez cet ami à lui qui tient une clinique pour chiens. L'ami en question le gardera jusqu'à ce qu'il s'amende. N'est-ce pas une idée absolument magnifique ?

Mr. Pett avait blêmi. La réalité était plus effroyable encore que tout ce qu'il avait imaginé.

— Mais, Ann !

Il avait émis ces mots d'une voix chevrotante et étranglée. Il était complètement moite, paralysé par l'horreur. Cela dépassait ses pires craintes. Et pour couronner le tout, il savait, tout en se rebellant contre ce plan totalement dément, qu'il allait donner son accord. Pire, il nourrissait au plus profond de lui-même un sentiment qui n'osait faire surface mais qu'il savait être de l'approbation.

— Bien entendu, Jerry le ferait gratuitement, dit Ann, mais j'ai promis que tu lui donnerais quelque chose pour sa peine. Vous pourrez arranger tout cela ensemble plus tard.

— Mais, Ann ! Imagine que ta tante découvre le pot aux roses !

— Alors là, ça fera un raffut de tous les diables ! dit Ann tranquillement. Tu devras faire preuve de beaucoup d'autorité. Tu sais bien que tu es trop gentil avec tout le monde, Oncle Peter. Personne ne pourrait supporter un quart de ce que tu supportes. Dans l'une de ses lettres, Papa me disait qu'il t'appelait Pete-la-Patience quand tu étais petit.

Mr. Pett tressaillit. Cela faisait une éternité que ce surnom, le plus déplaisant que l'on puisse inventer, n'était sorti de sa tombe pour venir le hanter. Pete-la-Patience ! Il avait cru cet horrible surnom enterré avec sa défunte jeunesse. Pete-la-Patience ! La flamme de la rébellion jeta ses premières lueurs timides dans sa poitrine.

— Pete-la-Patience !

— Pete-la-Patience, oui ! répéta Ann sans indulgence.

— Mais, Ann...

Des accords pathétiques perçaient dans la voix de Mr. Pett.

— J'ai horreur de faire des histoires.

— Tu n'auras jamais la paix si tu ne te défends pas. Tu sais très bien que Papa avait raison. Tu laisses tout le monde te marcher sur les pieds. Crois-tu que Papa laisserait Ogden l'ennuyer comme ça ? Crois-tu qu'il laisserait une bande de pseudo-génies pédants envahir sa maison au point de ne plus pouvoir trouver une pièce où s'isoler ?

— Ann, ton père est différent. Lui, il adore faire des histoires. Un jour, je l'ai vu contredire un homme pesant plus de cent cinquante kilos, par pure forfanterie. Tu tiens beaucoup de ton père, Ann, je l'ai souvent remarqué.

— Justement ! Voilà pourquoi, tôt ou tard, je te forcerai bien à faire acte d'autorité. Tu vas jeter tous ces tire-au-flanc dehors. Mais d'abord, tu vas nous aider à envoyer Ogden faire une cure chez Mr. Smithers.

Il y eut un long silence.

— Ce sont tes cheveux roux ! finit par dire Mr. Pett, comme s'il avait trouvé la solution d'une énigme. Ce sont tes cheveux roux qui te rendent comme ça. Ton père a les cheveux roux, lui aussi !

Ann éclata de rire.

— Ce n'est quand même pas ma faute si j'ai les cheveux roux, Oncle Peter. C'est tant pis pour moi, et voilà tout.

— Et tant pis pour les autres ! dit-il.

CHAPITRE II

Un ciel gris pesait sur Londres. Il avait plu durant la nuit et des gouttes tombaient encore des arbres. Bientôt, derrière les nuages sombres, apparut une tache bleu délavé laissant filtrer un soleil d'abord timide jusqu'aux pelouses bon chic bon genre de Grosvenor Square. Les rayons traversèrent furtivement la place et atteignirent l'imposant mur de pierre de Drexdale House, résidence, jusqu'à une date encore récente, du comte du même nom. Puis, passant par la fenêtre du petit salon, ils taquinèrent le crâne quelque peu dégarni de Mr. Bingley Crocker, qui habitait autrefois New York, alors qu'il était penché sur son journal du matin. Mais pas question pour les rayons d'effleurer Mrs. Bingley Crocker, qui dépouillait son courrier de l'autre côté de la table. S'ils l'avaient fait, elle aurait immédiatement sonné Bayliss, le majordome, pour qu'il baisse les jalousies, car Mrs. Bingley Crocker n'était pas femme à supporter les familiarités, qu'elles viennent des hommes ou de la nature.

Rasé de près et légèrement bedonnant, Mr. Crocker avait une cinquantaine d'années. Il fronçait les sourcils en lisant son journal et son visage lisse et jovial reflétait une expression indéfinie de dégoût ou de perplexité, voire les deux à la fois. Sa femme, par contre, semblait satisfaite. Le regard impérieux, elle extrayait d'un coup d'œil rapide la moelle de son courrier, tout comme elle aurait arraché des aveux à Bingley. C'était une femme qui, de même que sa sœur Nesta, accomplissait plus de choses d'un simple regard que les autres femmes avec toutes leurs récriminations et leurs menaces. Dans le cercle des amis de son défunt mari, le célèbre millionnaire de Pittsburgh G. G. van Brunt, on se plaisait à raconter qu'il se mettait automatiquement à se confesser dès que son regard venait à croiser l'œil de sa femme sur la photo qui trônait sur sa table de toilette.

Mrs. Crocker leva les yeux de la pile d'enveloppes ouvertes qui était devant elle, la ligne ferme de sa bouche adoucie d'un sourire.

— Une carte de Lady Corstorphine, Bingley, pour sa réception du 29.

Absorbé par son journal, Mr. Crocker grogna distraitement.

— C'est l'une des femmes les plus distinguées d'Angleterre. Et elle a des relations. Son frère, le duc de Devizes, est le plus vieil ami du Premier ministre.

— Hein ?

— La duchesse d'Axminster me demande de tenir un stand à la vente de charité au profit des Petites Sœurs des Pauvres.

— Hein ?

— Bingley ! Vous n'écoutez pas ! Qu'êtes-vous donc en train de lire ?

Mr. Crocker s'arracha péniblement à son journal.

— Oh, je jetais simplement un œil au compte rendu de ce match de cricket auquel vous m'avez forcé d'assister hier.

— Je suis heureuse de constater que vous vous intéressez au cricket. En Angleterre, c'est primordial, socialement parlant. Je ne sais pas pourquoi vous avez eu tant de mal à vous y mettre. Vous aimiez tant regarder le base-ball autrefois... eh bien, le cricket, c'est exactement la même chose que le base-ball.

Un observateur attentif aurait noté que Mr. Crocker avait vraiment l'air de plus en plus affligé : les femmes sortent ce genre d'inepties sans réfléchir, sans chercher à blesser ; il n'empêche que c'est dur à supporter.

Du hall contigu leur parvint la sonnerie affaiblie du téléphone puis la voix posée de Bayliss qui répondait. Mr. Crocker reprit son journal. Bayliss entra.

— Lady Corstorphine désirerait parler à Madame.

Presque arrivée à la porte, Mrs. Crocker s'arrêta net, comme si elle se rappelait brusquement quelque chose.

— James est-il levé, Bayliss ?

— Je ne crois pas, Madame. L'une des femmes de chambre est passée devant sa porte et aucun bruit n'en filtrait, m'a-t-elle dit.

Mrs. Crocker quitta la pièce. Bayliss, qui s'apprêtait à en faire autant, fut arrêté par une exclamation provenant de la table.

— Au fait !

C'était la voix de son patron.

— Au fait, Bayliss, venez une minute. J'ai quelque chose à vous demander.

Le majordome s'approcha de la table. Son patron n'avait pas l'air dans son assiette, ce matin. Il semblait très nerveux, un peu perdu, Bayliss en avait d'ailleurs fait la remarque à l'office.

En fait, la maladie de Mr. Crocker était toute simple. Il souffrait de l'un de ces accès de mal du pays qui le tourmentaient immanquablement au début de chaque été. Depuis son mariage, cinq ans auparavant, et son départ simultané de son pays natal, il avait contracté cette affection. Les symptômes s'estompaient en hiver et au printemps, mais à partir du mois de mai il souffrait cruellement.

Les poètes ont évoqué avec ferveur pratiquement tous les types d'émotions, sauf un. Ils ont chanté Ruth, Israël asservi, les esclaves pleurant leur Afrique natale et les mineurs rêvant de leur foyer. Mais les lamentations des mordus de base-ball contraints par le destin à vivre à cinq mille kilomètres des terrains où il se pratique ont été tout bonnement ignorées. Bingley Crocker était l'un de ces mordus, et en été ses souffrances étaient horribles. Il se sentait dépérir dans ce pays où l'on disait « C'est fort bien joué, monsieur ! » au lieu d'un simple « Bravo, mon gars ! ».

— Bayliss, jouez-vous au cricket ?

— J'ai un peu passé l'âge, Monsieur. Quand j'étais jeune...

— Connaissez-vous les règles ?

— Certes, Monsieur. Il m'arrive de passer l'après-midi au Lord's ou à l'Oval, quand il y a un bon match.

Pour quelqu'un ne connaissant le majordome que superficiellement, cette affirmation aurait été un incroyable témoignage d'humanité chez lui. Mr. Crocker, lui, n'était pas surpris. Dès le début, Bayliss avait été pour lui plus qu'un être humain, c'était un frère, toujours prêt à interrompre sa tâche afin de répondre à ses questions sur les mille et un problèmes que pose la vie mondaine anglaise. Mr. Crocker avait eu du mal à se faire aux subtilités des distinctions de classes, et bien qu'il se fût guéri de sa manie d'appeler le majordome « Bill », il ne manquait jamais de le consulter dès qu'il avait quelque doute. Bayliss ne demandait qu'à rendre service. Et il aimait bien Mr. Crocker. Il est vrai qu'un homme plus subtil que ne l'était son patron aurait pu prendre ombrage du comportement de Bayliss, comportement qui s'apparentait un peu trop à celui d'un père indulgent envers un fils légèrement dérangé. Mais il lui témoignait également une réelle affection.

Mr. Crocker ramassa son journal, le replia à la page des sports qu'il pointa de son index boudiné.

— Bon, maintenant expliquez-moi ce charabia. J'ai réussi à éviter le cricket depuis que je suis arrivé en Angleterre, mais hier ils m'ont tanné le cuir jusqu'à ce que je les accompagne pour voir jouer le Surrey contre le Kent, à l'Oval, là où vous m'avez dit aller parfois.

— J'y étais également, Monsieur. Ce fut un match vraiment passionnant.

— Passionnant ? Comment ça, passionnant ? Je suis resté assis dans les gradins tout l'après-midi en attendant qu'il se passe quelque chose. Il n'arrive donc jamais rien au cricket ?

Le majordome fit la grimace puis eut un sourire indulgent. « Après tout, cet homme n'est qu'un Américain, pensa-t-il. Il est donc plus à plaindre qu'à blâmer. » Il se hasarda à quelques explications :

— Hier, le guichet était collant à cause de la pluie, Monsieur.

— Hein ?

— Le guichet était collant, Monsieur.

— Redites-moi ça...

— Je veux dire que vous avez été frappé par la lenteur du jeu car le guichet — c'est-à-dire le terrain — était collant, mouillé. « Collant » est le terme technique, Monsieur. Quand le terrain est collant, les batteurs doivent être prudents, car les lanceurs parviennent alors à faire tourner la balle très rapidement quand elle touche le gazon, plus rapidement que quand le terrain n'est pas collant.

— C'était donc cela !

— Oui, Monsieur.

— Merci infiniment pour vos explications.

— Je vous en prie, Monsieur.

Mr. Crocker pointa le doigt sur son journal.

— Bien, maintenant, voici ce qui me semble être la grille de résultats du match que nous avons vu hier. Si vous y comprenez quelque chose, je vous écoute.

Son doigt reposait sur un passage intitulé « Score final », ainsi disposé :

SURREY

Premier tour de batte

Hayward : Woolley intercepté, Carr sorti	67
Hobbs : sorti	0
Hayes : Huish hors jeu, Fielder sorti	12
Ducat : Fielder sorti	33
Harrison : non sorti	11
Sandham : non sorti	6
Extras	10
Total (pour 4 guichets)	139

Bayliss considéra ce total mystérieux avec gravité.

— Que voulez-vous savoir, Monsieur ?

— Mais tout ! Qu'est-ce que tout cela veut dire ?

— C'est très simple, Monsieur. Le Surrey a gagné le tirage à pile ou face et a batté en premier. La paire d'ouverture était composée de Hayward et Hobbs. Hayward a fait appel à Hobbs, mais ce dernier n'a pas réussi à atteindre la base suivante. Il s'est fait sortir par le milieu de terrain. Puis Hayes est entré. Il a quitté sa base et a été mis hors jeu. Ducat et Hayward ont très bien joué, étant donné la lourdeur du terrain, jusqu'à ce que Ducat se fasse sortir d'une bonne longueur par une balle très travaillée et que Hayward intercepte une balle non jouée. Puis Harrison et Sandham ont essayé de gagner du temps.

Mr. Crocker souffla fortement.

— Oui ! dit-il. Oui ! C'est bien ce que je pensais. Mais je crois que j'aimerais que vous me le répétiez encore une fois lentement. Commencez par ces chiffres-ci. Que signifie ce soixante-sept en face du nom de Hayward ?

— Il a fait soixante-sept courses, Monsieur.

— Soixante-sept courses ! En un seul jeu ?

— Oui, Monsieur.

— Alors ça, même Baker-la-Gazelle n'y arriverait pas.

— Je ne connais pas ce Baker, Monsieur.

— Je présume que vous n'avez jamais vu de match ?

— De match, Monsieur ?

— De match de base-ball.

— Jamais, Monsieur.

— Alors, Bill, dit Mr. Crocker que l'émotion faisait retomber dans le travers de sa vie londonienne passée, vous n'avez pas vécu. Venez voir ici.

Et disparurent les quelques vestiges du respect des distinctions de classes que Mr. Crocker était parvenu à préserver jusqu'à présent. Ses yeux brillaient d'un éclat ardent et il piaffait comme un cheval. Il agrippa le majordome par la manche et le tira plus près de la table, puis il se mit à déplacer sur la nappe fourchettes, cuillères et tasses, jusqu'au contenu de son assiette, avec une énergie quasi fébrile.

— Bayliss ?

— Monsieur ?

— Regardez ! dit Mr. Crocker avec l'air d'un grand prêtre nerveux s'apprêtant à initier un novice aux mystères de la religion.

Il prit un petit pain dans la corbeille.

— Vous voyez ce petit pain ? C'est le marbre. Cette fourchette représente la première base. Là où je mets cette tasse, la seconde. Ce morceau de bacon sera la troisième. Et voilà votre terrain de base-ball. Très bien. Ces morceaux de sucre représentent les joueurs des champs intérieur et extérieur. Nous voilà prêts. Batteur en place ! Il se tient ici. Le receveur est derrière le batteur. Le juge derrière le receveur.

— C'est l'arbitre que vous nommez « juge », si je ne m'abuse, Monsieur ?

— Appelez-le comme vous voudrez. Ça fait partie du jeu. Maintenant, voici le monticule, là où j'ai mis un peu de marmelade d'oranges, et le pitcher qui fait le tour.

— Le pitcher équivaudrait à notre bowler ?

— Je suppose que oui, bien que je ne voie pas pourquoi il faudrait l'appeler « bowler ».

— Et donc le monticule est le guichet du bowler ?

— Si ça vous fait plaisir. Maintenant, faites attention. C'est parti ! Le pitcher prend son élan... Vas-y, Mike, vas-y ! Donne de la vitesse à la balle, mon pote !... La voilà, en plein dans l'axe. Bing ! Le batteur la frappe et s'élance comme un éclair vers la première base. L'extérieur — ce morceau de sucre — la réceptionne. Abruti ! Le batteur atteint la seconde base... la troisième ? Non ! Retourne ! T'y arriveras pas ! Assure. Bouge pas de la base, mon vieux ! Second batteur en place. Le pitcher prépare maintenant sa balle à côté du marbre. Il le sort. Va donc te rasseoir ! Troisième batteur en place. Regardez-le se frotter les mains de magnésie. Regardez ce gosse ! Ça, c'est un joueur ! Il laisse passer deux balles et frappe la suivante comme un sourd. Il file vers la deuxième base. Le premier joueur, celui que nous avons arrêté sur la seconde base, rentre pendant un tour. Ça, c'est du sport ! Je vous le dis, Bill, ça, c'est du sport !

Quelque peu épuisé par cette conférence dans laquelle il s'était lancé avec tant d'énergie, Mr. Crocker s'assit et étancha sa soif avec du café froid.

— Oui, c'est intéressant comme sport, dit Bayliss. Et maintenant que vous l'avez expliqué, je me rends compte qu'il m'est familier, bien que je l'aie toujours connu sous un autre nom. On y joue beaucoup dans notre pays.

— Vraiment ? Et cela fait cinq ans que je l'ignore ! Quand a lieu le prochain match ?

— Chez nous, on l'appelle « rounders ». Les enfants y jouent avec une raquette et une balle molle, et ils s'amusent énormément. Je n'en ai jamais entendu parler comme passe-temps pour adultes.

Deux yeux horrifiés dévisagèrent le majordome.

— Les enfants ? fit Mr. Crocker dans un souffle. Une raquette ?

— Oui, Monsieur.

— Vous... vous n'avez pas dit une balle molle ?

— Si, Monsieur.

Mr. Crocker sembla pris d'un spasme. Cela faisait cinq ans qu'il vivait en Angleterre, mais il ne s'était pas encore rendu compte de l'ampleur de son isolement. Le destin l'avait placé, contraint et forcé, dans un pays où le base-ball est appelé « rounders » et pratiqué avec une balle molle. Il se laissa retomber au fond de son fauteuil. Le regard fixe, il voyait le mur se dissoudre devant lui et il contemplait un terrain vert au centre duquel un homme en uniforme gris commençait une danse de Salomé. Un deuxième homme, vêtu lui aussi d'un uniforme, regardait le premier d'un œil froid et soupçonneux, une batte massive sur l'épaule. Deux joueurs des Masked Marvels étaient assis derrière lui, aux aguets. Tout autour, une multitude de spectateurs en bras de chemise étaient assis sur des sièges en bois et l'air résonnait de clameurs.

Dans ce vacarme, une voix se détacha :

— Cacahuètes ! Demandez des cacahuètes !

Une espèce de sanglot secoua la large carcasse de Bingley Crocker. Bayliss, le majordome, le contempla avec inquiétude. Nul doute : le patron était souffrant. Le cas de Bingley Crocker aurait assurément fourni un excellent exemple à un prédicateur cherchant à inculquer, à des ouailles démunies et sceptiques, l'idée selon laquelle l'argent ne fait pas nécessairement le bonheur.

La poésie avait cristallisé tout cela dans les vers suivants :

C'est en vain qu'en exil m'éblouit la lumière,
Il me tarde de voir mon humble chaumière.
Rendez-moi ces oiseaux au chant mélodieux
Et ma douce quiétude, mon bien le plus précieux.

Mr. Crocker n'avait point vécu dans une chaumière et ses relations avec les oiseaux de son pays natal n'avaient jamais atteint l'intimité dont parle le poète. Mais substituez simplement « Lamb's Club » à « chaumière » et « joueurs » à « oiseaux », et le parallèle était total.

Jusqu'à son second mariage, Bingley Crocker avait été acteur, un acteur à l'affût du moindre rôle que les dieux daignaient lui fournir. Il avait une santé excellente, une fortune inexistante et un jeune fils de vingt et un ans. Pendant quarante-cinq ans il avait vécu au jour le jour et pratiquement chaque repas lui avait été une agréable surprise. Puis, sur un paquebot qui traversait l'Atlantique, il avait rencontré la veuve de G. G. van Brunt, l'unique héritière de l'immense fortune du magnat.

Que Mrs. van Brunt ait trouvé chez Bingley Crocker quelque chose qui la déterminât à le choisir entre tous dépasse l'entendement. Mais, c'est bien connu, Cupidon est un grand excentrique. Mieux valait s'en tenir au résultat sans s'embarrasser des causes premières. Cette idylle fulgurante prit son essor et atteignit son zénith dans les dix jours qu'il fallut à un transatlantique de taille moyenne pour rallier Liverpool à New York. Mr. Crocker se trouvait à bord parce qu'il retournait aux États-Unis avec une troupe de théâtre au sein de laquelle il avait fait un mémorable four à Londres ; Mrs. van Brunt, parce qu'on lui avait dit que les navires les plus lents étaient les plus stables. Parfaits étrangers au début de la traversée, ils étaient fiancés à la fin. La rapidité de cette liaison était sans nul doute due au fait que, même s'il songea un instant à résister aux assauts portés à sa quiétude de célibataire, Bingley se rendit vite compte de la futilité de cette attitude, la promiscuité à bord ayant des effets d'une intensité prodigieuse sur le tempérament déjà très déterminé de sa future épouse.

Les quelques parents encore en vie des deux protagonistes réagirent très diversement à l'annonce des fiançailles. En apprenant que son père s'était fiancé à la veuve d'un éminent milliardaire, Jimmy, le fils de Mr. Crocker, fit montre d'une satisfaction et d'un enthousiasme des plus grands ; et au cours d'un petit dîner d'adieu avec quelques-uns de ses collègues du journal — dîner interrompu brusquement à six heures du matin par l'intrusion furieuse des serveurs qui font la renommée de ce restaurant de choix — Jimmy annonça avec entrain qu'à l'avenir le travail et lui seraient définitivement étrangers l'un à l'autre. En termes émus, il fit allusion à la Providence qui veille sur les jeunes gens vertueux et les sauve de la nécessité destructrice de s'offrir, à la fleur de leur jeunesse dorée, comme sacrifice humain au Moloch de la voracité capitaliste ; et après s'être apitoyé avec ses invités sur le fait qu'ils n'avaient pas bénéficié d'un coup de chance semblable, il leur conseilla de noyer leur chagrin dans l'alcool. Ce qu'ils firent sur-le-champ.

L'attitude de Nesta Pett, la sœur de Mrs. Crocker, fut un tantinet différente. Elle désapprouvait cette alliance. Tout au moins, le fait qu'au cours de sa dernière entrevue avec sa sœur elle ait qualifié le futur époux de misérable saltimbanque, de méprisable coureur de dot, de clochard et d'escroc sournois, donne à penser qu'elle ne débordait pas d'enthousiasme. Elle acquiesça de tout cœur quand Mrs. Crocker suggéra de ne plus s'adresser la parole aussi longtemps qu'elles vivraient. Cette dernière emmena ensuite immédiatement son mari Bingley, son beau-fils Jimmy et le reste de ses biens à Londres d'où ils n'avaient pas bougé depuis. Quand Mrs. Crocker parlait de l'Amérique, elle le faisait sur un ton de dégoût et de mépris des plus profonds. Ses amis étaient désormais anglais et, chaque année davantage, membres de l'aristocratie anglaise. Elle comptait bien devenir l'une des figures de proue de la haute société londonienne et, déjà, ses progrès avaient été remarquables. Elle connaissait les gens qu'il fallait, vivait dans le quartier qu'il fallait, disait et pensait ce qu'il fallait. Et à l'aube de la cinquième année, elle avait réussi à guérir Bingley de sa manie de commencer chaque phrase par « Au fait, faut que j'vous dise un truc ». Bref, ses progrès se muaient peu à peu en marche victorieuse.

Une chose, pourtant, l'empêchait de savourer pleinement son bonheur : le comportement de son beau-fils Jimmy. Après avoir raccroché le téléphone, elle retourna dans le petit salon pour discuter du problème. Bayliss s'était discrètement retiré et Mr. Crocker était assis à la table, maussade et silencieux.

— J'ai une bonne nouvelle, Bingley, dit-elle. Lady Corstorphine m'a gentiment téléphoné et il semble que son neveu, Lord Percy Whipple, soit de retour en Angleterre. Il vient de passer trois ans en Irlande en qualité de membre de l'état-major du représentant de la Couronne. Il est arrivé à Londres hier après-midi et Lady Corstorphine a promis de lui présenter James. Je tiens particulièrement à ce qu'ils soient amis.

— Eugenia, dit Mr. Crocker d'une voix éteinte,

savez-vous qu'ici le base-ball est appelé « rounders » et que les enfants y jouent avec une balle molle ?

— James commence à poser de sérieux problèmes. Il doit absolument se lier d'amitié avec des jeunes gens convenables.

— Et une raquette, dit Mr. Crocker.

— Bingley ! Écoutez donc ce que je vous dis. Je vous parle de James. Il y a chez ce garçon un côté mal dégrossi typiquement américain et manifestement cela ne fait qu'empirer. Pas plus tard qu'hier, je déjeunais au *Carlton* avec les Delafield et à quelques tables se trouvait James en compagnie d'un jeune homme pas possible vêtu de façon consternante. Que James puisse être vu en compagnie d'un tel individu est plus que choquant. Ce garçon avait le nez cassé et il nasillait. Il parlait si fort que tout le monde se retournait sur lui. Il décrivait son « crochet en demi-ciseaux » : Dieu seul sait ce dont il peut s'agir ! J'ai découvert plus tard que c'était un boxeur professionnel de seconde zone en provenance de New York, un nommé Spike Dillon, m'a dit le capitaine Wroxton. Et Jimmy lui payait à déjeuner... au *Carlton* !

Mr. Crocker ne répondit rien. Une longue pratique lui avait appris à rester muet quand sa femme parlait.

— Il faut que James se rende compte de ses responsabilités. Je lui en toucherai un mot. L'autre jour, j'entendais justement parler d'un homme très méritant et extrêmement riche qui fait toujours des dons d'une exceptionnelle générosité au Parti conservateur. Eh bien, il n'a été fait que chevalier à cause des écarts de conduite de son fils. La Cour a des opinions parfaitement tranchées. James ne sera jamais trop prudent. Même dans le meilleur monde, on accepte une certaine extravagance chez un jeune homme, à condition que cela se fasse en compagnie de gens respectables. Chacun sait que, quand il étudiait à Oxford, le jeune

Lord Datchet était expulsé chaque année de l'Empire Music Hall lors de la Nuit de l'Aviron ; mais tout le monde s'en moque. C'est devenu le sujet de plaisanterie de la famille. Mais James a des goûts tellement vulgaires ! Des boxeurs professionnels ! Peut-être que dans le temps cela faisait bien pour un jeune homme de la bonne société d'être vu en compagnie d'individus de ce genre, mais cette époque est révolue. Oui, je vais en parler à James. Il ne peut pas se permettre d'attirer l'attention, de quelque manière que ce soit. D'ailleurs, j'espère que tout le monde a oublié cette histoire de promesse de mariage non tenue ; mais le moindre faux pas de sa part risquerait d'en faire reparler dans les journaux, et ce serait la fin de tout. Quand on est susceptible d'hériter d'un titre de noblesse, on se doit d'être aussi prudent que...

Comme il a été suggéré plus haut, il n'était pas dans les habitudes de Mr. Crocker d'interrompre sa femme, mais pour une fois il dérogea à la règle.

— Au fait !

Mrs. Crocker fronça les sourcils.

— Bingley ! Je vous ai dit et répété que j'aimerais ne pas vous entendre commencer toutes vos phrases par « Au fait » ! Ce tic américain est des plus déplaisants. Imaginez un instant que votre langue fourche en pleine allocution à la Chambre des lords. Connaissant la presse, vous en entendriez parler jusqu'à la fin de vos jours.

Mr. Crocker avalait sa salive convulsivement, comme pour tester son larynx avant de se lancer dans un discours. À l'instar de saint Paul, les mots prononcés par sa femme avaient subitement fait la lumière en lui et il en restait sans voix. Depuis son arrivée dans ce pays, il s'était souvent demandé pourquoi Eugenia s'y était installée plutôt qu'en Amérique. Elle n'avait guère coutume d'agir sans raisons, mais lesdites raisons étaient restées un mystère pour Mr. Crocker jusqu'à aujourd'hui. Et maintenant qu'il les connaissait, il ne parvenait pas à y croire. Pourtant, les paroles de sa femme étaient sans équivoque et il les avait reçues comme un coup de massue.

— Au fait !... Je veux dire, Eugenia !... Vous ne voulez pas... vous n'essayez pas... vous ne comptez pas... vous n'avez pas dans l'idée de faire de moi un lord, n'est-ce pas ?

— J'y travaille depuis que nous sommes ici !

— Mais... mais pourquoi ? Pourquoi ? C'est ce que j'aimerais comprendre. Pourquoi ?

Les jolis yeux de Mrs. Crocker se mirent à briller.

— Je vais vous le dire, Bingley. Juste avant notre mariage, j'ai eu une conversation avec ma sœur, Nesta. Elle s'est montrée extrêmement blessante. Elle vous a qualifié de termes que je ne lui pardonnerai jamais. Elle affectait de vous regarder de haut, elle pensait que je dérogeais à mon rang. Je vais donc faire de vous un pair du Royaume. Et j'enverrai à Nesta l'article de journal mentionnant les distinctions honorifiques conférées par le roi à l'occasion de son anniversaire, dussé-je y travailler jusqu'à ma mort. Maintenant, vous savez tout !

Un lourd silence s'abattit. Mr. Crocker but son café froid. Le regard brillant, sa femme contemplait ces lendemains glorieux.

— En d'autres termes, je vais devoir rester ici jusqu'à ce qu'ils m'aient fait lord ? s'enquit mollement Mr. Crocker.

— Parfaitement.

— Je ne retournerai plus jamais en Amérique ?

— Pas avant que nous ayons réussi.

— Alors ça ! Bon sang ! Nom d'un chien ! s'exclama Mr. Crocker, brisant subitement ses entraves.

Mrs. Crocker était une femme décidée, mais elle n'était pas méchante. Elle faisait des efforts pour comprendre son mari. Elle était même prête à autoriser quelques écarts de langage le temps de lui faire rentrer son idée géniale dans la tête, tel un cow-boy bienveillant écoutant avec indulgence les hennissements furieux d'un mustang qu'on marque au fer rouge. Docile et obéissant, il le serait plus tard, une fois passée la première douleur. Sa voix se fit apaisante :

— Je suis heureuse que nous ayons eu cette petite conversation, Bingley, et que vous sachiez tout. Vous prendrez ainsi plus aisément conscience de vos responsabilités. Mais revenons-en à James. Dieu merci, Lord Percy Whipple est à Londres. James et lui ont à peu près le même âge et Lady Corstorphine m'a assuré qu'il sera un ami parfait. Vous comprenez bien qui il est, n'est-ce pas ? C'est le second fils du duc de Devizes, le meilleur ami du Premier ministre, lequel décide quasiment de l'attribution des distinctions honorifiques. Si James et Lord Percy deviennent de bons amis, notre bataille sera pratiquement gagnée. Tout se joue là. Lady Corstorphine m'a promis d'arranger une rencontre. En attendant, je dirai à James d'être un peu plus prudent.

Mr. Crocker avait sorti un crayon de sa poche et griffonnait sur la nappe :

Lord Crocker
Lord Bingley Crocker
Lord Bingley of Crocker
Le marquis de Crocker
Baron Crocker
Bingley, premier vicomte Crocker

Il blêmit à la vue de ces mots effrayants. Une pensée lui vint soudain à l'esprit.

— Eugenia !

— Oui ?

— Que diront les copains du Lamb's Club ?

— Je me moque de vos copains du Lamb's, Bingley, rétorqua sa femme.

— C'est bien ce que je craignais, dit le futur baron d'un air sombre.

CHAPITRE III

Il est étrange de penser que, si grandes que puissent être nos appréhensions concernant l'avenir lointain, après un certain temps notre esprit revient invariablement se heurter aux petites préoccupations du futur immédiat. La perspective d'une visite chez le dentiste dans l'après-midi nous fait oublier pendant un moment la perspective d'une faillite totale dans l'année qui vient. C'est ainsi que Mr. Crocker, s'étant torturé l'esprit quinze bonnes minutes au sujet de ce titre de noblesse, se retrouva brutalement confronté à une calamité bien plus imminente : il allait certainement être obligé d'assister à la suite de ce match de cricket infernal, y passer la majeure partie de la journée à s'ennuyer mortellement, comme hier, dans le pavillon du Lord's.

Il restait une lueur d'espoir cependant : tout comme le base-ball, le cricket était un sport qui craignait manifestement la pluie, si tant est qu'il en tombât en quantité raisonnable. Il avait plu pas mal pendant la nuit, mais cela serait-il suffisant pour obliger les équipes du Surrey et du Kent à remettre la seconde partie de leur lutte à épisodes ? Il quitta la table et gagna le hall. Il allait faire un saut à Grosvenor Square, tâter le centre de la pelouse avec son talon et voir ainsi si le terrain était collant ou non. Il se dirigea vers la porte d'entrée en faisant des prières. Mais au moment précis où il allait l'atteindre, la sonnette retentit.

Mrs. Crocker avait réussi à guérir son mari de cette mauvaise habitude qu'il avait d'aller ouvrir la porte lui-même. Dans le milieu où il était né, chacun était son propre portier ; si bien qu'apprendre qu'un homme du monde n'ouvre pas les portes lui-même mais attend que le domestique adéquat vienne le faire à sa place n'avait pas été pour lui chose facile. Il avait enfin réussi à se plier à cette règle et n'y dérogeait que très rarement. Mais ce matin, ses problèmes lui occupaient l'esprit. Profitant de l'occasion, son instinct reprit le dessus. Quand on sonna, sa main reposait sur la poignée de la porte, alors il la tourna.

Sur la plus haute marche de l'escalier menant à l'entrée principale de Drexdale House se tenaient trois personnes. La première, une femme d'une quarantaine d'années, magnifique et élancée, avait un air qui lui semblait étrangement familier. La seconde était un jeune garçon courtaud et bouffi qui était en train de mastiquer quelque chose. Timidement caché derrière, le troisième visiteur était un homme de petite taille, mince, avec les cheveux gris, et sensiblement du même âge que Mr. Crocker ; ses yeux bruns empreints d'humilité regardaient fixement à travers un pince-nez.

Nul n'était plus effacé que cet homme, et ce fut pourtant lui qui attira l'attention de Mr. Crocker. En le voyant, il reçut un coup au cœur presque douloureux qui réveilla brutalement son mal du pays : l'homme portait l'un de ces costumes amples et bien épaulés qui sont aussi clairement américains que la bannière étoilée. Ses chaussures jaunes au bout arrondi trahissaient gaiement leur pays d'origine. Et son chapeau n'était pas tant un chapeau qu'un chaleureux « Bonjour » de New York. Cela faisait un moment que

Mr. Crocker n'avait pas posé les yeux sur un bipède fleurant bon l'Amérique à ce point ; il en restait muet de plaisir, comme quelqu'un qui retrouve une trace de son enfance après un long exil.

Le membre féminin du groupe profita de ce mutisme pour engager la conversation, mutisme qu'elle considéra, de la part de cet homme qu'elle prit tout naturellement pour le majordome, comme une façon silencieuse et respectueuse de lui demander ce qu'elle désirait.

— Mrs. Crocker est-elle là ? Voulez-vous lui dire que Mrs. Pett désirerait la voir, je vous prie ?

Soudain, les idées se bousculèrent furieusement dans le dédale des couloirs du cerveau de Mr. Crocker, une demi-douzaine d'entre elles cherchant à investir la chambre principale qui n'en pouvait contenir qu'une seule. Il comprenait maintenant pourquoi cette femme ne lui semblait pas inconnue : c'était la sœur de son épouse, la fameuse Nesta qui devait, un jour ou l'autre, être anéantie en voyant le nom de Crocker sur la liste des distinctions honorifiques. Il lui était profondément reconnaissant de l'avoir pris pour le majordome. Mr. Crocker sentit un frisson le parcourir en pensant à l'accueil que lui aurait réservé Eugenia en apprenant qu'il venait de se montrer petit-bourgeois au point d'aller lui-même ouvrir la porte et, qui plus est, à Mrs. Pett alors que celle-ci le tenait déjà pour un parvenu mal dégrossi. Il en avait suffisamment entendu quand, quelques semaines auparavant, Eugenia l'avait surpris à ouvrir la porte à un simple quêteur. Vu l'émotion de Mr. Crocker en découvrant l'identité de la visiteuse, ce fut avec une lucidité réellement étonnante qu'il comprit la nécessité de maintenir à tout prix sa belle-sœur dans son erreur.

Par chance, il disposait des moyens adéquats. Ce que disait et faisait un majordome en pareille occasion n'avait plus de secret pour lui. Il avait souvent cuisiné Bayliss à ce sujet, poussé par cette curiosité teintée d'innocence qui le caractérisait. Il s'inclina sans dire un mot et, suivi de la tribu Pett, se dirigea vers le petit salon ; puis, ayant ouvert la porte, il s'écarta pour laisser passer la procession.

— Je vais prévenir Mrs. Crocker de votre arrivée, Madame.

Poussant devant elle l'enfant qui mastiquait toujours, Mrs. Pett pénétra dans la pièce. Quand on songe à l'opinion qu'elle avait de son beau-frère, il était curieux de penser que son style lui faisait forte impression. Elle avait congédié son propre majordome après des mois d'exaspération contenue, pratiquement la veille de son départ pour l'Angleterre. Et pour la première fois de sa vie, elle fut soudain jalouse de sa sœur. Elle ne convoitait guère les biens matériels d'Eugenia, mais elle lui enviait ce majordome divin.

Pendant ce temps, Mr. Pett suivait en traînant les pieds, l'air préoccupé. Son visage portait l'expression facilement reconnaissable de l'homme s'apprêtant à assister à une querelle entre femmes. Une telle perspective n'était pas faite pour engendrer la désinvolture et Mr. Pett aurait volontiers offert une partie de sa fortune de multimillionnaire pour se trouver ailleurs à ce moment précis. Il était tellement troublé qu'il sursauta violemment et lâcha son chapeau quand une main se posa doucement sur son bras alors qu'il allait emboîter le pas à sa femme. Il se retourna. Le majordome avait les yeux rivés sur lui avec émotion.

— Qui est en tête du championnat de base-ball ? demanda l'étrange domestique dans un souffle fiévreux.

Émanant d'une source aussi inattendue, cette question aurait certainement provoqué, chez tout homme autre que Mr. Pett, l'ébahissement le plus complet.

Mais l'intelligence et la vivacité d'esprit quasi surhumaines qu'engendre l'étude du sport national américain lui firent répondre sans la moindre hésitation :

— Les Giants !

— Ouah ! s'exclama le majordome.

Pour Mr. Pett, la situation ne présentait rien d'étrange ni de fâcheux. Rien ne pouvait entacher sa joie absolue, la joie du fan de base-ball qui, en terrain étranger, rencontre enfin un frère. Il frissonna, gagné par un sentiment de bonheur qu'il n'aurait jamais espéré éprouver ce matin.

— Aucun signe de faiblesse ? s'enquit le majordome.

— Non, mais on ne sait jamais. La saison n'est pas encore très avancée. Il leur est déjà arrivé de garder la tête de la Ligue jusqu'à la fin août, puis de se faire battre d'un cheveu.

— C'est vrai, dit le majordome tristement.

— Matty est en forme.

— Vraiment ? Son bras marche toujours bien ?

— Une vraie machine. Il a sorti les Cubs la veille de mon départ !

— Magnifique !

C'est à ce moment précis que le caractère inhabituel de la situation commença à intriguer Mr. Pett. Le regard ahuri, il considérait l'étrange serviteur.

— Comment diable pouvez-vous connaître quoi que ce soit au base-ball ? demanda-t-il avec insistance.

Un ange passa, Mr. Crocker se métamorphosa subitement. On aurait dit un acteur qui venait de se rappeler son texte.

— Je vous demande pardon, Monsieur. J'espère n'avoir pas pris trop de libertés. J'exerçais autrefois mon métier à New York, et durant mon séjour je me suis pris d'un grand intérêt pour ce sport. J'ai aussi appris quelques expressions américaines, dit-il en souriant comme pour s'excuser, et parfois elles m'échappent.

— Laissez-les donc s'échapper ! s'exclama Mr. Pett avec enthousiasme. Vous êtes la première personne qui me rappelle le pays depuis que je suis parti. Au fait...

— Monsieur ?

— Vous avez une bonne place ici ?

— Heu... oui, Monsieur.

— Bon. Enfin, voici ma carte quand même. S'il vous prend l'envie d'un petit changement, il y a une place qui vous attend à cette adresse.

— Merci, Monsieur.

Mr. Crocker se baissa.

— Votre chapeau, Monsieur.

Il le tendit tout en le regardant avec tendresse. Il lui semblait être de retour au pays rien qu'à regarder ce genre de chapeau. Il suivit des yeux Mr. Pett qui entrait dans le salon.

Venant du hall, Bayliss s'approcha en pressant le pas plus que de coutume. Au moment où la sonnette avait retenti, il était plongé, comme chaque matin, dans la lecture du journal où il avait découvert une nouvelle particulièrement intéressante, et il avait des remords d'avoir tardé à réagir.

— Bayliss, murmura prudemment Mr. Crocker, allez dire à Mrs. Crocker que Mrs. Pett désirerait la voir. Elle la trouvera dans le salon. Si elle vous pose des questions, dites que vous avez fait entrer Mrs. Pett. Compris ?

— Oui, Monsieur, dit Bayliss, tout reconnaissant que les choses s'arrangent aussi bien.

— Hé, Bayliss !

— Monsieur ?

— Le terrain du Lord's a-t-il des chances d'être trop collant pour qu'on puisse y poursuivre le match d'hier ?

— Cela me semble très compromis, Monsieur. Il a beaucoup plu durant la nuit.

Mr. Crocker se dirigea vers son cabinet, le cœur léger.

Des années de pratique et d'observation des meilleurs modèles de l'aristocratie anglaise avaient appris à Mrs. Crocker à cacher ses éventuelles émotions derrière un masque d'indifférence distinguée. Les hommes se laissaient parfois aller à un petit écart mais les femmes, elles, jamais ! Et Mrs. Crocker s'était imposé une discipline tellement stricte que, désormais, elle n'élevait même pratiquement plus la voix. En se dirigeant vers le salon, elle fit montre de calme et de sérénité bien qu'au fond d'elle-même elle bouillît de curiosité. Il était impossible que Nesta fût venue faire la paix et pourtant elle ne voyait aucune autre raison possible à cette visite.

Elle fut très surprise de trouver trois personnes dans le salon. Bayliss avait uniquement mentionné Mrs. Pett. Pour Mrs. Crocker, c'était comme si s'ouvrait devant elle l'album de famille de la lignée Pett. Le second mariage de sa sœur avait eu lieu après leur dispute ; elle n'avait donc jamais vu son nouveau beau-frère. Mais elle se dit que cet homme plutôt petit qui se tenait en retrait devait être Mr. Pett. Cette supposition se révéla exacte.

— Bonjour, Eugenia, dit Mrs. Pett. Peter, voici ma sœur Eugenia. Mon mari.

Mrs. Crocker salua avec raideur. Ce Peter Pett était vraiment américain jusqu'au bout des ongles, se dit-elle, avec son costume trop large, ses chaussures ridicules et son chapeau épouvantable. Et, en plus, il était presque chauve ! Il était manifestement dépourvu de toutes ces grâces que sont le flegme, la culture, la beauté, le raffinement, la dignité et la vivacité d'esprit, qui élèvent l'homme au-dessus du rang de vulgaire cancrelat.

Mrs. Crocker regarda froidement Mr. Pett, droit dans les yeux. Ce dernier eut l'impression de se faire étriper par un chirurgien amateur : quelle sorte d'homme pouvait donc être ce Crocker que sa belle-sœur avait épousé ? Il l'imaginait beau, vigoureux, solide, avec une mâchoire puissante et une voix de stentor car seul un tel homme avait pu consentir à lier son destin à celui d'une femme pareille. Il se glissa vers un fauteuil en évitant la ligne droite, s'y assit et ne bougea plus d'un pouce, comme un opossum qui fait le mort. Ne pas être mêlé à l'entrevue qui allait suivre, tel était son seul désir.

— Tu connais Ogden, bien sûr, dit Mrs. Pett.

Elle était assise, raide et droite, sur une chaise dure ; elle semblait taillée dans du roc et chaque fois qu'elle ouvrait la bouche c'était comme si une statue avait parlé.

— Oui, je connais Ogden, répondit sèchement Mrs. Crocker. Veux-tu bien l'empêcher de tripoter ce vase ? Il a beaucoup de valeur.

Le jeune garçon, qui jonglait distraitement avec un magnifique objet datant de l'École chinoise primitive, se vit décocher un regard semblable à celui par lequel Mrs. Crocker venait de se débarrasser du beau-père du garçon. Mais il fallait plus qu'un regard pour détourner Ogden d'une activité qui l'intéressait. Il déplaça un reste de bonbon de sa joue droite à sa joue gauche, examina un moment Mrs. Crocker d'un œil terne et se remit à jongler. Mrs. Crocker n'était rien pour lui.

— Ogden, viens t'asseoir, dit Mrs. Pett.

— J'veux pas m'asseoir.

— Comptes-tu séjourner longtemps en Angleterre, Nesta ? demanda froidement Mrs. Crocker.

— Je ne sais pas, nous n'avons pas de projet bien défini.

— Vraiment ?

Elle s'interrompit brutalement. Ogden s'était emparé d'un coupe-papier en bronze avec lequel il s'était mis à tapoter le vase. Sa jeune cervelle semblait apprécier le tintement ainsi produit.

— Si Ogden désire vraiment casser ce vase, commença Mrs. Crocker d'un ton détaché, je vais sonner le majordome pour qu'il lui apporte un marteau.

— Ogden ! s'écria Mrs. Pett.

— Zut, à la fin ! On peut vraiment plus rien faire ! marmonna Ogden, et il se dirigea vers la fenêtre.

Il resta planté là à regarder la place, un léger mouvement des oreilles indiquant qu'il poursuivait sa mastication.

— Toujours aussi charmant, cet enfant ! murmura Mrs. Crocker.

— Je ne suis pas ici pour parler d'Ogden ! dit Mrs. Pett.

Mrs. Crocker haussa les sourcils. Même Mrs. Otho Lanners, de qui elle tenait cet art, ne maîtrisait pas le mouvement aussi bien qu'elle.

— Peut-être me diras-tu enfin ce qui t'amène, Nesta !

— Je suis ici pour te parler de ton beau-fils, James Crocker.

La discipline à laquelle Mrs. Crocker s'était assujettie pour masquer ses sentiments lui permit de cacher sa surprise et d'éviter ainsi l'humiliation. Elle fit un geste gracieux de la main, comme le faisait la duchesse d'Axminster, championne du genre, pour manifester son attention.

— Ton beau-fils, James Crocker, répéta Mrs. Pett. Comment l'appelle la presse new-yorkaise déjà, Peter ?

Mr. Pett, l'opossum humain, sortit de sa léthargie.

Il avait si bien réussi à se faire oublier en s'entourant d'une atmosphère dépourvue de vie, que son intrusion dans la conversation lui donnait l'air d'un cadavre sortant de sa boîte. Obéissant à la voix de l'autorité, il poussa la pierre tombale de côté et sortit la tête du sépulcre.

— Piccadilly Jim, murmura-t-il comme en s'excusant.

— Piccadilly Jim ! s'exclama Mrs. Crocker. Quelle insolence !

Malgré sa détresse, Mr. Pett, dont le visage semblait recouvert d'un masque mortuaire, esquissa un faible sourire en entendant cette remarque.

— Ils devraient s'occuper de...

— Peter !

Mr. Pett s'éteignit à nouveau, dans l'approbation générale.

— Pourquoi la presse new-yorkaise s'intéresse-t-elle à James ? demanda Mrs. Crocker.

— Expliquez donc, Peter !

Mr. Pett quitta son linceul à contrecœur. Il avait espéré que Nesta se serait chargée des explications.

— C'est devenu un objet médiatique.

— Pourquoi cela ?

— Eh bien, c'était un brave garçon : il a grandi en Amérique, travaillait dans un journal ; et soudain, on l'a transplanté en Angleterre, à Londres, pour en faire un duc et qu'il côtoie tous les autres ducs et qu'il joue au bésigue avec le roi. Pour eux, c'est une proie intéressante.

Une expression plus amène se dessina sur le visage de Mrs. Crocker.

— Oui, bien sûr, les journaux impriment ce qui leur chante. Ils auraient donc relaté les agissements de James au sein de la bonne société anglaise ?

— « Agissements », dit Mr. Pett, est vraiment le mot qui convient !

— Il faut faire quelque chose, dit Mrs. Pett.

Mr. Pett approuva.

— Nesta va y laisser la santé, si ces histoires continuent, dit-il.

Mrs. Crocker haussa les sourcils, mais elle ne put réprimer un sourire de satisfaction.

— Si tu fais attention à ces jalousies mesquines, Nesta...

Mrs. Pett eut un rire bref et métallique.

— C'est le déshonneur que je n'accepte pas !

— Le déshonneur ?

— Comment l'appeler autrement, Eugenia ! Tu n'aurais pas honte, toi, si en ouvrant ton journal tu tombais sur une pleine page relatant les exploits de ton neveu qui s'est saoulé aux courses, s'est battu avec un bookmaker, a interrompu une réunion politique, ou encore qui est poursuivi en justice par une serveuse de bar pour ne pas avoir tenu sa promesse de mariage ?

Mrs. Crocker conserva son calme comme la dame bien élevée qu'elle était, mais elle était secouée. Les épisodes auxquels sa sœur avait fait allusion étaient de l'histoire ancienne, ils appartenaient à un passé mort depuis longtemps. Mais c'était comme si, ayant été imprimés, ils vivaient toujours. Il fallait donc qu'elle parle à son beau-fils dès qu'elle pourrait mettre la main sur lui, et d'une façon qui lui ferait passer d'un seul coup ses instincts primitifs.

— Et ce n'est pas tout, poursuivit Mrs. Pett. Comme si cela ne suffisait pas, les journaux ont découvert que j'étais sa tante. Il y a deux semaines, ils ont publié ma photo avec l'un de ces articles. Et c'est ce qu'ils feront à chaque fois. Voilà la raison de ma visite. Il faut que cela cesse. Le seul moyen est d'éloigner ton beau-fils de Londres. Peter a très gentiment consenti à lui donner une bonne place dans son bureau. C'est vraiment aimable de sa part car, dans l'état actuel des choses, James ne lui sera pas utile avant longtemps ; mais nous en avons discuté et cela semble être la meilleure solution. Donc, si je suis ici ce matin, c'est pour te demander de nous laisser emmener James en Amérique. Il aura un emploi stable et ne fera plus de bêtises. Qu'en dis-tu ?

Mrs. Crocker haussa les sourcils.

— Qu'est-ce que tu veux que je dise ? C'est grotesque. Je n'ai jamais rien entendu d'aussi parfaitement absurde de toute ma vie.

— Tu refuses ?

— Bien sûr que je refuse !

— Tu es proprement ridicule.

— Vraiment !

Mr. Pett se recroquevilla au fond de son fauteuil. Il se serait cru au Far West, paisible client d'un saloon se retrouvant soudain entre deux cow-boys sur le point de dégainer. Ni sa femme ni sa belle-sœur ne faisaient attention à lui. Du regard, elles se livraient à d'ultimes passes d'armes. Après un silence qui sembla durer des siècles, Mrs. Crocker partit brusquement d'un éclat de rire léger.

— Parfaitement extraordinaire ! murmura-t-elle.

Mrs. Pett n'était pas d'humeur à faire de la rhétorique.

— Voyons, Eugenia, tu sais pertinemment qu'ici James Crocker court à sa perte, s'exclama-t-elle avec passion. Dans son intérêt, sinon dans le mien...

Mrs. Crocker repartit de ce rire léger et cristallin, tellement blessant et désagréable.

— Ne sois pas ridicule, Nesta ! Il court à sa perte, vraiment ! Je t'accorde qu'il y a quelques années, quand il était bien plus jeune et encore ignorant des coutumes de la bonne société londonienne, James était un peu excentrique. Mais tout cela est révolu. Il sait que...

Elle fit une pause afin de mieux assener son coup.

— Il sait qu'à tout moment le gouvernement peut décider de donner un titre nobiliaire à son père.

L'annonce fit mouche. Nesta eut un hoquet de stupéfaction.

— Quoi ?

Mrs. Crocker mit deux doigts garnis de bagues devant sa bouche afin de masquer un léger bâillement.

— Oui. Tu n'es pas au courant ? C'est normal, tu vis tellement à l'écart de tout. Bref, il est très probable que le nom de Crocker apparaîtra sur la prochaine liste de distinctions honorifiques. Donc, tu penses bien que James sait qu'il doit bien se tenir. Brave garçon. Au début, il fréquentait tout le monde et n'importe qui, ce qui l'a un peu handicapé ; mais aujourd'hui son meilleur ami est Lord Percy Whipple, le second fils du duc de Devizes, lequel est l'un des hommes les plus éminents du Royaume et un ami personnel du Premier ministre.

Cette pluie de titres mit Mrs. Pett en mauvaise posture, mais elle se reprit pour contre-attaquer avec les mêmes armes.

— Vraiment ? dit-elle. J'aimerais beaucoup le rencontrer. Il connaît très certainement notre grand ami Lord Wisbeach.

Mrs. Crocker fut soudain prise de court. Sa sœur avait donc un atout dans sa manche !

— Tu connais Lord Wisbeach ? demanda-t-elle.

— Oh oui, fit Mrs. Pett qui commençait à respirer. Nous le voyons tous les jours. Il répète sans cesse qu'il considère pratiquement notre maison comme la sienne. Il connaît si peu de gens à New York ! Notre accueil lui a été d'un grand réconfort.

Mrs. Crocker avait eu le temps de recouvrer ses esprits.

— Ce cher Wizzy ! dit-elle d'un ton languissant.

Mrs. Pett sursauta.

— Quoi ?

— Il est certainement toujours aussi charmant, empoté et stupide. Il est parti un jour dans l'intention de faire le tour du monde... et il s'est arrêté à New York. Ça, c'est typiquement lui !

— Tu connais Lord Wisbeach ? demanda Mrs. Pett.

Mrs. Crocker haussa les sourcils.

— Si je le connais ? Mais je pense bien. Après Lord Percy Whipple, c'est le meilleur ami de James !

Mrs. Pett se leva. Elle restait digne, même dans la défaite. D'un simple coup d'œil, elle donna le signal du départ à Mr. Pett et à Ogden, et même ce dernier sentit qu'il valait mieux ne pas discuter. Elle ne prononça pas un mot.

— Tu dois vraiment t'en aller ? demanda Mrs. Crocker. C'est très gentil de ta part d'avoir fait ce long voyage depuis l'Amérique. Ce n'est pas tous les jours que l'on rencontre des gens qui viennent d'Amérique. Parfaitement extraordinaire !

Le cortège quitta la pièce en silence, sans attendre l'arrivée de Bayliss, que Mrs. Crocker avait sonné. Ils n'étaient pas d'humeur pour les politesses mondaines. Ils voulaient être autre part et y être rapidement. La porte d'entrée se referma sur eux avant même que Bayliss ait eu le temps d'atteindre le salon.

— Bayliss, dit Mrs. Crocker, le visage resplendissant de joie, demandez la voiture tout de suite.

— Très bien, Madame.

— James est-il levé ?

— Je ne crois pas, Madame.

Mrs. Crocker monta dans sa chambre. Si Bayliss n'avait été là, elle aurait bien entonné une petite chanson. Sa bonne humeur n'excluait même pas son beau-fils, bien qu'elle fût toujours décidée à lui parler de certaines choses. Mais rien ne pressait. Pour le moment, elle se sentait plutôt encline à faire un petit tour dans le parc en voiture.

Quelques minutes après qu'elle eut disparu, des pas traînants se firent entendre dans l'escalier et un jeune homme descendit dans le hall. Bayliss, qui s'apprêtait à regagner ses appartements dans les profondeurs de la maison après avoir téléphoné au garage pour la limousine de Mrs. Crocker, se retourna et sourit d'un air grave.

— Bonjour, Mr. James, dit-il.

CHAPITRE IV

Jimmy Crocker était un jeune homme grand et bien bâti qui, plus tard dans la journée, recouvrerait sans aucun doute son allure séduisante. Pour le moment, il était d'une pâleur peu seyante et sous ses yeux des cernes suggéraient qu'il avait peu et mal dormi. Il se tenait en bas de l'escalier et bâillait à s'en décrocher la mâchoire.

— Bayliss, dit-il, est-ce que vous vous êtes peint en jaune ?

— Non, Monsieur.

— Curieux ! Votre visage me semble d'un jaune éclatant, comme de la gomme-gutte, et vous êtes tout flou. Bayliss, ne faites jamais de mélanges quand vous buvez. C'est un conseil d'ami. Y a-t-il quelqu'un dans le petit salon ?

— Non, Mr. James.

— Pas si fort, Bayliss, je ne suis pas en très bonne forme. Je suis un peu vaseux. Conduisez-moi au salon et allongez-moi doucement sur un canapé. Ce sont de tels moments qui mettent un homme à l'épreuve.

Le soleil coulait maintenant à flots par les fenêtres du salon. Bayliss baissa les jalousies. Jimmy s'affala sur le canapé et ferma les yeux.

— Bayliss.

— Monsieur ?

— Je crois que je ne vais pas tarder à rendre l'âme.

— Désirez-vous déjeuner un peu, Mr. James ?

Jimmy fut pris d'une vive secousse.

— Ne soyez pas aussi cavalier, Bayliss ! protesta-t-il. Essayez donc de vous guérir de cette propension à faire de l'humour quand ce n'est pas le moment. Un peu de tact, que diable ! Vous croyez peut-être que j'ai oublié la fois où, alors que j'étais dans le même état qu'aujourd'hui, vous êtes venu à mon chevet me proposer une bonne tranche de lard ? Eh bien, je n'ai pas oublié et je n'oublierai jamais. Apportez-moi un brandy avec du soda. Une pleine baignoire, je vous prie.

— Très bien, Monsieur.

— Maintenant, laissez-moi, Bayliss. Je désire rester seul. Je dois mener à bien une série de tests difficiles et très élaborés afin de déterminer si je suis encore en vie.

Le majordome sortit. Jimmy arrangea les coussins, ferma les yeux et resta un moment dans un état comateux. Il essayait, autant que faire se peut vu le violent mal de crâne qui le tenaillait, de se remémorer les événements marquants de la nuit précédente. Ses souvenirs refusaient encore de se fixer. Informes, ils dégoulinaient dans son cerveau, ce qui était extrêmement exaspérant pour un homme en quête de faits tangibles. Jimmy s'étonnait que, dans un recoin de son esprit, flottât la vision floue et incohérente d'un combat, d'une bagarre qu'il ne parvenait pas à cerner. Ce qui l'énervait au plus haut point. Ou on s'est battu durant la nuit, ou on ne s'est pas battu. C'est l'un ou l'autre. Qu'il puisse y avoir doute sur le sujet était absurde. Mais malgré ses efforts, il n'avait aucune certitude. Par instants, il semblait sur le point de résoudre l'énigme quand, soudain, un personnage invisible enfonçait sournoisement un tire-bouchon chauffé à blanc dans le haut de son crâne. Il ne parvenait donc pas à réfléchir sereinement. Il était toujours dans le flou le plus complet quand Bayliss revint, apportant des potions curatives sur un plateau.

— Dois-je poser ceci à côté de vous, Monsieur ?

Jimmy ouvrit un œil.

— Indubitablement... Pas facile de prononcer un mot pareil le lendemain de la veille. Essayez donc, la prochaine fois. Dites-moi, Bayliss, qui m'a ouvert la porte ce matin ?

— Ouvert la porte, Monsieur ?

— C'est cela. J'étais dehors et maintenant je suis à l'intérieur. De toute évidence, j'ai passé la porte d'entrée d'une façon ou d'une autre, c'est logique.

— Je suppose que vous l'avez ouverte vous-même, Monsieur, avec votre clef.

— Ce qui implique que j'étais parfaitement sobre. Pourtant, si tel était le cas, comment se fait-il que je ne puisse me rappeler si oui ou non j'ai assassiné quelqu'un la nuit dernière ? Ce n'est pas le genre de chose qu'oublie facilement un homme sobre. Avez-vous jamais assassiné quelqu'un, Bayliss ?

— Non, Monsieur.

— Mais si c'était le cas, vous vous en souviendriez le lendemain matin ?

— Je suppose, Mr. James.

— C'est drôle, mais j'ai comme l'impression qu'au cours de ma petite virée nocturne je suis tombé sur un individu que j'ai quelque peu malmené.

Bayliss trouva le moment opportun pour annoncer à Jimmy une nouvelle qu'il n'avait pas cru avoir à lui apprendre. Il posa un regard empli de pitié sur son jeune maître qui gisait là. À la vérité, avec Mr. James on ne savait jamais s'il plaisantait ou non ; mais cette fois, il semblait sérieux et réellement incapable de se rappeler un événement dont le compte rendu faisait les gorges chaudes des domestiques depuis l'arrivée du canard auquel ils étaient abonnés.

— Vous parlez sérieusement ?

— À quel propos ?

— Vous avez réellement oublié que la nuit dernière vous vous êtes bagarré au *Six Hundred Club* ?

Jimmy se redressa d'un bond et dévisagea cet homme qui savait tout. Mais ce mouvement ayant remis en branle le travail du tire-bouchon, il se laissa retomber en gémissant.

— Moi ? Comment êtes-vous au courant ? Pourquoi diable savez-vous tout sur cette affaire alors que je n'arrive pas à me rappeler quoi que ce soit moi-même ? C'est moi qui me suis battu, pas vous !

— Le *Daily Sun* a publié un article passablement copieux sur les événements de la nuit dernière, Mr. James.

— Un article ? Dans le *Sun* ?

— Une demi-colonne, Mr. James. Voulez-vous que j'aille chercher le journal en question ? Il est à l'office.

— Et comment ! Apportez-le-moi dare-dare. Je dois voir cet article.

Bayliss se retira et revint aussitôt, le journal à la main. Jimmy le prit, y jeta un œil ébahi et le rendit au majordome.

— J'ai présumé de mes forces. Je n'y arriverai pas. Avez-vous quelque tâche urgente à accomplir, Bayliss ?

— Non, Monsieur.

— Alors vous accepterez peut-être de me lire ce joli morceau d'anthologie ?

— Certainement, Monsieur.

— Cela vous fera un bon entraînement. Je crois que je suis condamné à l'invalidité ; il sera donc dans vos attributions de vous asseoir à mon chevet pour me faire la lecture. A propos, le journal mentionne-t-il le nom de mon adversaire ? Avec quel honnête citoyen suis-je allé au tapis ?

— Lord Percy Whipple, Mr. James.

— Lord quoi ?

— Lord Percy Whipple.

— Jamais entendu parler. Poursuivez, Bayliss.

Jimmy bâilla et se disposa à écouter.

CHAPITRE V

Bayliss sortit son étui à lunettes du fond d'une poche, l'ouvrit, en retira une paire de lunettes à monture dorée, replongea la main dans son costume et, cette fois, en revint avec un mouchoir, essuya ses lunettes, les chaussa, referma l'étui, le replaça dans sa position initiale ainsi que le mouchoir et prit le journal.

— Pourquoi traînez-vous autant, Bayliss ? Pourquoi cette fausse timidité ? demanda Jimmy, étendu les yeux fermés. Commencez !

— J'ajustais mes lunettes, Monsieur.

— Tout est en place maintenant ?

— Oui, Monsieur. Dois-je d'abord lire le titre ?

— Lisez tout.

Le majordome s'éclaircit la gorge.

— Pour l'amour du Ciel, Bayliss, grogna Jimmy qui commençait à s'agiter, arrêtez de vous gargariser ! Courage ! Allez-y !

Bayliss commença sa lecture :

BAGARRE DANS UNE BOÎTE DE NUIT À LA MODE
LA NOBLESSE EN VIENT AUX MAINS

Jimmy ouvrit les yeux, intéressé.

— Ferais-je donc partie de la noblesse ?

— C'est ce que dit le journal, Monsieur.

— On en apprend tous les jours. Poursuivez.

Le majordome fit mine de s'éclaircir la gorge mais se reprit.

RENCONTRE INTERNATIONALE EXCEPTIONNELLE

PERCY LA BAGARRE
(Angleterre)

contre

JIM LE CYCLONE
(Amérique)

Compte rendu complet du match par notre expert.

Jimmy se redressa.

— Bayliss, vous vous laissez emporter par votre sens de l'humour douteux. Ça n'est pas dans le journal !

— Si, Monsieur. En très gros caractères.

Jimmy poussa un grognement.

— Bayliss, je vous donne un conseil pour quand vous serez grand : ne fréquentez jamais de journaliste. Je me souviens maintenant : hier soir, par pure gentillesse, j'ai emmené Bill Blake, du *Sun*, dîner au *Six Hundred*. Et voici ma récompense. Il trouve certainement cela drôle. Les journalistes ne sont qu'un ramassis de saligauds, Bayliss.

— Dois-je continuer, Monsieur ?

— Mais très certainement, ne m'épargnez rien !

Bayliss reprit. Il était de ces gens qui, lorsqu'ils lisent tout haut, prennent un ton mesuré et funèbre évoquant la tragédie et l'horreur, et cela quel que soit le sujet de leur lecture, histoire de meurtre ou histoire drôle. À l'église, qu'il fréquentait le dimanche et dont il était l'un des membres les plus influents et les plus respectés, les enfants pâlissaient et allaient se blottir contre leur mère chaque fois qu'il lisait un extrait de la Bible. C'est avec une énergie encore plus dramatique que d'habitude qu'il rapporta le compte rendu du jeune Blake sur les événements de la nuit précédente au *Six Hundred Club*. Le sujet le touchait de près et le poussait donc à se surpasser.

Tôt ce matin, alors que nos milliers de lecteurs étaient encore plongés dans ce sommeil réparateur et revigorant indispensable à une bonne appréciation du *Daily Sun* au petit déjeuner, l'un des événements sportifs les plus intéressants de la saison se déroulait au *Six Hundred Club*, Regent Street, où, après trois reprises d'échanges rapides, James B. Crocker, le célèbre amateur de bagarres poids moyen, vint à bout de Lord Percy Whipple, second fils du duc de Devizes, mieux connu sous le nom de « Gloire de la Vieille Angleterre ». L'Amérique prouva une fois de plus la supériorité de sa boxe sur le style anglais. Percy la Bagarre n'est pas un mauvais bougre, mais Jim le Cyclone a un sacré punch.

L'origine de la rencontre semble résider dans une histoire de table que chacun des deux adversaires prétend avoir réservée par téléphone.

— Ça commence à me revenir, fit Jimmy pensivement. Un abruti de blond a essayé de prendre la table que j'avais retenue. Des paroles amènes s'étant révélées infructueuses, je lui ai flanqué mon poing sur la figure. Je n'étais peut-être pas tout à fait dans mon état normal. Je crois me souvenir d'une séance assez animée à l'*Empire*, un peu plus tôt dans la soirée, et cela peut avoir altéré mon sang-froid. Poursuivez !

Un mot en entraînant un autre, Jim le Cyclone assena un coup à Percy la Bagarre sur ce que nos frustes ancêtres avaient coutume d'appeler la gueule ; et c'est alors que le gong retentit pour la

PREMIÈRE REPRISE

Les deux hommes s'avancent hardiment et bien décidés à en découdre, bien qu'il semble très probable qu'ils soient déjà passablement décousus eux-mêmes. Percy la Bagarre tente un crochet du droit qui atterrit sur le visage d'un serveur. Jim le Cyclone lui met un double coup sur le nez, ce qui détériore sérieusement l'atmosphère. Les deux hommes se défient prudemment, gênés dans leurs mouvements par le fait qu'ils se trouvent de part et d'autre de la table convoitée... ce qu'aucun d'eux n'a remarqué à ce stade des événements. La Bagarre exécute un adroit déplacement à la Fitzsimmons qui supprime l'obstacle, et s'ensuit alors un vif échange en terrain neutre. Percy décoche deux coups sans riposte. Reprise remportée d'un cheveu par Percy la Bagarre.

DEUXIÈME REPRISE

Le Cyclone jaillit de son coin, fonce droit sur le plastron de son adversaire et lui balance une droite au menton. Percy titube et renverse une bouteille de champagne sur une table voisine. Un bon échange s'ensuit, les deux hommes livrant un combat rapproché impressionnant. Jim le Cyclone décoche trois coups sans riposte. Reprise remportée par le Cyclone.

TROISIÈME REPRISE

Percy, apparemment à bout de forces, reprend faiblement. Le Cyclone continue le combat avec vigueur, utilisant ses deux mains efficacement. Percy la Bagarre accroche le Cyclone mais ce dernier réussit à se dégager, s'étale de tout son long, ramasse un coup par terre et parvient à le rendre. Et voilà Percy au tapis pour le compte.

Interviewé après le combat par notre correspondant, Jim le Cyclone déclara : « L'issue n'a jamais fait de doute. Au début, j'ai été handicapé parce que j'avais l'impression de me battre contre des triplés, et en attaquant les deux extérieurs j'ai manqué plusieurs occasions de lui mettre la beigne finale. Ce n'est qu'à la deuxième reprise que j'ai décidé de concentrer mes efforts sur celui du milieu ; et alors, l'affaire a été conclue en un tournemain. Mais il est hors de question que je me fasse boxeur professionnel : évidemment, cela doit rapporter, mais ça me donnerait trop l'impression de travailler. »

Bayliss se tut. Le silence s'abattit sur la pièce.

— C'est tout ?

— C'est tout, Monsieur.

— Et largement suffisant !

— En effet, Monsieur.

— Vous savez, Bayliss, commença Jimmy en se retournant sur le canapé, la vie est étrange... pour ne pas dire bizarre. Vous ne savez jamais ce qui vous attend au coin de la rue. La journée s'annonce merveilleuse et avant même la tombée de la nuit tout est sens dessus dessous et n'a plus ni queue ni tête. Expliquez-moi pourquoi, Bayliss.

— J'en suis bien incapable, Monsieur.

— Regardez mon cas. Je sors dans l'intention de passer une soirée agréable, sans vouloir de mal à personne, et je rentre tout souillé du sang de l'aristocratie. Nous en arrivons à un point important : croyez-vous que ma noble belle-mère ait lu cette chronique sportive ?

— Je ne pense pas, Mr. James.

— Sur quoi basez-vous ces propos réconfortants ?

— Mrs. Crocker ne lit pas les canards de ce genre, Monsieur.

— C'est vrai ! J'avais oublié. D'un autre côté, il y a de fortes chances qu'elle apprenne ce petit incident par d'autres sources. La prudence la plus élémentaire veut que je me fasse discret pour l'instant, à moins que l'on ne me tombe dessus pour me questionner. Je n'aurais pas la force d'affronter un interrogatoire ce matin. J'ai un mal de crâne qui commence à la plante des pieds et qui remonte en empirant jusqu'aux cheveux. Où se trouve ma belle-mère ?

— Mrs. Crocker est dans sa chambre, Mr. James. Elle a ordonné que l'on fasse venir la voiture tout de suite, laquelle devrait être là d'un moment à l'autre. Je crois que Mrs. Crocker a l'intention de faire un tour dans le parc avant le déjeuner.

— Déjeune-t-elle dehors ?

— Oui, Monsieur.

— Donc, si j'applique la fine stratégie de l'anguille de sable commune qui, comme vous le savez sûrement, s'enfouit dans la boue la queue tournée vers le haut, sans bouger, dès qu'elle entend les aboiements de la meute des chasseurs d'anguilles, je dois pouvoir repousser cet entretien. Si l'on vous demande où je suis, bombez le torse et, de votre voix la plus claire et la plus puissante, répondez que je suis sorti vous ne savez où. Puis-je compter sur votre bienveillance et votre neutralité, Bayliss ?

— Mais très certainement, Monsieur.

— Je crois que je vais aller m'asseoir dans le cabinet de mon père. C'est un endroit où l'on parvient en général à rester caché.

Jimmy quitta péniblement son canapé, cligna des yeux et se dirigea vers le cabinet où son père, assis dans un profond fauteuil, fumait paisiblement la pipe en lisant, dans les journaux du jour, les rubriques qui ne parlaient pas de cricket.

Le cabinet de Mr. Crocker était une petite pièce située à l'arrière de la maison. Elle n'avait rien de luxueux et donnait sur une allée sans issue, mais c'était l'endroit qu'il préférait dans cet énorme édifice qui avait jadis résonné du pas de chaussures titrées. Car, comme il le faisait parfois remarquer à son fils, cette pièce avait le mérite d'être la seule du rez-de-chaussée où l'on pût se mouvoir sans se cogner à une comtesse ou à un lord. Dans ce coin tranquille, il pouvait fumer sa pipe, mettre les pieds sur la table, tomber la veste et, de manière générale, s'abandonner à cette liberté et à cette quête du bonheur auxquelles a droit, de par la Constitution, tout citoyen américain.

À part Jimmy et lui-même, personne ne venait jamais ici. Mr. Crocker n'arrêta pas sa lecture quand son fils entra. Il marmonna un mot de bienvenue à travers un nuage de fumée sans lever les yeux. Jimmy prit l'autre fauteuil et se mit à fumer en silence. C'était la loi tacite de l'endroit : le silence devait régner, non les bavardages inutiles. Plus d'un quart d'heure passa avant que Mr. Crocker ne pose son journal et n'ouvre enfin la bouche.

— Au fait, Jimmy, je voudrais te parler.

— Faites donc, nous sommes tout ouïe.

— Allez, je suis sérieux.

— Vas-y, mais n'oublie pas que tu t'adresses à un homme malade. La nuit dernière a été pour le moins agitée, Papa.

— C'est à propos de ta belle-mère. Elle parlait de toi au petit déjeuner. Elle est en rogne contre toi parce que tu as invité Spike Dillon à déjeuner au *Carlton*. Tu n'aurais pas dû l'emmener là-bas, Jimmy. Ça a mis ta belle-mère dans un état pas possible : elle se trouvait là également, avec une brochette de gens huppés, et ils ont dû supporter les histoires de Spike sur son crochet en demi-ciseaux pendant tout le repas !

— Qu'est-ce qu'ils ont contre le crochet en demi-ciseaux de Spike ? C'est un coup du tonnerre !

— Elle a dit qu'elle allait t'en parler. J'ai pensé qu'il valait mieux te prévenir.

— Je te remercie, Papa. Et c'est tout ?

— Tout quoi ?

— Tout ce dont elle voulait me parler ? Tu es sûr qu'il n'y avait rien d'autre ?

— Elle n'a rien mentionné de spécial.

— Alors elle ne sait rien ! Magnifique !

Mr. Crocker laissa bruyamment retomber ses pieds de la cheminée.

— Jimmy ! Tu n'as pas encore une fois fait des tiennes, dis-moi ?

— Mais non, Papa, rien de sérieux... juste un truc de jeune aristocrate fougueux, le genre de chose que l'on attend de la part d'un type dans ma position.

— Jimmy, tu dois arrêter cela. Vraiment ! Personnellement, je m'en fiche. Je crois que les jeunes doivent s'amuser. Mais ta belle-mère dit que tu vas finir par nous discréditer auprès des gens de la haute, si tu continues comme ça. Dieu sait que je m'en ficherais, mais depuis ce matin j'y vois un peu plus clair. Ta belle-mère a mis les points sur les *i* : je me demandais toujours à quoi cela rimait d'habiter Londres et de courir après le gratin de la société. Je ne voyais pas ce que ta belle-mère avait en tête. Eh bien, maintenant je sais tout : elle veut faire de moi un pair du Royaume.

— Quoi ?

— Eh oui. Et elle a dit...

— Alors ça, c'est pas mal ! C'est du plus haut comique ! Un pair du Royaume ! Mon Dieu ! Et si ça se fait, qu'est-ce que je serai, moi ? C'est si compliqué, tout ça. Je sais que je devrai changer mon nom et me faire appeler l'Honorable Rollo Cholmondeley ou l'Honorable Aubrey Majoribanks... mais je veux d'abord savoir lequel des deux. Je veux être prêt au pire.

— Et tu vois, Jimmy, ces gens de la haute, ces types qui décident pour les titres, ils gardent un œil sur toi parce que tu hériteras du titre après ma mort. Alors ils ne veulent pas se faire avoir. Je tiens tout cela de ta belle-mère. Écoute, Jimmy, je ne te demande pas grand-chose. Mais voilà ce que tu peux faire pour moi sans que cela te dérange trop.

— Je suis prêt à tout, Papa, dussé-je y laisser ma vie. Dis-moi tout !

— Le neveu de Lady Corstorphine, une amie de ta belle-mère...

— Ce n'est pas le genre d'histoire que l'on raconte à un type qui a mal au crâne comme moi. J'espère qu'ensuite ça se simplifie.

— Ta belle-mère veut que tu sois un bon garçon et que tu deviennes l'ami de ce type. Son père est au mieux avec le Premier ministre, tu vois, et il a le bras long pour l'attribution de titres.

— C'est vraiment ce que tu désires ? Laisse-moi faire. Dans moins d'une semaine, nous serons copains comme cochons. Ma chaleureuse personne se mettra tout entière au service de cette cause : le forcer à m'aimer. Comment s'appelle-t-il ?

— Lord Percy Whipple.

Jimmy laissa échapper sa pipe qui se brisa avec fracas.

— Ne dis pas de bêtises, Papa ! Réfléchis ! Tu n'es pas sérieux quand tu dis Lord Percy Whipple !

— Hein ?

Jimmy posa la main sur l'épaule de son père d'un geste apaisant.

— Tu vas rire. J'ai rencontré ce Lord Percy Whipple au *Six Hundred Club* la nuit dernière. Nous avons eu des mots. Je lui suis tombé dessus et je lui ai démoli le portrait. Comment tout cela a commencé, je suis incapable de le dire. À part que nous voulions tous deux la même table... « *Je n'ai rien compris*, a-t-il déclaré, *mais c'était une belle victoire.* » Si j'avais su, je n'aurais jamais levé la main sur Percy, Papa, sauf pour lui taper dans le dos. D'après les comptes rendus qui ont été faits de l'incident, il semblerait que, ne sachant pas qui il était, j'ai tout simplement foncé dans le tas et j'ai anéanti le pauvre garçon.

Cette nouvelle pour le moins inattendue eut sur Mr. Crocker un effet déplorable. Cramponné aux bras de son fauteuil, il restait assis là, sans dire un mot, les yeux perdus dans le vide. La consternation se lisait sur son visage. L'effondrement de son père dégrisa brutalement Jimmy. Pour la première fois, il sentait que la situation n'était pas si comique que cela. Il avait cru que son père, qui, en général, partageait son sens de l'humour et à qui on pouvait faire confiance pour rire au bon moment, aurait été frappé par la coïncidence aussi singulière qu'amusante qui l'avait poussé à agresser le jeune homme avec lequel, précisément, sa belle-mère souhaitait lui voir nouer une amitié solide et durable. Il voyait maintenant à quel point son père était contrarié. Ni Jimmy ni Mr. Crocker n'étaient très démonstratifs, mais ils avaient toujours été liés par une profonde amitié. Jimmy aimait son père plus que quiconque au monde et il ressentait comme une douleur physique à la pensée qu'il ait pu le blesser. Son sourire s'éteignit et il tenta, le cœur serré, de réparer les dégâts.

— Je suis vraiment désolé, Papa. Je n'ai pas pensé

une seconde que cela te mettrait des bâtons dans les roues. Même pour un million de dollars je n'aurais jamais fait une chose pareille, si j'avais su. Qu'est-ce que je peux faire ?... J'ai une idée : je m'en vais de ce pas chez Percy pour m'excuser. Je lui lécherai les bottes. Ne t'en fais pas, Papa, je vais tout arranger.

Cette pluie de mots tira Mr. Crocker de ses pensées.

— Ce n'est rien, Jimmy. Ne te tracasse pas. C'est seulement un petit coup de malchance parce que ta belle-mère affirme que nous ne rentrerons pas en Amérique avant qu'ils ne m'aient donné un titre. Elle veut faire enrager sa sœur. La seule chose qui m'inquiète, c'est que ce Lord Percy soit tellement intime avec les types qui donnent les titres. Je vais simplement devoir rester ici un peu plus longtemps que prévu... moi qui désirais tant voir un match de base-ball ! Jimmy, sais-tu que dans ce pays on appelle le base-ball « rounders » et que les enfants y jouent avec une balle molle ?

Jimmy faisait les cent pas dans la pièce exiguë, tenaillé par le remords.

— Quel imbécile je fais !

— Peu importe, Jimmy. Ce n'est pas ta faute. Tu as joué de malchance, tu ne pouvais pas savoir.

— Si, c'est ma faute. Il n'y a qu'un idiot comme moi pour aller cogner sur les gens de cette façon. Mais ne t'en fais pas, Papa, tout va s'arranger. Je cours chez ce Percy pour rattraper le coup. Je ne reviendrai pas avant de l'avoir convaincu. Ne te fais plus de soucis pour cette histoire, Papa. Ça va s'arranger.

CHAPITRE VI

C'est la mort dans l'âme que Jimmy quitta le seuil de la maison du duc de Devizes située dans Cleveland Row. Sa mission avait échoué. Ayant demandé à voir Lord Percy Whipple, il s'était vu répondre par le majordome que Lord Percy était alité et ne recevait personne. Quand Jimmy avait donné son nom, le majordome l'avait observé avec un intérêt non dissimulé car, tout comme Bayliss, il avait lui aussi lu et grandement apprécié la version des événements donnée par Bill Blake dans le *Daily Sun*. Il avait même découpé l'article et était en train de le coller dans un album quand la sonnette avait retenti.

Face à ce refus, la croisade de Jimmy tourna court. Que faire ? Il s'éloigna de la demeure des Devizes, telle une armée battant en retraite après une attaque manquée. La forteresse restait imprenable. Il pouvait difficilement entrer de force et fouiller la maison pour trouver Lord Percy Whipple.

Il remonta Pall Mall, plongé dans ses pensées. C'était une journée magnifique. Il avait plu durant la nuit — Mr. Crocker serait dispensé de match de cricket —, ce qui avait rafraîchi l'atmosphère. Le soleil brillait maintenant dans un ciel turquoise. Une brise légère soufflait du sud. Jimmy se dirigea vers Piccadilly Circus où le tumulte des voitures se mêlait à celui des piétons. Leur gaieté l'irritait. Leur joie de vivre ostensible l'indignait.

L'introspection n'était guère le fort de Jimmy, mais il s'imposait maintenant un examen de conscience approfondi qui révélait les multiples défauts, jusqu'alors insoupçonnés, de son caractère. Ces dernières années, il avait passé son temps à s'amuser sans voir où étaient ses responsabilités. Tel un moine de l'abbaye de Thélème, il avait pris chaque jour comme il venait. Mais la façon dont son père avait accueilli la nouvelle de son escapade nocturne et les paroles qu'il avait prononcées lui avaient ouvert les yeux. La vie n'était plus aussi simple, tout à coup. Il percevait, bien qu'assez vaguement car il n'était guère habitué aux cogitations de ce style, cette vérité décourageante : nous autres, êtres humains, ne sommes que les pièces d'un puzzle et chacun de nos gestes affecte le destin des autres pièces. C'est avec cette prise de conscience qu'avait dû se former un embryon d'esprit civique chez l'homme de la préhistoire. Nous sommes tous individualistes, jusqu'à ce que nous nous réveillions.

Jimmy se reprochait d'avoir fait de la peine à son père. Leurs relations avaient toujours été celles de deux frères plutôt que celles d'un père et de son fils. Jimmy s'en voulut soudain très fort. Il se posa le problème clairement avec un découragement auquel son mal de tête n'était sans doute pas étranger. Son père désirait ardemment rentrer en Amérique et lui, Jimmy, par sa conduite idiote, dressait des obstacles sur la route du retour. Comment expliquer tout cela ? Selon Jimmy, l'explication était que quelque chose ne tournait pas rond chez James Crocker, qu'une fois tout bien pesé James Crocker passerait pour un imbécile, un minable, un bon à rien égoïste, une canaille de bas étage.

Parvenu à cette conclusion, Jimmy se retrouva avec

un moral tellement bas que l'agitation joyeuse qui régnait à Piccadilly lui devint insupportable. Il fit demi-tour et commença à revenir sur ses pas. Au bout d'un moment, il arriva en haut de Haymarket, hésita, puis redescendit jusqu'à Cockspur Street. Les compagnies transatlantiques y avaient leurs bureaux. C'est ainsi que Jimmy, levant par hasard les yeux tout en marchant, aperçut derrière une baie vitrée un noble vaisseau modèle réduit qui voguait bravement sur un océan de carton-pâte. Il s'arrêta, en proie à une étrange émotion. Chacun de nous a ses superstitions : quand un événement fortuit coïncide parfaitement avec un état d'esprit et qu'il semble en constituer l'illustration directe, nous sommes enclins à accepter ce défi à notre raison pure comme un présage. Jimmy s'approcha de la vitrine et examina la maquette de plus près. La vue de cet objet avait remis son imagination en branle. Son cœur se mit à battre la chamade. Il était sous l'emprise de forces hypnotiques.

Et pourquoi pas ? Y avait-il plus simple solution au problème ?

Dans l'agence, un homme à favoris achetait un billet pour New York. La simplicité de la démarche le fascinait. Il suffisait d'entrer, de se pencher au-dessus du comptoir derrière lequel un employé désignait du bout de son crayon, sur une planche illustrée, les différents organes du navire et de donner votre argent. Un enfant en était capable, pourvu qu'il eût les fonds nécessaires. À cette pensée, il fourra la main dans sa poche de pantalon. Des profondeurs de la poche lui parvint le craquement harmonieux de billets de banque. Il avait récemment touché sa rente trimestrielle et, bien qu'il fût très dépensier, il lui restait encore une bonne partie de la somme. Il froissa à nouveau les billets. Il avait assez dans cette poche pour acheter trois traversées pour New York. Devait-il entrer ? Ou alors — ne jamais négliger l'autre face du problème — devait-il ne pas entrer ?

Il semblait que la meilleure solution pour tous fût qu'il suivît son premier mouvement. En restant à Londres, il faisait du mal à son entourage, y compris à lui-même. Et puis, après tout, se renseigner ne l'engageait à rien. De toute façon, le bateau était déjà certainement complet. Il entra dans l'agence.

— Reste-t-il des places sur l'*Atlantic* pour le prochain voyage ?

L'employé qui se trouvait derrière le comptoir n'était pas du tout le genre de personne à laquelle Jimmy avait envie d'avoir affaire vu son humeur du moment. Ce qu'il lui fallait, c'était un homme grave et sensé qui lui aurait mis la main sur l'épaule et dit : « Pas de précipitation, mon garçon ! » L'employé qu'il avait devant lui ne correspondait en rien ou presque à cet idéal. Il devait avoir vingt-deux ans et la pensée que Jimmy se rendait en Amérique semblait beaucoup l'enthousiasmer. Il leva vers Jimmy un visage rayonnant.

— Il reste beaucoup de place libre, dit-il. On a très peu de gens pour cette traversée. Vous aurez une très bonne cabine.

— Quand le bateau part-il ?

— Demain huit heures, de Liverpool. Liaison ferroviaire depuis Paddington, dix-huit heures ce soir.

À la dernière minute, Jimmy eut un sursaut de prudence. Ce n'était pas une décision à prendre à la légère sur un coup de tête, se dit-il. Il ne fallait surtout pas régler ce genre d'affaire avant le déjeuner. À ventre creux, imagination fertile. Il s'était assuré qu'il pouvait partir sur l'*Atlantic* s'il le désirait. Il était maintenant raisonnable d'aller se restaurer et de voir ce qu'il penserait de tout cela après avoir mangé. Il remercia l'employé et se mit à remonter Haymarket. Il avait su garder la tête froide et le sens pratique. Pourtant, il sentait bien qu'il allait se ridiculiser de toute façon.

Ce ne fut qu'à mi-chemin de Haymarket que la fille aux cheveux roux entra pour la première fois dans le champ de sa conscience. Plongé dans ses pensées, il ne l'avait pas remarquée jusqu'alors. Et pourtant, elle l'avait précédé de quelques pas la plus grande partie du chemin. Elle avait débouché de Panton Street d'un pas rapide, comme quelqu'un qui se rend à un rendez-vous galant. Elle marchait, bien droite, avec un petit déhanchement désinvolte. S'étant rendu compte de l'existence de cette fille, Jimmy, admirateur invétéré du sexe faible, sentit un certain intérêt s'insinuer en lui. Et avec l'intérêt, les spéculations. Qui était-elle ? Où avait-elle acheté ce petit tailleur fait sur mesure qui lui allait si bien ? Il admira son dos et se demanda s'il serait déçu en voyant son visage. Tout à ses rêveries, il approcha du haut de Haymarket, là où la rue n'est plus qu'un tourbillon effréné de voitures. Arrivée à cet endroit, la jeune fille descendit du trottoir après s'être arrêtée un instant pour jeter un coup d'œil par-dessus son épaule. À ce moment précis, un taxi venant de Coventry Street tourna rapidement le coin de la rue.

Jimmy eut l'agréable surprise de découvrir que le visage de la jeune fille était tout aussi avenant que son dos, et cela l'émoustilla tellement qu'il fut fin prêt pour faire une démonstration de sa présence d'esprit. Il se précipita, saisit la jeune fille par le bras et la tira sur le côté au moment même où le taxi passait en trombe et que le chauffeur pestait intérieurement. L'incident n'avait duré que quelques secondes.

— Merci, dit la jeune fille.

Elle frotta le bras qu'il avait agrippé, d'un air assez piteux. Elle était un peu pâle et avait le souffle court.

— J'espère que je ne vous ai pas fait mal, dit Jimmy.

— Si, beaucoup. Mais le taxi m'aurait fait bien plus mal encore.

Elle se mit à rire. Elle était très attirante quand elle riait. Elle avait un petit visage mutin et enjoué. Jimmy avait l'étrange impression qu'il l'avait déjà rencontrée, mais il ne savait ni où ni quand. Cette masse de cheveux flamboyants lui était curieusement familière. Dans le fin fond de son esprit rôdait un souvenir qu'il ne parvenait pas à ramener en pleine lumière. Quant à la fille, rien dans son attitude ne laissait croire qu'elle le connaissait. Jimmy en conclut qu'il l'avait déjà vue, certainement à l'époque où il était reporter. Elle était américaine, de toute évidence. Or, du temps où il travaillait pour le *Chronicle,* il avait parfois eu l'impression d'avoir rencontré l'Amérique entière.

— C'est vrai, acquiesça-t-il. Il faut toujours voir le bon côté des choses.

— Je ne suis à Londres que depuis hier, dit la jeune fille, et je ne suis pas encore habituée à votre conduite à gauche. Je crois que je ne rentrerai jamais à New York vivante. Vous m'avez sauvé la vie, alors peut-être accepterez-vous de me rendre un autre service ? Pouvez-vous m'indiquer le chemin le plus court et le plus sûr pour me rendre à un restaurant qui s'appelle le *Regent Grill* ?

— C'est juste là, au coin de Regent Street. Et pour ce qui est du chemin le plus sûr, si j'étais vous, je traverserais en haut de la rue et je tournerais ensuite à droite. Sinon vous serez obligée de traverser Piccadilly Circus.

— Je refuse ne serait-ce que d'essayer de traverser Piccadilly Circus. Merci beaucoup. Je vais suivre vos conseils. J'espère que je parviendrai à bon port. Mais rien ne me semble moins sûr.

Elle fit un léger signe de tête et s'en alla. Jimmy entra dans l'officine située en haut de Haymarket où tant de Londoniens ont trouvé soulagement et réconfort le lendemain de la veille, et commanda le breuvage rose que son organisme réclamait depuis qu'il s'était levé. Tout en buvant, il se demandait pourquoi il se sentait honteux et coupable.

Quelques minutes plus tard, il eut l'agréable surprise de se retrouver en train de descendre les marches du *Regent Grill*. C'était le dernier endroit auquel il aurait pensé quand, en quête de déjeuner, il avait quitté l'agence de voyages. Il avait l'intention de dénicher un coin tranquille et apaisant où il pourrait être seul avec ses pensées. Si alors on lui avait dit que cinq minutes plus tard il irait de son propre chef se placer à proximité d'un orchestre de restaurant jouant *Ma petite maison grise dans l'Ouest* (et l'orchestre du *Regent* ne jouait pratiquement que cela), il n'en aurait rien cru.

Dans toutes les grandes villes, les restaurants connaissent des hauts et des bas. En ce moment, le *Regent Grill* jouissait de l'une de ces explosions de popularité pour lesquelles les restaurants prient chaque jour, quels que soient les dieux qu'ils vénèrent. La fraction la plus prospère de la bohème londonienne s'y pressait quotidiennement. Après avoir confié son chapeau à la bande de voleurs qui avait son repaire à l'intérieur de l'entrée principale, Jimmy pénétra dans la rôtisserie. Elle était bondée. Apparemment, il n'y avait pas une table de libre.

De là où il était, il pouvait voir la fille aux cheveux roux. Elle lui tournait le dos et était assise à une table située contre l'un des piliers avec un homme de petite taille portant un binocle, une très belle femme d'une quarantaine d'années et un jeune garçon replet qui se battait avec des olives. Jimmy hésitait. C'est alors que, vigilant, le maître d'hôtel, qui le connaissait bien, l'aperçut et se hâta vers lui.

— Un tout petit instant, *Mister Crockaire* ! dit-il, et il se mit à distribuer des ordres à ses sous-fifres. Je vais vous faire mettre une table dans l'allée.

— À côté de ce pilier, s'il vous plaît, dit Jimmy.

Les sous-fifres avaient trouvé une petite table, apparemment sortie de leur manche, et l'habillaient d'une nappe. Jimmy s'assit et commanda. On était en train de passer commande à l'autre table. Le petit homme, visiblement abattu, avait découvert qu'il était impossible d'obtenir des épis de maïs et des crabes à carapace molle. Et sa femme était tellement indignée en voyant que les praires ne figuraient pas sur la carte du *Regent* que, à l'entendre, la Grande-Bretagne était en train de sombrer et perdrait bientôt son statut de puissance mondiale.

S'étant finalement mis d'accord sur le programme, l'orchestre entonna *Ma petite maison grise dans l'Ouest* sans qu'aucune autre proposition ne soit faite. Les dernières notes s'éteignirent. Après que le dernier violon se fut étiré pour effacer les courbatures que l'interprétation de cet air engendrait infailliblement et qu'il eut salué pour la dernière fois, une voix claire et musicale s'éleva de l'autre côté du pilier.

— Jimmy Crocker n'est qu'un minable !

Jimmy renversa son cocktail. C'était peut-être la voix de sa conscience.

— Je le méprise plus que quiconque au monde. Penser qu'il puisse être américain me fait horreur.

Jimmy but les quelques gouttes qui restaient dans son verre, tant pour s'assurer qu'il ne rêvait pas que pour se requinquer. Être à ce point méprisé d'une rousse à qui vous venez de sauver la vie est assez déconcertant. Aux yeux de Jimmy, ce n'était pas seulement déconcertant, c'était mystérieux. Cette fille ne le connaissait pas avant qu'ils ne se croisent dans la rue, quelques instants auparavant. Alors comment pouvait-elle sembler tellement au fait de son caractère au point de le décrire, à juste titre, comme un minable ? Au pathétique se mêlait le mystère. Qu'une fille puisse être aussi jolie et néanmoins le détester à ce point était l'une des pensées les plus tristes que Jimmy ait jamais eues. Cela lui faisait penser à la rubrique tenue par les écrivains à l'eau de rose du dernier journal où il travaillait.

Un serveur empressé lui apporta un whisky avec des glaçons. Jimmy le remercia du regard. Ce verre, il en avait besoin. Il le porta à ses lèvres.

— Il n'arrête pas de boire...

Il reposa son verre précipitamment...

— ... et de se donner en spectacle d'une façon scandaleuse ! Je considère Jimmy Crocker...

Jimmy en vint à souhaiter que quelqu'un fasse taire cette fille. Pourquoi l'homme ne changeait-il pas de sujet de conversation en parlant du temps qu'il faisait, pourquoi cet enfant grassouillet n'abordait-il pas un sujet quelconque ? Un garçon de cet âge, frais débarqué à Londres, avait sans nul doute un tas de choses à raconter. Mais le petit homme s'occupait énergiquement d'une escalope panée pendant que le garçon rondouillard, toujours silencieux, tournait autour de sa tourte au poisson avec sa fourchette comme un python affamé. La femme qui les accompagnait semblait, pour sa part, ruminer des pensées désagréables.

— Ce Jimmy Crocker est le spécimen typique du jeune Américain toujours fourré en Europe et qui se donne des allures d'Anglais. C'est, dans la majeure partie des cas, le genre d'individu dont le pays aimerait se débarrasser. En plus, il a déjà travaillé ; on ne peut donc trouver aucune excuse à son comportement : c'est délibérément qu'il traîne dans Londres et qu'il joue les empoisonneurs publics. Il est tombé dans la déchéance en toute connaissance de cause. Ce n'est qu'un minable et il est irrécupérable !

Jimmy n'avait jamais particulièrement apprécié l'orchestre du *Regent Grill*. Il gênait la conversation et incitait à une mastication rapide, ce qui est très mauvais pour la santé. Mais à ce moment précis, Jimmy lui était profondément reconnaissant : l'orchestre entonnait *La Bohème,* le morceau le plus bruyant de son répertoire. Sous couvert de ce vacarme, il pouvait jouer avec un plat fumant que le serveur venait d'apporter. Cette fille était certainement encore en train de déblatérer des horreurs sur son compte, mais il ne les entendait pas.

La musique se tut. Il y eut un bref instant de silence puis la voix de la jeune fille s'éleva à nouveau. Elle avait choisi un autre sujet de conversation.

— J'ai vu tout ce que je voulais voir de l'Angleterre, disait-elle. J'ai vu l'abbaye de Westminster, le Parlement, le Théâtre de Sa Majesté, le *Savoy*, j'ai goûté le fromage de Cheshire, et maintenant j'ai vraiment le mal du pays. Si nous repartions demain ?

L'autre femme prit la parole pour la première fois. Elle quitta son air ténébreux le temps de dire « oui », et le reprit aussitôt après. Le troisième convive, qui, apparemment, avait attendu qu'elle se prononce pour le faire à son tour, déclara que plus tôt il serait à bord d'un bateau pour New York, mieux il se porterait. Le jeune garçon resta coi. Il avait terminé sa tourte au poisson et s'attaquait maintenant, d'un air sombre et résolu, à un gâteau fourré à la confiture.

— Il y a certainement un bateau demain, dit la jeune fille. C'est obligé. Il faut bien reconnaître que l'Angleterre est un point de départ très pratique pour l'Amérique.

Elle s'interrompit.

— Ce que je ne peux comprendre, c'est comment, ayant vécu en Amérique et ayant eu tout le loisir d'apprécier le pays, Jimmy Crocker a pu supporter de vivre...

Le serveur s'était approché de Jimmy pour lui présenter le plateau de fromages ; mais Jimmy prit un air dégoûté et refusa d'un mouvement de tête. Il n'allait pas tarder à quitter cet endroit. Sa capacité à absorber ses quatre vérités était à saturation. Sans un bruit, il déposa un souverain sur la table, accrocha le regard du serveur, nota son manque d'enthousiasme et descendit l'allée centrale à pas feutrés. Le serveur, un homme qui n'avait jamais pu se convaincre de l'existence des miracles, révisa son opinion de toujours. Il regarda le souverain, puis Jimmy, puis à nouveau le souverain. Il saisit la pièce et la mordit furtivement. Quelques minutes plus tard, le garçon chargé du vestiaire, privé de pourboire pour la première fois de sa carrière de prédateur, jeta à Jimmy un regard tout aussi intense mais provoqué par des sentiments bien différents. Sur son visage juvénile se peignait une muette perplexité. Le portier du restaurant côté Piccadilly porta la main à sa casquette de cet air mielleux et béatement confiant de l'homme qui a l'habitude de recevoir six pence en retour de ce geste.

— Taxi, Mr. Crocker ?

— Un minable, dit Jimmy.

— Je vous demande pardon, Monsieur ?

— Toujours en train de boire, expliqua Jimmy, et de jouer les empoisonneurs publics.

Il poursuivit son chemin. Le portier le suivit d'un regard tout aussi intense que celui du serveur et du garçon de vestiaire. Il avait déjà vu Mr. Crocker se comporter ainsi après souper, mais jamais auparavant à l'heure du déjeuner. Jimmy alla à son club de Northumberland Avenue. Pendant environ une heure, il resta assis dans le fumoir, comme plongé dans le coma ; puis il se décida et se dirigea vers l'une des tables. Il s'assit, attendit quelques minutes que vienne l'inspiration puis se mit à écrire. La lettre était destinée à son père :

Cher Papa,

J'ai bien réfléchi à ce dont nous avons parlé ce matin et il me semble que ce que j'ai de mieux à faire est de m'éclipser quelque temps. Si je reste à Londres, je risque à tout moment de m'attirer des ennuis comme la nuit dernière, et de tout gâcher pour toi une fois de plus. Le moins que je puisse faire, c'est de te laisser le champ libre, de ne plus te mettre de bâtons dans les roues.

Je prendrai donc le bateau de ce soir pour New York. Je suis allé chez Percy avec la ferme intention de me rouler à ses pieds, mais il n'a pas voulu me recevoir. Rien ne sert de se rouler par terre sur un perron pour attirer l'attention d'un type qui est dans son lit au deuxième étage, n'est-ce pas ? Je me suis donc retiré en plus ou moins bon ordre. C'est alors que m'est venue l'idée suivante. Remarque comme tout s'arrange pour le mieux. Quand ils viendront te voir et te diront : « Pas de titre pour vous. Votre fils a tabassé notre copain Percy », il te suffira de répliquer : « Je sais bien que mon fils a tabassé Percy, et, pourtant, je ne lui avais rien fait, vous pouvez me croire ! Je l'ai expédié en Amérique dans les vingt-quatre heures qui ont suivi. Ne vous y trompez pas ; je suis anti-Jimmy et pro-Percy. » Ce à quoi ils répondront : « Alors, dans ce cas, levez-vous, Lord Crocker ! », ou quelque chose dans ce goût-là, enfin ce qu'ils disent quand ils filent un titre à un type méritant. Tu comprendras donc qu'en m'éclipsant ainsi je fais de mon mieux pour remettre les choses d'aplomb. Je vais donner cette lettre à Bayliss pour qu'il te la remette. Je vais lui passer un coup de fil dans une minute pour qu'il me prépare ma brosse à dents et quelques affaires. En débarquant à New York, j'irai directement aux Polo Grounds voir un match de rounders et je te télégraphierai le score. Bon, je crois que c'est à peu près tout. Alors, au revoir, et même adieu pour le moment.

J.

P.-S. : Je sais que tu comprendras, Papa. Je fais la seule chose qui me semble possible. Ne t'inquiète pas pour moi. Je vais me débrouiller. Je vais reprendre mon ancien boulot et faire un malheur. Vas-y, décroche ce titre et tu me rejoins à l'entrée des Polo Grounds. Je guetterai ton arrivée.

P.P.-S. : Je suis un minable.

Le jeune employé de la compagnie de paquebots sembla se réjouir de revoir Jimmy. Un large sourire aux lèvres, il attrapa le crayon coincé sur son oreille et le plongea dans les entrailles de l'*Atlantic*.

— Que diriez-vous de E 108 ?

— Cela me va.

— Il est trop tard pour vous inscrire sur la liste des passagers, bien sûr.

Jimmy ne répondit rien. Il s'était figé et regardait fixement une jeune fille qui venait d'entrer, une rousse au sourire sympathique.

— Alors comme ça, vous embarquez aussi sur l'*Atlantic* ! s'exclama-t-elle en jetant un coup d'œil sur la feuille posée sur le comptoir. Comme c'est drôle ! Nous venons juste de décider de rentrer par ce bateau également. Rien ne nous retient plus ici et nous avons tous le mal du pays. Comme vous pouvez le constater, je ne me suis pas fait écraser après vous avoir quitté.

La délicieuse lumière de l'entendement se fit soudain dans le cerveau en nage de Jimmy et le soulagea, tel le tonnerre qui vient déchirer une atmosphère électrique et tendue. L'impression qu'il devenait fou le quitta alors que s'imposait à lui la solution toute simple du mystère. De toute évidence, cette fille avait entendu parler de lui à New York ; peut-être même connaissait-elle des personnes qu'il connaissait également. Et c'était par ouï-dire et non par expérience personnelle qu'elle avait acquis ce dégoût à son égard, dégoût qu'elle avait, quelques heures à peine plus tôt, exprimé avec tant de franchise et de conviction au *Regent Grill.* Elle ne savait pas qui il était ! Le cours de ces pensées apaisantes fut interrompu par la voix de l'employé.

— Votre nom, s'il vous plaît ?

Le cerveau de Jimmy se remit en branle. Pourquoi diable tout cela lui arrivait-il précisément aujourd'hui alors qu'il avait tant besoin d'être dorloté et qu'il souffrait d'un mal de crâne épouvantable ? L'employé ne le quittait pas des yeux et attendait sa réponse. Il avait posé son crayon de papier et brandissait maintenant un stylo à plume. Jimmy avala sa salive. Tous les noms de la langue anglaise lui étaient sortis de l'esprit ; soudain, des ténèbres, surgit l'inspiration.

— Bayliss, répondit-il d'une voix sourde.

La jeune fille lui tendit la main.

— Nous pouvons donc enfin nous présenter. Je m'appelle Ann Chester. Enchantée, Mr. Bayliss.

L'employé avait fini de remplir le billet et il lui tendait des étiquettes et une fiche rose avec insistance. Il fallait sûrement remplir ce formulaire, pensa Jimmy avec lassitude. Il l'examina et constata qu'il s'agissait d'un questionnaire d'identité. Pour certaines questions, une réponse spontanée suffisait, d'autres demandaient réflexion.

Taille. Facile. Un mètre quatre-vingts.

Cheveux. Facile. Bruns.

Yeux. Facile. Bleus.

Questions suivantes, plus inattendues.

Êtes-vous polygame ? Absolument pas. Une seule femme suffirait amplement, pourvu qu'elle ait les cheveux roux, les yeux noisette, une jolie bouche et une fossette. Quels que puissent être ses doutes sur d'autres points, il n'en avait aucun sur celui-là.

Avez-vous déjà fait de la prison ? Pas encore.

Venait ensuite une question très difficile.

Souffrez-vous de troubles mentaux ?

Jimmy hésita. L'encre séchait sur sa plume. Il réfléchissait.

Dans l'antre obscur de la gare de Paddington, le train de liaison avec le bateau grondait d'impatience, poussant de temps à autre un sifflement aigu pour varier un peu. L'horloge de la gare indiquait six heures moins dix. Le quai était couvert d'une masse confuse de voyageurs, de porteurs et de bagages, de chariots, de jeunes vendeurs de petits pains, fruits et autres revues, d'amis, de parents. Bayliss, le majordome, était là également et se tenait, tel un bon chien de garde, à côté d'une grosse valise. Il ne prêtait aucune attention à la marée humaine qui déferlait autour de lui. Il cherchait son jeune maître.

Jimmy fendit la foule comme une cognée lancée à toute volée. Deux vendeurs de petits pains qui lui bloquaient le passage furent emportés par le courant comme des feuilles d'automne par la tempête.

— Brave homme !

Il s'empara de la valise.

— Je craignais que vous ne puissiez pas venir.

— Madame dîne dehors, Mr. James. J'ai pu quitter la maison.

— Avez-vous mis tout ce dont j'aurai besoin ?

— Autant qu'une valise en peut contenir, Monsieur.

— Magnifique ! Oh, à propos, donnez cette lettre à mon père, voulez-vous ?

— Très bien, Monsieur.

— Je suis heureux que vous ayez réussi. J'avais cru percevoir un doute dans votre voix au téléphone.

— J'ai été pris de court, Mr. James. Votre décision de partir a été si soudaine !

— Colomb a fait pareil. Vous avez entendu parler de lui, n'est-ce pas ? Il a vu un œuf qui reposait sur la tête, et il a détalé comme un lapin.

— Veuillez excuser mon audace, Mr. James, mais n'est-ce pas un peu précipité...

— N'enlevez pas son piment à la vie, Bayliss. Je suis peut-être un crétin, mais essayez de l'oublier. Un peu de volonté, que diable !

— Bonsoir, Mr. Bayliss, dit une voix derrière eux.

Ils se retournèrent tous les deux. Le majordome contempla l'apparition en tailleur gris avec circonspection.

— Bonsoir, Mademoiselle, dit-il sans conviction.

Ann le regarda avec étonnement, puis son visage s'éclaira d'un large sourire.

— Comme je suis bête ! Je veux dire ce Mr. Bayliss-ci... votre fils ! Nous nous sommes rencontrés à l'agence de voyages. Et avant cela, il m'a sauvé la vie. Nous sommes donc de vieux amis.

Bayliss, qui ne se sentait pas de taille à affronter la pression intellectuelle engendrée par la conversation, resta bouche bée, d'autant plus surpris qu'il aperçut Jimmy lui faire une grimace d'avertissement. Jimmy n'avait pas prévu la situation, mais il avait l'esprit vif et il le prouva.

— Comment allez-vous, Miss Chester ? Mon père est venu me faire ses adieux. Je te présente Miss Chester, Papa.

Il en faut beaucoup pour faire perdre son sang-froid à un majordome anglais, mais Bayliss était incapable de faire preuve de cette présence d'esprit qui était si soudainement exigée de lui. Sa mâchoire inférieure s'abaissa de quelques centimètres, mais il ne prononça pas un mot.

— Papa est un peu contrarié à cause de mon départ, chuchota Jimmy d'un ton confidentiel. Il n'est pas tout à fait dans son assiette.

Ann avait non seulement du tact mais aussi bon cœur. Elle avait jugé Bayliss au premier regard. Tout en lui désignait le respectable serviteur de haut rang. Il n'y avait pas sur terre une fille plus dénuée qu'elle de préjugés de classe, mais elle ne put réprimer un léger mouvement de surprise et de déception en découvrant les origines humbles de Jimmy. Elle comprenait tout. Quand elle se détourna afin de ne pas s'immiscer dans les derniers adieux entre père et fils, elle avait les larmes aux yeux.

— Je vous verrai sur le bateau, Mr. Bayliss, dit-elle.

— Hein ? fit Bayliss.

— Oui, oui, dit Jimmy. Je vous dis au revoir en attendant.

Ann se dirigea vers son compartiment. Elle avait l'impression qu'elle venait d'achever la lecture d'un long roman, un de ces pavés de jeune romancier anglais. Elle connaissait toute l'histoire comme si on la lui avait racontée en détail. Il y avait le père, majordome solide et honnête qui ne vivait que dans un seul but : que son fils unique et bien-aimé devienne un gentleman. Il avait économisé sou par sou. Il avait probablement envoyé son fils à l'université. Et maintenant, muni des bénédictions et des dernières économies de son père, le fils partait pour le Nouveau Monde, là où les dollars poussent sur les arbres et où personne ne demande ni ne veut savoir qui votre père peut bien être.

Elle avait la gorge serrée. Bayliss aurait été bien étonné de savoir qu'elle le considérait comme un homme d'une émouvante délicatesse. Ses pensées se tournèrent ensuite vers Jimmy pour lequel elle se surprit à avoir un élan de sympathie. Son père avait mené à bien l'ambition de toute une vie : il avait engendré un gentleman ! Et c'est sans hésiter et très simplement, sans un soupçon de honte snobinarde, que le jeune homme avait présenté son père. C'était quelqu'un de bien. Il n'avait pas honte de cet homme humble qui lui avait donné sa chance dans la vie. Elle s'aperçut qu'elle aimait énormément Jimmy.

Les aiguilles de l'horloge allaient atteindre l'heure juste dans trois minutes. Des porteurs s'activaient en tous sens comme des tourniquets.

— Je ne peux pas vous expliquer, s'excusa Jimmy. Ce n'était pas un accès de folie ; c'était nécessaire.

— Très bien, Mr. James. Je crois que vous feriez bien d'aller vous asseoir dans votre compartiment maintenant.

— Vous avez raison. Ça gâcherait tout s'ils m'oubliaient sur le quai. Bayliss, avez-vous déjà vu des yeux pareils ? Et ces cheveux ! Prenez soin de mon père pendant mon absence. Ne laissez pas les ducs le tourmenter. Oh, et puis, Bayliss...

Jimmy ôta la main de sa poche.

— ... pour vous prouver mon amitié.

Bayliss regarda le morceau de papier crissant.

— Je ne peux pas accepter, Mr. James. Je ne peux vraiment pas. Un billet de cinq livres ! Je ne peux pas !

— Balivernes ! Soyez chic !

— Je vous prie de m'excuser, Mr. James, je ne peux vraiment pas. Vous ne pouvez pas vous permettre de jeter votre argent par les fenêtres. Vous ne devez pas en avoir des montagnes, si vous me permettez !

— Taratata ! Prenez ce billet ! Oh, mon Dieu, le train démarre ! Au revoir, Bayliss.

La locomotive poussa un dernier sifflement d'adieu. Le train démarra le long du quai, poursuivi jusqu'au dernier moment par des jeunes gens optimistes proposant des petits pains. Il prit de la vitesse. Penché à la fenêtre, Jimmy contemplait un spectacle tellement inhabituel qu'on aurait pu croire à un miracle moderne : Bayliss, avec ses lunettes, était en train de courir. Le majordome ne tenait pas une forme olympique mais il suivait courageusement à grandes enjambées. Il atteignit la porte du compartiment de Jimmy et tendit la main.

— Veuillez me pardonner, Mr. James, dit-il en haletant, de prendre cette liberté, mais je ne peux vraiment pas.

Il leva le bras et fourra quelque chose dans la main de Jimmy, quelque chose qui craque et qui crisse ; puis, sa mission accomplie, il stoppa sa course et resta là à agiter un mouchoir immaculé. Le train s'engouffra dans le tunnel.

Jimmy contempla le billet de cinq livres. Tout comme Ann plus loin dans le train, il remarqua qu'il avait la gorge nouée. Il mit lentement le billet dans sa poche. Le train poursuivit sa course.

CHAPITRE VII

La mer se gonflait et des embruns cinglaient le flanc du bateau, si bien que la plupart des passagers de l'*Atlantic* s'étaient vus contraints de trouver refuge dans leur cabine ou dans la bibliothèque où régnait une atmosphère étouffante. C'était la cinquième soirée de la traversée. Cela faisait cinq jours et quatre nuits que le bateau, en route vers Sandy Hook, fendait une mer d'huile ; mais en début d'après-midi, le vent avait tourné au nord et la mer avait grossi. L'obscurité gagnait peu à peu. Le ciel était sombre et triste. La crête blanche des rouleaux luisait faiblement dans la pénombre et le vent chantait dans les cordages.

Ann et Jimmy avaient eu le pont pour eux seuls pendant une demi-heure. Jimmy était un marin averti. Il aimait la sensation grisante de se battre contre le vent et d'arpenter un pont qui se soulevait, s'abaissait et frémissait sous ses pieds ; mais il n'avait pas pensé qu'il jouirait de la compagnie d'Ann en une telle soirée.

Elle était arrivée par la porte d'accès aux premières classes, son visage étroitement serré dans un capuchon et son corps élancé perdu sous une large cape, et elle s'était jointe à lui dans sa promenade. Jimmy était tout exalté. Ces derniers jours, il avait sombré dans la mélancolie en découvrant qu'il n'était pas le seul homme à bord de l'*Atlantic* à rechercher la compagnie d'Ann pour tromper son ennui.

Quand il s'était embarqué dans cette entreprise, son monde était exclusivement composé d'Ann et de lui-même ; il n'avait pas envisagé — et cela alors que le bateau avait déjà fait une bonne partie du chemin vers Queenstown — que des mâles indésirables entoureraient Ann d'attentions insupportables. Le réveil avait été d'autant plus difficile que, pour elle, ces attentions semblaient n'avoir rien d'insupportable. Dès le premier jour, presque aussitôt après le petit déjeuner, un individu à la petite moustache noire et aux dents luisantes s'était jeté sur Ann et, manifestant bruyamment sa surprise et sa joie de la revoir, prétendit le plus sérieusement du monde l'avoir déjà rencontrée à Palm Beach, Bar Harbour, et dans une dizaine d'autres endroits, et l'avoir emmenée pratiquer un jeu stupide appelé « jeu de galets ».

Et ce cas n'avait rien d'unique. Jimmy était peu à peu forcé de se rendre à l'évidence : Ann, qui lui était apparue jusqu'alors uniquement sous les traits d'Ève folâtrant avec lui, Adam, dans un jardin d'Éden privé, était en fait une personne extrêmement connue et populaire. L'employé de l'agence de voyages avait menti effrontément quand il avait affirmé qu'il n'y aurait que très peu de passagers pour cette traversée. Le navire était plein à craquer. Défiant totalement les lois de la flottaison, il était chargé de Rollo, de Clarence, de Dwight et de Twombley en tous genres qui connaissaient Ann, faisaient du golf, du cheval, des promenades en voiture, nageaient et dansaient avec elle depuis des années. Un être affreusement laid du nom d'Edgar ou Teddy Quelque Chose avait battu Jimmy d'une courte tête dans leur course vers le steward de pont, course qui avait pour récompense de pouvoir placer son transat à côté de celui d'Ann. Le spectacle de cette créature bestiale allongée, emmitouflée dans des couvertures et lisant à Ann des best-sellers, avait obligé Jimmy à quitter le pont promenade.

Il n'avait que rarement eu l'occasion de parler à Ann depuis le début de la traversée. Quand elle ne se promenait pas avec Rollo ou ne jouait pas au jeu de galets avec Twombley, elle était sur le pont inférieur à veiller au confort d'une tante affligée d'un mal de mer chronique et qu'elle appelait, quand elle faisait allusion à elle, « Pauvre Tante Nesta ». Jimmy apercevait parfois le petit homme, sans doute son oncle, dans le fumoir ; et une fois, il tomba sur le jeune garçon grassouillet qui ne se remettait pas des effets néfastes d'un cigare dans un coin tranquille du bateau. Mais mises à part ces quelques rencontres, la famille lui restait aussi étrangère que s'il n'avait jamais vu Ann, et ne parlons pas du fait qu'il lui avait sauvé la vie.

Ann venait de lui tomber dessus comme par enchantement. Ils étaient seuls tous les deux face à un bon vent frais et des embruns revigorants. Rollo, Dwight et Twombley, sans parler d'Edgar (ou était-ce Teddy ?) étaient en bas en train, du moins l'espérait-il, de mourir. Le monde était à eux.

— J'adore naviguer par gros temps, dit Ann, exposant son visage au vent.

Ses yeux brillaient d'un éclat intense. Elle était sans conteste la seule fille sur terre.

— Pauvre Tante Nesta n'aime guère cela, elle qui est déjà malade quand la mer est parfaitement calme. Cette tempête l'a achevée. Je viens d'aller la voir pour essayer de lui remonter le moral.

Jimmy frémit d'enthousiasme en imaginant le tableau. La fascination qu'Ann exerçait sur lui atteignait des sommets dans ce rôle d'ange gardien. Il brûlait d'envie de le lui dire, mais il ne trouvait pas les mots adéquats. Arrivés au bout du pont, ils firent demi-tour. Ann leva les yeux vers lui.

— Je vous ai à peine vu depuis que nous sommes partis, dit-elle.

Ses paroles sonnaient presque comme un reproche.

— Parlez-moi de vous, Mr. Bayliss, dites-moi tout. Pourquoi allez-vous en Amérique ?

Jimmy avait été sur le point de vilipender ses concurrents avec ardeur, mais Ann avait mis fin à ce désir aussi rapidement qu'elle l'avait suscité. La question qu'elle lui avait posée était si directe qu'il lui fallait renoncer à son projet. Après tout, les autres, quelle importance ? Ils ne faisaient pas partie de son petit monde battu par les vents. Ils étaient là où ils devaient être, dans les profondeurs de quelque enfer, sur le pont C ou D, à l'agonie.

— Pour faire fortune, j'espère, répondit-il.

Ann était stupéfaite : le diagnostic qu'elle avait tiré de la scène de la gare de Paddington était confirmé.

— Comme votre père sera heureux si vous y parvenez !

La relative complexité de l'histoire obligea Jimmy à rassembler ses pensées pour s'y retrouver dans tous ses pères ; il conclut qu'elle devait faire référence à Bayliss, le majordome.

— Oui.

— C'est un brave homme, dit Ann. Je suppose qu'il est très fier de vous ?

— Je l'espère.

— Vous devez absolument vous surpasser en Amérique, pour ne pas le décevoir. Que pensez-vous faire ?

Jimmy réfléchit un instant.

— Du journalisme, je crois.

— Ah oui ? Vous avez de l'expérience dans ce domaine ?

— Un peu.

Ann se montra soudain plus distante, comme si son enthousiasme s'était refroidi.

— Enfin, il n'y a pas de sot métier. Personnellement, je n'apprécie guère les journalistes. Je n'en ai rencontré qu'un dans ma vie et je l'ai détesté. Alors je ne dois pas être très objective.

— Qui était-ce ?

— Je ne pense pas que vous l'ayez rencontré. Il travaillait pour un journal américain, il s'appelait Crocker.

Une forte bourrasque les contraignit soudain à faire un pas en arrière, rendant toute conversation impossible et comblant ainsi un intervalle pendant lequel Jimmy aurait été incapable de prononcer un mot. Le choc le laissait sans voix. Il se sentait dépassé par les événements, totalement déconcerté. Mais les mots qu'elle prononça ensuite lui fournirent une explication ; Ann et lui s'étaient abrités sous un canot de sauvetage et ses paroles étaient audibles.

— Il y a cinq ans de cela, et je ne l'ai rencontré que très brièvement. Mais le préjugé demeure.

Jimmy commençait à y voir clair. Il y avait cinq ans ! Rien d'étonnant à ce qu'ils ne se reconnaissent plus. Il fouilla dans sa mémoire. Rien n'en ressortit. Pas le moindre soupçon de souvenir de cette rencontre passée ne vint récompenser ses efforts. Et pourtant, pour qu'elle s'en souvienne ainsi, quelque chose d'important avait dû se passer. Sa seule personnalité n'avait pas pu lui déplaire au point de lui laisser un souvenir aussi tenace !

— J'aimerais tant que vous puissiez faire quelque chose de mieux que du journalisme ! dit Ann. Ce qu'il y a de formidable en Amérique, c'est que c'est une terre d'aventure extraordinaire. C'est un pays qui offre des milliers de possibilités, un endroit où tout peut arriver. Vous n'avez pas l'esprit d'aventure, Mr. Bayliss ?

Nul homme n'accepte d'un cœur léger l'accusation

de manquer d'esprit d'aventure, même si cette accusation n'est que suggérée.

— Bien sûr que si ! répliqua Jimmy, indigné. Je me tire de n'importe quelle situation.

— J'en suis heureuse.

Son amitié pour ce jeune homme se renforça. Personnellement, elle adorait l'aventure et l'estime qu'elle portait à tout membre du sexe opposé se fondait en partie sur ses aptitudes dans ce domaine. Elle évoluait dans un milieu plus porté sur les bonnes manières que sur l'aventure, et cette ambiance lui avait plus d'une fois paru débilitante.

— L'aventure, dit Jimmy, voilà la vraie vie.

Il s'arrêta un instant.

— ... ou dans une large mesure, conclut-il d'une voix éteinte.

— Pourquoi ces réticences ? Vous manquez d'enthousiasme ! Quoi de plus formidable dans la vie que l'aventure ?

Cette excellente réplique fournit à Jimmy l'occasion de formuler une remarque qui ne demandait qu'à sortir depuis l'instant même où il avait rencontré Ann. Très souvent, la nuit, quand il n'arrivait pas à dormir, fumant pipe sur pipe et pensant à elle, l'image d'une situation semblable lui était apparue : tous deux marchant sur le pont désert et elle lui fournissant innocemment une entrée en matière pour quelque discours à voix basse qui la ferait sursauter, la pousserait à lui jeter un regard furtif et à lui demander, la voix hésitante, si ses paroles s'appliquaient à un cas particulier. Et ensuite, eh bien, il pouvait se passer toutes sortes de choses. À présent, le moment était venu. Il s'était toujours représenté la scène au clair de lune, alors qu'à cet instant une quasi-tempête se déchaînait dans un ciel d'encre. De plus, le vacarme des éléments excluait absolument quoi que ce soit s'apparentant à une conversation à voix basse. Pourtant, même sans faire abstraction de ces divers inconvénients, l'occasion était trop belle pour être manquée. Une telle conjoncture risquait de ne jamais se représenter. Il attendit que le bateau se fût un peu stabilisé après un plongeon suicidaire dans un énorme rouleau puis, retournant aux côtés d'Ann d'un pas mal assuré, il se lança.

— L'amour, voilà ce qu'il y a de plus formidable dans la vie ! hurla-t-il.

— Quoi donc ? cria Ann d'une voix perçante.

— L'amour ! brailla Jimmy.

Il souhaita, dans l'instant qui suivit, avoir remis à plus tard sa profession de foi car leurs pas les conduisirent bientôt dans un havre de paix relative, là où des parties peu visibles de l'anatomie du navire faisaient saillie et formaient une espèce de coin où il était possible d'entendre une voix humaine parlant sur un ton normal. Il s'y arrêta. Ann l'imita, à contrecœur. Elle éprouvait presque de la déception et ses sentiments envers son compagnon avaient brutalement changé. Ann avait une opinion bien tranchée, et à son avis définitive, sur le sujet.

— L'amour ! s'exclama-t-elle.

Il faisait trop noir pour qu'il puisse voir son visage, mais sa voix était méprisante.

— Je ne vous aurais pas cru aussi conventionnel. Vous sembliez différent.

— Hein ? fit Jimmy, ébahi.

— Je déteste toutes ces parlotes sur l'amour, comme si c'était vraiment la panacée. Vous lisez un livre, vous voyez un disque dans une vitrine : ça parle d'amour. On dirait que tout le monde sur cette planète essaie de se persuader qu'il existe une chose magnifique qu'ils peuvent attraper s'ils se donnent un minimum de mal. Cette idée les obsède tellement qu'ils passent à côté de toutes les merveilles de la vie.

— C'est du Shaw, non ? dit Jimmy.

— Qu'est-ce qui est du Shaw ?

— Ce que vous dites. Cela vient d'un truc écrit par Bernard Shaw, n'est-ce pas ?

— Absolument pas.

Ann était acerbe.

— C'est de moi.

— Je suis certain d'avoir déjà entendu ça quelque part.

— Si tel est le cas, cela signifie simplement que vous avez dû fréquenter une personne sensée.

Jimmy était déconcerté.

— Pourquoi ronchonnez-vous donc ? demanda-t-il.

— Je ne comprends pas.

— Je veux dire, pourquoi réagissez-vous de la sorte ?

Ann était maintenant certaine qu'elle était loin d'aimer ce jeune homme autant qu'elle l'avait cru. Il était extrêmement pénible pour une jeune fille résolue et lucide de voir sa philosophie de la vie qualifiée de « ronchonnement ».

— Parce que j'ai eu le courage de réfléchir par moi-même, de ne pas me laisser aveugler par les superstitions populaires. Le monde entier se ligue et se persuade que l'amour existe et que c'est ce qui peut vous arriver de mieux dans la vie. Les poètes et les romanciers se sont évertués à le faire croire. Mais c'est une gigantesque supercherie.

Jimmy se sentit submergé par une vague de compassion attendrie. Il comprenait, maintenant. Une fille qui toute sa vie avait fréquenté des Rollo, des Clarence, des Dwight et autre Twombley devait être au désespoir de ne jamais tomber amoureuse de qui que ce soit.

— Vous n'avez pas rencontré l'homme idéal, dit-il.

En fait, elle l'avait rencontré, mais tout récemment. C'est ce qu'il lui prouverait un peu plus tard.

— Il n'y a pas d'homme idéal, dit Ann d'un ton résolu, si vous suggérez par là qu'il existe un genre d'homme susceptible d'inspirer l'amour romantique. Je crois au mariage...

— Bien parlé ! lança Jimmy avec satisfaction.

— Mais pas comme l'aboutissement d'une sorte de délire. J'y crois comme à une association sensée entre deux amis qui se connaissent et ont confiance l'un en l'autre. Il n'y a pas de frisson, pas d'idylle qui tienne, il faut simplement choisir quelqu'un de gentil, d'attentionné, d'amusant, plein de vie et désireux de faire votre bonheur.

— Ah ! fit Jimmy en resserrant sa cravate. Eh bien, quel programme !

— Que voulez-vous dire, « quel programme » ? Mes opinions vous choquent-elles ?

— Je ne suis pas convaincu que ces opinions soient les vôtres. Vous avez dû lire un truc écrit par un type intransigeant et aigri qui analyse tout systématiquement.

Ann frappa du pied. Le son était inaudible mais Jimmy remarqua le mouvement.

— Vous avez froid ? demanda-t-il. Continuons à marcher.

Ann retrouva son sens de l'humour, lequel restait d'ailleurs rarement assoupi très longtemps. Elle se mit à rire.

— Je sais ce que vous pensez, dit-elle. Vous croyez que je me donne des airs, que je ne pense pas ce que je dis.

— Impossible qu'il en soit autrement. Mais je ne pense pas que vous vous donniez des airs. L'heure du dîner approche et vous éprouvez cette pénible sensation de faiblesse qui vous fait tout voir en noir. On va sonner la soupe dans quelques instants, et dans moins d'une demi-heure vous serez à nouveau vous-même.

— Je suis moi-même. Cela vous fait mal d'admettre qu'une jolie fille puisse avoir de telles idées.

Jimmy lui prit le bras.

— Laissez-moi vous aider, dit-il. Il y a un trou dans le pont. Un nœud de bois est parti. Attention où vous marchez. Maintenant, écoutez-moi. Je suis content que vous ayez parlé de cela... je veux dire du fait que vous êtes la plus jolie fille de la terre...

— Je n'ai jamais dit cela.

— Votre modestie vous en a empêchée. Mais c'est un fait, un point c'est tout. Je suis content, disais-je, parce que j'ai moi-même énormément réfléchi à la question et j'étais impatient d'en discuter avec vous. Vous avez les cheveux les plus magnifiques que j'aie jamais vus !

— Vous aimez les cheveux roux ?

— Roux doré.

— Vous êtes gentil de le présenter ainsi. Quand j'étais petite, tous les enfants m'appelaient « Poil de Carotte ».

— Ils ont certainement très mal fini, à l'heure qu'il est. Si les enfants qui se sont moqués du prophète Élisée ont mérité les ours, on aurait dû envoyer une horde de tigres à vos petits amis. Il y en avait bien quelques-uns de plus délicats ? Il y en avait qui ne vous appelaient pas « Poil de Carotte » ?

— Un ou deux. Ceux-là m'appelaient « Chapeau de brique ».

— Ils ont certainement fini sur la chaise électrique. Vous avez des yeux absolument merveilleux.

Ann retira son bras. Elle avait suffisamment fréquenté les jeunes hommes pour savoir qu'il était grand temps de changer de sujet de conversation.

— Vous aimerez l'Amérique, dit-elle.

— Nous ne sommes pas en train de parler de l'Amérique.

— Moi si. Si j'étais vous, j'irais dans l'Ouest.

— Vous vivez dans l'Ouest ?

— Non.

— Alors pourquoi me suggérez-vous d'aller là-bas ? Où habitez-vous ?

— J'habite New York.

— J'irai donc à New York.

Ann était prudente mais amusée. Les propositions de mariage (et Jimmy semblait s'y acheminer à grands pas) n'avaient rien de nouveau pour elle. Au cours de plusieurs saisons à Bar Harbour, Tuxedo, Palm Beach et New York, elle avait passé une bonne partie de son temps à contrarier et à décourager les ardeurs d'une flopée de jeunes gens romantiques qui avaient eu la malencontreuse idée de déposer leur cœur à ses pieds.

— À New York, tout est ouvert en cette saison, et il doit être possible d'y séjourner.

Jimmy resta silencieux. Il avait lutté de son mieux contre sa tendance à la déprime et s'était efforcé, en adoptant un ton léger, de rester joyeux envers et contre tout. Mais l'indifférence apparemment totale dont cette jeune fille faisait preuve à son égard mettait son moral à trop rude épreuve. Après avoir été contraint de ramasser le cœur qu'il avait jeté aux pieds d'Ann, l'un de ses soupirants avait confié à un ami intime qu'un jeune homme qui flirtait avec Ann devait ressentir les mêmes sensations que le chocolat chaud au contact de la glace à la vanille. Si on la lui avait soumise, Jimmy aurait confirmé la pertinence de cette comparaison.

Le vent marin, jusqu'alors vif et tonique, était devenu d'un froid tout bonnement insupportable. Le chant du vent dans le gréement, auparavant mélodieux, n'était plus qu'une plainte lugubre.

— Il y a quelques années, j'étais du genre sentimental, comme tout le monde, dit Ann, reprenant le sujet qu'ils avaient laissé tomber. Juste après avoir quitté l'université, j'étais vraiment du style larmoyant. Je rêvais de clairs de lune et de printemps, d'amour et de colombes. Puis un événement m'a soudain fait comprendre quelle petite idiote j'étais. Cela n'eut rien d'agréable sur le moment, mais l'effet fut très bénéfique. J'en ai été complètement transformée. Le responsable était un homme, bien sûr. Sa méthode a été très simple : il s'est contenté de se moquer de moi, et la nature a fait le reste.

Dans la pénombre, Jimmy se renfrogna. Des pensées meurtrières à l'encontre de cette brute épaisse inconnue envahirent son esprit.

— J'aimerais bien le rencontrer, celui-là ! maugréa-t-il.

— Cela ne risque pas d'arriver, dit Ann. Il habite l'Angleterre. Il s'appelle Crocker... Jimmy Crocker. C'est de lui que je parlais il y a une minute.

Une sonnerie de clairon se fit entendre à travers la plainte du vent. Ann se tourna vers l'entrée du salon.

— Le dîner ! s'exclama-t-elle joyeusement. C'est fou comme ça creuse, l'air du large !

Elle s'interrompit.

— Vous ne descendez pas, Mr. Bayliss ?

— Pas tout de suite, fit Jimmy d'une voix pâteuse.

CHAPITRE VIII

Le soleil de la mi-journée dardait ses rayons sur Park Row. Fraîchement libérés de mille bureaux, des individus pressés encombraient les trottoirs, l'esprit absorbé par la perspective du déjeuner. Dans le cañon de Nassau Street, la foule allait et venait à un rythme plus lent. Des vendeurs de bonbons côtoyaient des vendeurs de journaux, et d'énormes chevaux de halage faisaient de leur mieux pour n'écraser personne sous leurs sabots. Nombreuse comme à l'accoutumée, l'armée des amoureux béats se rendait à la mairie pour y acheter une dispense de bans. Tels des lapins, des gens entraient et sortaient des bouches de métro. L'affairement caractéristique de ce centre nerveux de New York offrait un spectacle captivant.

Jimmy Crocker se tenait dans l'embrasure de la porte et regardait la cohue avec envie. Il y avait des hommes qui mastiquaient du chewing-gum, d'autres qui portaient une cravate en soie blanche avec une épingle en faux diamant ; d'autres encore mâchonnaient ce qu'il restait d'un cigare dont ils avaient fumé les trois quarts. Pourtant, Jimmy aurait bien échangé son identité avec n'importe lequel d'entre eux. Car ces hommes, eux, avaient tous un emploi. Et dans son état d'esprit présent, il lui semblait que c'était le seul et unique ingrédient de la recette du bonheur absolu.

Un poète a dit des choses aussi pertinentes que déplaisantes au sujet de l'homme « *dont le cœur reste froid quand il rentre chez lui après avoir foulé des rives étrangères* », mais peut-être aurait-il excusé Jimmy qui, loin d'avoir chaud au cœur, éprouvait alors une désagréable sensation de désarroi. Et ce poète aurait bien été forcé de reconnaître que les mots « *Si hauts que soient ses titres, si glorieux que soit son nom et si vastes que soient ses richesses* » ne s'appliquaient guère à Jimmy Crocker. Peut-être ce dernier ne vivait-il que pour lui-même, mais sa fortune se résumait en tout et pour tout à cent trente-trois dollars et quarante cents ; et son nom était si peu glorieux que le seul fait de le voir imprimé dans d'anciens numéros du *Sunday Chronicle* dont il venait de visiter les archives lui avait révélé que changer ce nom pour celui de Bayliss avait été le geste le plus sensé de sa carrière.

Le manque d'enthousiasme dont faisait preuve Jimmy en examinant le morceau de pays natal visible du pas de la porte n'était pas difficile à comprendre. L'*Atlantic* avait accosté samedi soir et Jimmy avait pris un taxi qui l'avait conduit à un excellent hôtel où il avait retenu une chambre hors de prix. Il avait demandé à la réception que le petit déjeuner lui soit monté à dix heures ainsi que l'édition dominicale du *Chronicle*. Cela faisait cinq ans qu'il n'avait pas vu cette chère vieille feuille de chou pour laquelle il avait rendu compte de tant d'incendies, de meurtres, d'accidents de la circulation et de mariages ; il était impatient de faire cette lecture qui était pour lui comme une reprise de contact directe avec son pays natal si longtemps négligé. Quoi de plus approprié et de plus symbolique que de se retrouver assis dans son lit, bien calé contre ses oreillers, en train de lire ce bon vieux

Chronicle, le premier matin de son retour en Amérique ? Avant de sombrer dans le sommeil, il se demanda qui pouvait bien être l'actuel rédacteur financier et si le supplément comique racontait toujours les pétillantes aventures de la famille Doughnut.

Le lendemain matin, un sentiment d'âpre détermination l'envahit quand il tendit le bras vers son journal. Quand on remonte la baie de New York en bateau, on reconnaît la ligne d'horizon de la ville, avec ses sommets ; le bruit de ferraille du métro aérien et l'odeur caractéristique de ses couloirs souterrains vous font un accueil sympathique. Mais ce qui convainc définitivement le voyageur qu'il est de retour sur l'île de Manhattan, c'est le premier journal du dimanche. Jimmy commença, comme tout le monde, par le supplément comique ; tandis qu'il le feuilletait, une sensation de malaise, presque la prémonition d'un malheur, l'envahit et le glaça jusqu'aux os : la famille Doughnut n'était plus. Bien qu'il se rendît compte de l'absurdité de cette réaction, Jimmy eut l'impression qu'on venait de lui annoncer la disparition d'un ami très cher. Le père Doughnut et ses acolytes avaient commencé leurs aventures cinq ans avant que Jimmy ne quitte le pays ; or, même les héros de supplément humoristique les plus résistants tiennent rarement une décennie. L'optimisme matinal de Jimmy s'en trouva assombri et il ne retira aucun plaisir des exubérances artificielles d'une créature dégénérée du nom d'Old Pop Dill-Pickle proposée à la place.

Mais cela — il allait le découvrir presque immédiatement — était un désastre mineur. Cette disparition l'attristait mais n'affectait en rien son bien-être matériel. C'est quand il entama la partie magazine que la tragédie commença réellement. À peine y avait-il jeté un coup d'œil qu'un titre le frappa comme une gifle :

Et au-dessous, son nom.

Rien n'est plus varié que les émotions que l'on peut éprouver si d'aventure nous tombons sur notre nom imprimé dans un journal : nous sommes au septième ciel ou, au contraire — et c'est ce que fit Jimmy —, nous touchons le fond de l'abîme. Un premier survol rapide de l'article révéla qu'il ne s'agissait pas d'un panégyrique. D'une plume impitoyable, son auteur avait fouiné dans son passé tumultueux, fondant ses remarques sur cette malheureuse rencontre avec Lord Percy Whipple au *Six Hundred Club*. Cet incident, le scribe l'avait relaté en détail avec une énergie débordante, une énergie encore supérieure à celle de Bill Blake dans le *Daily Sun* de Londres. Bill Blake avait été gêné par un manque d'espace et par le fait que son article avait été rendu assez tard, alors que le journal finissait d'être mis en page. Ce journaliste-ci n'était entravé par aucun impératif. Il avait toute la place nécessaire pour s'étaler. Le rédacteur en chef s'était montré tellement généreux sur ce point qu'en plus du texte l'article comportait un dessin terriblement injurieux. Ledit dessin représentait un jeune homme solidement bâti et visiblement éméché levant le poing contre un garçon portant un monocle et une tenue de soirée, et avec un menton tellement fuyant que Jimmy fut étonné d'avoir réussi à l'atteindre. La seule lueur de consolation qu'il pût découvrir dans ce dessin, c'était que son auteur avait représenté Lord Percy de façon encore moins flatteuse que lui. Entre autres choses, le second fils du duc de Devizes était affublé d'une couronne, chose qui n'aurait pas manqué de soulever des remarques, même dans une boîte de nuit londonienne.

Ce n'est qu'après avoir lu entièrement l'article trois

fois que Jimmy perçut une nuance que son esprit perturbé n'avait pas saisie tout d'abord : cette esquisse de sa personne n'était nullement un déchaînement isolé, mais faisait apparemment partie d'une série. À plusieurs reprises, l'auteur de l'article faisait manifestement allusion à d'autres thèses portant sur le même sujet. Le petit déjeuner de Jimmy refroidissait sur le plateau, intact. Cette faveur que les dieux nous accordent si rarement — nous voir tels que les autres nous voient — avait été accordée à Jimmy avec largesse. Avant même d'avoir achevé sa troisième lecture, il se considérait d'un œil objectif, presque dans l'état d'esprit d'un naturaliste confronté à quelque manifestation étrange et répugnante de la vie des insectes. Voilà donc le genre de type qu'il était ! Il s'étonna d'avoir été accepté dans un hôtel de bonne réputation.

Il passa le reste de la journée dans un tel état d'humilité qu'il était presque au bord des larmes quand les serveurs étaient aimables avec lui. Le lundi matin, il se rendit à Park Row pour lire les dossiers du *Chronicle,* entreprise morbide qui s'apparentait à l'étrange comportement de ces prêtres de Baal qui s'entaillent la peau à coups de couteau ou de ces écrivains qui s'abonnent à des agences de coupures de presse.

Il tomba presque immédiatement sur un article dans un exemplaire datant de moins d'un mois. Puis, plus rien pendant plusieurs semaines, ce qui fit renaître en lui l'espoir que les choses étaient peut-être moins graves qu'il ne le craignait... espoir anéanti par une nouvelle missive assassine. Après quoi il entreprit des recherches méthodiques, résolu à affronter le pire. Ce qui arriva en un peu moins de deux heures. Tout y était : son altercation avec le bookmaker, ses débordements à la réunion politique, son affaire de promesse de mariage non tenue. Une biographie complète. Et ce nom dont ils l'affublaient, Piccadilly Jim ! Pouah !

Il sortit dans Park Row et se mit en quête d'un endroit où il pourrait tranquillement ruminer ses problèmes. L'aspect pratique et financier de l'affaire ne le tortura pas immédiatement. Pendant un laps de temps fort appréciable, seul son amour-propre souffrit. Il lui semblait que tous ces passants affairés le connaissaient, qu'ils lui jetaient des regards en coin et riaient à ses dépens, que ceux qui mastiquaient du chewing-gum le faisaient de façon sarcastique, que ceux qui mâchouillaient leur cigare le mâchouillaient d'un air de désapprobation et de mépris à peine voilés. Puis, la susceptibilité s'émoussant avec le temps, il trouva qu'il avait des choses bien plus importantes à considérer.

Comme il avait rejeté les lieux de plaisir londoniens, selon le plan d'action qu'il avait mis sur pied, il avait décidé qu'il se présenterait au siège du journal où il travaillait jadis dès qu'il aurait accosté et demanderait à reprendre son ancienne place. Il ne lui était pas venu à l'esprit, étant donné le peu de détails de ses plans d'avenir, qu'il ne lui suffirait pas d'entrer, de donner une grande claque dans le dos de toute l'équipe et d'annoncer qu'il était d'attaque pour le travail. Le travail ! Avec les membres d'un journal dont la principale distraction semblait être la satire de ses escapades ? Eût-il possédé le courage, ou le toupet, de faire cette requête, où cela le mènerait-il ? Il était la risée d'un monde au sein duquel il avait jadis été un citoyen méritant. Quel journal oserait confier une mission à Piccadilly Jim ? Quel journal prendrait sa candidature en considération, même pour s'occuper des tarifs d'espaces publicitaires ? Un frisson de désarroi le parcourut. Il entendait la voix grave de Bayliss qui lui parlait à l'oreille, comme à la gare de Paddington :

— N'est-ce pas un peu précipité, Mr. James ?

« Précipité » était le mot juste. Il se trouvait dans un pays qui ne pouvait rien lui apporter, un pays où la concurrence était acharnée et l'emploi rare pour une personne non qualifiée. Que diable pouvait-il bien faire ? Retourner chez lui faisait partie des options. Non, impossible, sa fierté se rebellait contre cette solution. C'est bien joli, l'histoire du fils prodigue, mais cela perd de son impact si vous rentrez à la maison deux semaines après votre départ. Il était essentiel de rester un moment parmi les pourceaux[1]. En outre, il devait penser à son père. Peut-être était-il un fils indigne comme en témoignait çà et là le *Sunday Chronicle,* mais pas au point de revenir sournoisement chambouler ses projets. Car, en disparaissant, il avait fait la seule chose *ad hoc.* Non, cela était hors de question.

Que restait-il ? L'air de New York est vivifiant et sain, mais il ne nourrit pas son homme. De toute évidence, Jimmy devait trouver un boulot. Mais quel boulot ? Que pouvait-il bien faire ?

Une crampe à l'estomac lui fournit la réponse. La solution qu'elle proposait n'était, certes, que temporaire, mais Jimmy était emballé. C'était la solution parfaite à tout état de crise : il allait se restaurer, et peut-être qu'ainsi viendrait l'inspiration. Il quitta le porche sous lequel il s'était réfugié et descendit dans le métro. Il prit un train express et quelques minutes plus tard il émergea à nouveau au soleil à Grand Central. Il se dirigea vers l'ouest, le long de la Quarante-Deuxième Rue, pour se rendre à l'hôtel qui, croyait-il, pourrait répondre à ses besoins. À peine entré, il aperçut Ann

1. Cf. Luc XV, 16 ; parabole de l'Enfant Prodigue : « Il aurait bien voulu se rassasier des caroubes que mangeaient les pourceaux, mais personne ne lui en donnait. » (*N.d.T.*)

Chester assise dans un fauteuil à côté de la porte. Son découragement s'évanouit instantanément : il était à nouveau lui-même.

— Tiens ! Comment allez-vous, Mr. Bayliss ? Déjeunez-vous ici ?

— À moins que vous ne préfériez quelque autre endroit, dit Jimmy. J'espère que je ne vous ai pas fait attendre.

Ann se mit à rire. Elle était vraiment délicieuse dans ce vêtement soyeux de couleur verte.

— Je ne vais pas déjeuner avec vous. J'attends Mr. Ralstone et sa sœur. Vous souvenez-vous de lui ? Il a fait la traversée avec nous. Son transat était à côté du mien sur le pont promenade.

Jimmy était médusé. À la pensée que grâce à lui Ann allait échapper à un déjeuner avec ce bonnet de nuit de Teddy — ou s'appelait-il Edgar ? — il faillit défaillir. Il se ressaisit et parla d'un ton ferme.

— À quelle heure aviez-vous rendez-vous ?

— À une heure.

— Il est maintenant une heure cinq. Vous n'allez tout de même pas attendre plus longtemps ! Venez, nous allons appeler un taxi.

— Ne dites pas de bêtises.

— Venez, vous dis-je. Je veux vous parler de mon avenir.

— C'est hors de question, dit Ann en se levant.

Elle l'accompagna jusqu'à la porte.

— Teddy ne me le pardonnerait jamais.

Elle monta dans le taxi.

— C'est bien parce qu'il s'agit de votre avenir, dit-elle tandis qu'ils démarraient. Sinon, rien n'aurait pu me convaincre de...

— Je sais, fit Jimmy. Je savais que je pouvais compter sur votre compréhension de femme. Où pouvons-nous aller ?

— Où vous voudrez. Oh, j'oubliais, c'est la première fois que vous venez à New York. À propos, comment trouvez-vous notre merveilleux pays ?

— Des plus agréables, si seulement je pouvais y dénicher un emploi.

— Dites au chauffeur d'aller chez *Delmonico*, au coin de la Quarante-Quatrième Rue.

— Il y a donc des choses intéressantes au coin de la rue ?

— Voilà qui est bien énigmatique. Que voulez-vous dire ?

— Vous avez donc oublié notre conversation sur le bateau ? Vous refusiez d'admettre qu'il puisse exister des choses magnifiques juste au coin de la rue. Vous avez prononcé des paroles regrettables, cette nuit-là. À propos d'amour, si je me souviens bien.

— Vous n'avez quand même pas l'intention de parler d'amour à une heure de l'après-midi ! Parlez-moi plutôt de votre avenir.

— L'amour fait partie intégrante de mon avenir.

— Pas de votre avenir immédiat. J'avais cru comprendre que vous cherchiez du travail. Auriez-vous abandonné l'idée du journalisme, par hasard ?

— Tout à fait.

— J'en suis heureuse.

Le taxi arriva à la porte du restaurant, interrompant ainsi la conversation. Quand ils furent attablés et que Jimmy eut passé une commande d'une prodigalité absolument inexcusable, Ann continua sur le sujet.

— Bon. Il s'agit maintenant de vous trouver une occupation.

Jimmy regarda autour de lui d'un air satisfait. L'exode massif qui vidait New York chaque été n'aurait lieu que dans quelques semaines et la salle était bondée de clients prospères sans le moindre souci ni la moindre addition non payée. L'atmosphère respirait le compte en banque bien garni. La solvabilité brillait sur le visage rasé de frais des hommes et se reflétait dans les robes des dames. Jimmy poussa un soupir.

— En effet, il le faudrait, dit-il. Mais je ne serais pas contre l'idée de faire partie de l'élite oisive. Il n'y a pas de meilleure profession à mon goût que d'entrer dans le bureau d'un vieux père et de lui soutirer un autre petit billet de mille.

Ann prit un air sévère.

— Vous me révoltez ! dit-elle. Je n'ai jamais rien entendu d'aussi scandaleux. Il vous faut du travail !

— Un de ces jours, fit Jimmy d'une voix plaintive, je serai assis sur le bord de la route avec ma gamelle, et vous, vous passerez dans votre limousine ; je lèverai les yeux vers vous et je vous dirai : « C'est votre faute si je suis là ! » Que ressentirez-vous alors ?

— Je serai très fière de moi.

— Dans ce cas, il n'y a rien à ajouter. S'il ne tenait qu'à moi, je préférerais essayer de me faire adopter par un milliardaire, mais puisque vous insistez pour que je travaille... Garçon !

— Qu'allez-vous demander ?

— Pourriez-vous m'apporter l'annuaire professionnel ? demanda Jimmy au serveur.

— Pour quoi faire ? demanda Ann.

— Pour trouver un métier. Il faut procéder avec méthode.

Le garçon revint en apportant un livre rouge. Jimmy remercia et ouvrit l'annuaire à la lettre A.

— Alors, que va-t-il devenir, ce garçon ? dit-il.

Il tourna les pages.

— Que pensez-vous d'Aide-Comptable ?

— Croyez-vous que vous sauriez comptabiliser ?

— Je ne peux pas le dire avant d'avoir essayé. Je serais peut-être excellent. Et que dites-vous d'Ajusteur ?

— Ajusteur de quoi ?

— L'annuaire ne le dit pas. Il se contente d'annoncer « Ajusteur », sans préciser. Une fois que vous avez décidé de devenir Ajusteur, vous décidez de ce que vous désirez ajuster. On peut, par exemple, devenir Ajusteur d'Asperges.

— Quoi ?

— Je suis sûr que vous connaissez cela. Les Ajusteurs d'Asperges sont des types qui vendent ces espèces de poulies au moyen desquelles les gens de la haute font descendre les asperges dans leur bouche... ou, plus exactement, c'est Francis, le valet de pied, qui le fait pour eux. La personne est appuyée contre sa chaise et le domestique actionne l'appareil par-derrière. Cette technique est en train de supplanter complètement l'ancienne méthode qui consistait à prendre le légume avec deux doigts et à en croquer un morceau. Mais pour s'en sortir en tant qu'Ajusteur d'Asperges, il faut certainement des capitaux. Nous en arrivons à Abaisseur de Stores à Manivelle ou à Ressorts. Je ne crois pas que cela me plairait. Abaisser des stores me semble une bien triste façon de passer ses plus belles années. Essayons les B.

— Essayons plutôt cette omelette. Elle semble délicieuse.

Jimmy secoua la tête.

— Je vais la manger du bout des dents... distraitement, d'un air absent, comme il sied à un homme d'affaires. Il n'y a rien aux B. Je vais peut-être vouer mon ardente jeunesse aux Biens d'Approvisionnement en Verres de Bar et Bouteilles. Ou peut-être pas. De même, bien que Celluloïd, Fibre de Verre et Autres Marchandises Artificielles offrent sans nul doute un avenir radieux, l'instinct me dit qu'il n'y en a aucun pour...

Il se ressaisit à l'instant où il allait dire « James

Braithwaite Crocker » et frémit d'avoir échappé de si peu au gouffre.

— ... pour... hésita-t-il à nouveau, pour Algernon Bayliss, finit-il par conclure.

Ann souriait d'aise. Rien d'étonnant à ce que son père lui ait donné un tel prénom. La considération qu'elle portait au vieil homme aperçu brièvement à la gare de Paddington ne s'était pas émoussée avec le temps. C'était un brave homme et elle approuvait totalement cette dernière manifestation de son apparente fierté en sa descendance.

— Est-ce vraiment votre prénom... Algernon ?

— Je ne peux le nier.

— Votre père est un amour ! s'écria Ann, passant du coq à l'âne.

Jimmy s'était replongé dans l'annuaire.

— Voyons les D. Peut-être passerai-je à la postérité sous le nom de Bayliss le Dermatologue ? Ou de Bayliss le Duplicateur ? Je n'aime pas trop ce dernier. C'est sans doute une occupation respectable, mais elle m'apparaît plutôt criminelle. La peine infligée pour contrefaçon doit tourner autour de vingt ans de travaux forcés.

— J'apprécierais que vous mettiez ce livre de côté et que vous continuiez à déjeuner, dit Ann.

— Peut-être, poursuivit Jimmy, mes petits-enfants se presseront-ils autour de moi en piaillant de leur voix juvénile : « Pépé, raconte-nous comment tu es devenu le roi de l'Elastique ! » Qu'en pensez-vous ?

— Je pense que vous devriez avoir honte. Vous perdez votre temps. Il faut que nous discutions sérieusement de ce que vous avez l'intention de faire.

Jimmy tournait les pages rapidement.

— Je suis à vous dans une minute, dit-il. Essayez de vous amuser toute seule le temps que je termine. Posez-vous une devinette. Racontez-vous une histoire.

Pensez à la vie. Non, ça ne va pas. Je ne me vois pas en Ferrailleur, Glacier, Hôtesse d'Accueil, Ignifugeur, Joaillier, Kinésithérapeute, Lingère, Marbrier Funéraire, Nourrice, Oculiste, Perruquier, Quincaillier, Réparateur-Couvreur, Serrurier, Tourneur-Fraiseur, Urbaniste, Vétérinaire, Wattman, Xylophage ou Zingueur.

Il referma l'annuaire.

— Je ne vois qu'une solution. Je dois mourir de faim dans le caniveau. Dites-moi... vous connaissez New York mieux que moi... Où y a-t-il un bon caniveau ?

À ce moment précis, un personnage vêtu de blanc entra dans le restaurant. C'était un jeune homme dont les vêtements tombaient impeccablement, avec des chaussures admirablement cirées et une fleur aux proportions parfaites accrochée à la boutonnière. Il jeta un coup d'œil circulaire à la salle à travers un monocle. C'était un délice pour les yeux, mais Jimmy sursauta violemment et ne ressentit aucun plaisir en le voyant. Il connaissait bien cet homme et cet homme le connaissait. La dernière fois qu'il l'avait vu, c'était au Club des Célibataires de Londres moins de deux semaines plus tôt. Il existe peu de certitudes en ce bas monde, mais il ne faisait aucun doute que si Bartling (tel était le nom de l'apparition) l'apercevait, il viendrait le saluer et dévoilerait son identité. Il se prépara mentalement à jouer son personnage : il était Bayliss, et rien que Bayliss. Peut-être s'en sortirait-il en niant vigoureusement. Après tout, il était de notoriété publique que Reggie Bartling était intellectuellement limité et croyait n'importe quoi.

Le monocle continuait son tour d'horizon. Il s'arrêta sur le profil de Jimmy.

— Sapristi ! s'exclama l'apparition.

Reginald Bartling avait débarqué à New York le matin même et il se sentait déjà terriblement seul dans cette ville qu'il ne connaissait pas. Il y faisait du tourisme, sa valise remplie de lettres d'introduction qu'il n'avait pas encore utilisées. Il avait le mal du pays et brûlait de rencontrer un ami. Et là, devant lui, se trouvait Jimmy Crocker, l'un des meilleurs d'entre eux ! Il se dirigea vers sa table avec empressement.

— Ça alors, ce vieux Crocker ! J'ignorais que vous étiez ici. Quand êtes-vous arrivé ?

Jimmy était extrêmement heureux d'avoir vu ce casse-pieds à temps pour se préparer à la confrontation. S'il avait été assailli de cette façon sans s'y attendre, il se serait sans nul doute trahi. Mais ayant anticipé la rencontre, il eut encore le temps de dire toute une phrase à Ann avant de laisser voir qu'il se rendait compte que c'était à lui qu'on s'adressait.

— Ça alors ? Jimmy Crocker !

Jimmy parvint à jeter le regard le plus vide des temps modernes. Il tourna les yeux vers Ann, puis regarda Bartling à nouveau.

— Je crois qu'il y a erreur, dit-il. Mon nom est Bayliss.

Devant cet œil glacial, l'immaculé Bartling se décomposa. Et lui revint alors à l'esprit tout ce qu'il avait lu et entendu au sujet des sosies. Il était perplexe. Il s'empourpra. Quel manque de manières que d'accoster un parfait étranger en affirmant le connaître ! Ces gens le prenaient certainement pour un escroc. Quelle guigne ! Il continua à rougir jusqu'à en être, on pouvait l'imaginer, écarlate de la tête aux pieds. Il battit en retraite en bredouillant des excuses. La gêne extrême du pauvre garçon ne laissa pas Jimmy insensible. Il connaissait assez Reggie et son attachement aux bonnes manières pour apprécier l'effroi qui avait dû le saisir en se rendant compte qu'il venait de s'adresser à quelqu'un qui ne lui avait jamais été présenté. Mais nécessité fait loi. Reggie était capable de se torturer l'esprit des jours et de souffrir d'insomnie à cause de cette rencontre, mais Jimmy était prêt à se battre jusqu'au bout, même s'il devait y passer tout l'été. De plus, cela ne faisait aucun mal à Reggie de se prendre une bonne claque de temps en temps. Rien de tel pour le garder en forme.

Plongé dans ses pensées, Jimmy se tourna à nouveau vers Ann alors que Bartling, cramoisi, se retirait en titubant pour remettre son système nerveux en état dans quelque auberge. Bouche bée et les yeux écarquillés, Ann le regardait, ébahie.

— Étrange, observa Jimmy avec un détachement qui le surprit lui-même et dont il ne se serait jamais cru capable. Je dois avoir un sosie. Quel est le nom qu'il a prononcé ?

— Jimmy Crocker ! s'écria Ann.

Jimmy leva son verre, y trempa les lèvres et le reposa.

— Oui, je me rappelle, en effet. C'est curieux, mais c'est un nom qui me semble familier. Je l'ai déjà entendu quelque part.

— Je vous ai parlé de Jimmy Crocker sur le bateau... un soir, sur le pont.

Jimmy lui lança un regard incrédule.

— Vraiment ? Oh, oui, bien sûr, j'y suis. C'est l'homme que vous détestez tant.

Ann le regardait comme s'il s'était soudain mué en bête étrange.

— J'espère que vous n'allez pas laisser cette ressemblance jouer en ma défaveur, dit Jimmy. Certains naissent « Jimmy Crocker », et d'autres se trouvent par erreur apostrophés sous ce nom. Gardez bien en mémoire que j'appartiens à cette seconde catégorie.

— C'est tellement incroyable !

— Oh, je ne crois pas. J'entends souvent parler de sosies. Il y a quelques années, en Angleterre, un homme n'arrêtait pas d'aller en prison pour des forfaits perpétrés par quelque aimable étranger qui lui ressemblait.

— Ce n'est pas ce que je veux dire. Bien sûr qu'il existe des sosies, mais il est quand même curieux que vous soyez venu ici et que nous nous soyons rencontrés justement à ce moment-là. Voyez-vous, si je suis allée en Angleterre, c'est pour essayer de ramener Jimmy Crocker ici.

— Quoi ?

— Je n'ai pas dit que j'avais réussi. Je dis simplement que j'ai accompagné mon oncle et ma tante qui voulaient le convaincre de venir vivre avec eux.

Jimmy n'y comprenait vraiment plus rien.

— Votre oncle et votre tante ? Mais pour quoi faire ?

— J'ai omis de vous dire qu'ils sont également l'oncle et la tante de Jimmy. La sœur de ma tante a épousé son père.

— Mais...

— C'est beaucoup plus simple qu'il n'y paraît. Peut-être n'avez-vous pas lu le *Sunday Chronicle* dernièrement ? On y trouve quelques petites choses sur les agissements de Jimmy Crocker à Londres... ils l'appellent Piccadilly Jim, vous savez...

Imprimé, ce nom avait choqué Jimmy. Dans la bouche d'Ann, il était répugnant. Il se sentait déchiré par le remords que lui inspirait son pénible passé.

— Il y a encore eu un article hier.

— Je l'ai vu, dit Jimmy afin d'éviter les détails.

— Vraiment ? Enfin, juste pour vous montrer quelle sorte d'homme est Jimmy Crocker, sachez que ce fameux Lord Percy Whipple sur lequel il s'est jeté au club était son meilleur ami. Sa belle-mère l'a dit à ma tante. Apparemment, c'est un cas désespéré.

Elle sourit.

— Vous semblez triste, Mr. Bayliss. Courage ! Vous avez beau lui ressembler, vous n'êtes pas lui. L'important, c'est l'âme. Si vous avez une âme droite et vertueuse, une âme à la Algernon, quelle importance que ses amis vous prennent pour Jimmy Crocker ? C'est plutôt un bon point, quand on y pense. Je suis sûre que si vous alliez chez ma tante en prétendant être Jimmy Crocker et que, rongé par le remords, vous feigniez d'avoir décidé de venir malgré tout, elle serait tellement heureuse qu'elle ferait n'importe quoi pour vous. Peut-être réaliserez-vous ainsi votre ambition de vous faire adopter par un milliardaire. Pourquoi ne pas essayer ? Je ne vendrai pas la mèche.

— Avant qu'ils ne me démasquent et ne me jettent en prison, j'aurai été proche de vous un moment. J'aurai vécu sous le même toit que vous, je vous aurai parlé... !

La voix de Jimmy tremblait.

Ann tourna la tête pour s'adresser à un compagnon imaginaire.

— Écoutez ça, mon cher, dit-elle à mi-voix. Il parle merveilleusement ! On l'appelle l'Orateur, dans sa ville natale. Ou parfois, Algernon le Volubile !

Jimmy la regarda fixement. Il réprouvait cette légèreté.

— Un de ces jours, vous pousserez le bouchon trop loin...

— Mais vous n'avez pas entendu ce que j'ai dit à mon ami, n'est-ce pas ? fit-elle d'un ton inquiet. J'en pense chaque mot. J'adore vous écouter parler. Vous êtes plein de sensibilité !

Jimmy entra dans son jeu.

— Êtes-vous donc dépourvue de tout sentiment ? insista-t-il. D'ailleurs, je ne faisais que m'échauffer ! Une minute de plus et vous auriez entendu quelque chose qui valait vraiment le coup. Vous m'avez coupé dans mon élan. Continuons plutôt à parler de ma carrière.

— Avez-vous trouvé une idée ?

— J'aimerais être l'un de ces types qui sont assis dans un bureau, qui signent des chèques et qui disent au garçon de bureau de prévenir Mr. Rockefeller qu'ils désirent le voir cinq minutes. Mais bien sûr, il me faudrait un carnet de chèques ; et je n'en ai pas. Enfin, je trouverai bien une occupation. Maintenant, parlez-moi de vous. Laissons tomber l'avenir un instant.

Une heure plus tard, Jimmy tourna dans Broadway. Il marchait d'un air songeur, l'esprit occupé par de multiples questions. Drôle d'idée que les Pett soient venus en Angleterre pour essayer de le convaincre de retourner à New York ! De plus, il trouvait vraiment irritant de voir se fermer devant lui cette avenue qui le menait tout droit à un avenir prospère, à cause de quelque chose qu'il avait fait cinq ans auparavant (mais de quoi s'agissait-il ?) et qui avait fait naître chez Ann ce sentiment de haine tenace qu'elle nourrissait à son égard. Il se mit à rêver tendrement à Ann, heurtant un passant après l'autre dans une espèce d'extase.

Le septième passant le sortit de cette extase en prononçant son nom, ce nom que les circonstances l'avaient forcé à abandonner.

— Jimmy Crocker ?

La surprise l'arracha à ses rêves et le replongea dans la dure réalité... la surprise et une certaine irritation. Il était ridicule de se promener incognito dans une ville où on n'a pas mis les pieds depuis cinq ans et d'être immédiatement reconnu par la moitié des gens que l'on croisait. Il regarda l'homme d'un œil glacé. C'était un jeune homme vigoureux aux épaules carrées et au visage meurtri mais avenant. Jimmy n'avait pas particulièrement la mémoire des visages, mais celui-ci était de ceux dont les mémoires les plus défectueuses se souviennent. Il était unique en son genre. Ce nez cassé, ce front étroit et ces oreilles décollées ne demandaient qu'à être reconnus. Jimmy avait vu Jerry Mitchell pour la dernière fois deux ans auparavant au National Sporting Club de Londres et, l'ayant tout de suite identifié, il se tint prêt, comme il l'avait fait un moment plus tôt pour confondre l'impeccable Reggie.

— Bonjour ! fit l'homme au visage meurtri.

— Bonjour à vous ! répondit Jimmy d'un air courtois. En quoi puis-je vous être agréable ?

Le large sourire de l'autre se décomposa. Il semblait perplexe.

— Vous êtes bien Jimmy Crocker ?

— Non. Il se trouve que je m'appelle Algernon Bayliss.

Jerry Mitchell s'empourpra.

— S'cusez-moi. C'est une erreur.

Il s'éloignait déjà mais Jimmy l'arrêta. Se séparer d'Ann avait laissé un grand vide dans sa vie et il avait terriblement besoin d'un contact humain.

— Je vous reconnais, dit-il. Vous êtes Jerry Mitchell. Je vous ai vu combattre Kid Burke à Londres, il y a quatre ans.

Le large sourire, plus éclatant que jamais, revint sur le visage du pugiliste. Il rayonnait de reconnaissance.

— Nom d'un chien ! Ça alors ! J'ai arrêté depuis. Je travaille pour un type qui s'appelle Pett. C'est drôle, c'est l'oncle de Jimmy Crocker, le type avec lequel je vous ai confondu. Vous êtes sa copie conforme ! J'aurais juré que c'était lui, quand vous m'avez bousculé. Dites-moi, vous êtes pressé ?

— Non, pas particulièrement.

— Allons causer deux minutes. Je connais un bar dans le coin.

— Avec plaisir.

Ils arrivèrent au bar en question.

— Qu'est-ce que vous prenez ? Personnellement, je suis au régime sec, ajouta-t-il en s'excusant.

— Moi aussi, dit Jimmy. C'est plus raisonnable. Quand on boit, on ne cesse de se donner en spectacle de façon humiliante !

Jerry Mitchell écouta ce sermon en silence. Voici qui chassait de son esprit le doute latent quant à la possibilité que cet homme fût Jimmy Crocker. Bien qu'apparemment convaincu par les dénégations de l'autre, il n'avait pas réussi, jusqu'à présent, à se défaire d'un vague soupçon. Mais ces dernières paroles avaient anéanti le doute : Jimmy Crocker n'aurait jamais dit une chose pareille, ni refusé un verre d'alcool. Jerry entama une conversation très agréable, l'esprit léger.

CHAPITRE IX

Il était cinq heures de l'après-midi. Mrs. Pett était rentrée en Amérique depuis une dizaine de jours et recevait ses amis dans sa maison de Riverside Drive. Cette réunion avait l'ampleur d'une véritable réception : c'était non seulement une sorte d'annonce officielle à tout New York que l'une de ses éminentes maîtresses de maison était à nouveau en son sein, mais elle avait également pour but de faire honneur à Mr. Hammond Chester, le père d'Ann, et de l'impressionner. Ce dernier passait quelques jours dans la métropole avant de partir en Amérique du Sud pour l'un de ses fréquents périples. Il avait beaucoup d'affection pour Ann qu'il manifestait de façon assez distante, tout en considérant, dans son for intérieur, qu'Ann avait eu une bien mauvaise idée de n'être pas un garçon. Dès qu'il le pouvait, il faisait une halte d'un jour ou deux à New York, sur le chemin qui le conduisait d'un coin isolé et sauvage de la planète à un autre.

Le vaste salon avec vue sur l'Hudson était plein à craquer de cet étrange assortiment du genre humain que Mrs. Pett affectionnait particulièrement. Elle était très fière de la bohème présente à ses réceptions et, depuis deux ans, s'était transformée en un dragon traquant le génie dans ses caches pour l'amener au grand jour. À différents endroits de la pièce se trouvaient les six génies à demeure dont la présence soulevait tant d'objections chez Mr. Pett. Et en plus de ceux-là, elle en avait ramassé beaucoup d'autres du même acabit dans les environs de Washington Square, si bien que l'air vibrait des clameurs rauques de peintres futuristes, de bouddhistes ésotériques, de poètes amateurs de *vers libre*[1], de décorateurs d'intérieur, de dramaturges avant-gardistes, qui évoluaient parmi les membres plus conventionnels de la société venus là pour les écouter. Des hommes pratiquant une nouvelle religion prenaient le thé avec des dames arborant de nouveaux chapeaux. Des apôtres de l'amour libre exposaient leur doctrine à des personnes qui pratiquaient ce dernier depuis des années sans le savoir. Aux quatre coins de la pièce, chacun forçait sa voix et élargissait son esprit.

Mr. Chester, qui se tenait près de la porte avec Ann, contemplait ce tableau avec le mépris bienveillant d'un grand chien pour une bruyante meute de petits roquets. C'était un homme à la carrure massive et au teint hâlé qui ressemblait beaucoup à Ann sur certains points et qui lui aurait ressemblé plus encore s'il ne s'était fait arracher, par malheur, une partie du visage par le coup de griffe d'un jaguar irritable avec lequel il avait eu un différend quelques années auparavant dans la jungle péruvienne.

— Tu aimes ce genre de réunion ? demanda-t-il.

— Cela m'est égal, dit Ann.

— Je suis désolé de te quitter, Ann, mais je suis content de me tirer d'ici, ce soir. Qui sont tous ces gens ?

Ann passa l'assemblée en revue.

— Là, c'est Ernest Wisden, le dramaturge, en train de discuter avec Lora Delane Porter, l'écrivain fémi-

1. En français dans le texte. (*N.d.T.*)

niste. Là-bas, avec les cheveux courts, c'est Clara-je-ne-sais-quoi, le sculpteur. À côté...

Mr. Chester interrompit le catalogue en réprimant un bâillement.

— Où est ce vieux Pete ? Ne vient-il donc pas à ces rassemblements ?

Ann se mit à rire.

— Pauvre Oncle Peter ! S'il rentre du bureau avant que tout ce monde ne soit parti, il montera discrètement dans sa chambre et y restera jusqu'au moment de pouvoir en sortir en toute sécurité. La dernière fois que je l'ai convié à l'une de ces réceptions, il s'est fait assaillir par une femme qui, pendant une heure, lui a parlé de la moralité de la finance et semblait penser que les milliardaires étaient le rebut du genre humain.

— Il n'essaie jamais de se défendre.

Le regard de Mr. Chester erra dans la pièce puis s'arrêta.

— Qui est ce type ? J'ai l'impression de l'avoir déjà vu quelque part.

Le groupe était animé d'un constant tourbillon. S'il faisait mine de se figer, quelque chose venait immanquablement le remettre en branle. Ce phénomène était dû à l'activité incessante de Mrs. Pett, pour qui une maîtresse de maison parfaite se devait de faire bouger constamment ses invités. Depuis le moment où le salon commençait à se remplir, jusqu'à celui où il se vidait, elle ne cessait de se frayer un chemin en tous sens à la manière d'un faucon fondant sur des poulets ou à celle d'un étudiant fougueux plongeant dans la mêlée. Il en résultait que ses invités formaient sans arrêt de nouvelles « ententes », de nouvelles combinaisons, poussés comme ces petites figurines mobiles que l'on voit dans les vitrines de Broadway et qui tournent sur un disque de métal jusqu'au moment où, percutant une autre figurine, elles s'éloignent l'une de l'autre pour se retrouver ailleurs. C'était l'un des côtés fascinants des réceptions de Mrs. Pett et qui contribuait à ce mouvement d'élargissement de l'esprit auquel il a déjà été fait allusion. On ne savait jamais, en écoutant une discussion portant sur la sincérité d'Oscar Wilde, si elle n'allait pas soudain se changer au beau milieu d'une phrase en débat sur la signification profonde des Ballets russes.

Plongeant maintenant au cœur d'un groupe dominé pour le moment par une femme anguleuse qui clamait des choses pénétrantes sur la question du suffrage, Mrs. Pett avait agrippé et enlevé un grand jeune homme blond au visage doux et dénué d'expression. Depuis quelques minutes, ce jeune homme était assis droit sur sa chaise, les mains sur les genoux, et il avait tellement l'air d'un faire-valoir à un spectacle de chansonniers qu'on n'aurait pas été surpris qu'il se mît à pousser la chansonnette ou à poser des devinettes.

Ann suivit le regard de son père.

— Tu veux dire l'homme qui est en train de parler avec Tante Nesta ? Tiens, ils vont parler à Willie Partridge. C'est de cet homme que tu veux parler ?

— Oui, qui est-ce ?

— Ah, c'est la meilleure ! s'exclama Ann. Tu l'as toi-même mis en contact avec nous ! C'est Lord Wisbeach, il s'est présenté à Oncle Peter avec une lettre d'introduction écrite de ta main. Tu l'as rencontré au Canada.

— Je me souviens, maintenant. Je suis tombé sur lui en Colombie-Britannique. Nous avons campé ensemble une nuit. Je ne l'avais jamais vu auparavant et je ne l'ai pas rencontré depuis. Il a raconté qu'il voulait une lettre d'introduction auprès de ce vieux Pete pour une raison quelconque, alors je lui en ai griffonné une au crayon au dos d'une enveloppe. C'est le meilleur joueur de poker menteur que j'aie jamais vu. Il m'a mis la raclée. C'est un homme de ressources, malgré son allure de dandy de comédie musicale. Il est malin.

Ann le regarda d'un air pensif.

— C'est drôle que tu trouves des talents cachés à Lord Wisbeach, Papa. J'ai essayé de me faire une opinion sur lui. Il veut m'épouser.

— Pas étonnant ! J'imagine que la moitié des jeunes gens ici présents désirent la même chose, pas vrai, Ann ?

Mr. Chester regardait sa fille avec intérêt. Voir sa fille grandir et devenir une réelle beauté avait toujours été pour lui un sujet de perplexité. Il n'arrivait pas à se défaire de l'image d'une enfant toute en jambes vêtue d'une jupe courte.

— Je présume que tu passes ton temps à les éconduire ?

— Chaque jour, de dix heures du matin à seize heures avec une heure de pause pour le déjeuner. J'ai des horaires de bureau réguliers. Admission sur présentation de la carte de visite.

— Et qu'est-ce que tu penses de ce Lord Wisbeach ?

— Je n'en sais rien, avoua Ann. Il est très gentil. Et... le plus important... il est très différent. La plupart des hommes que je connais sont tous coulés dans le même moule. Lord Wisbeach et un autre sont les deux seuls hommes que j'ai rencontrés qui sortent un peu du lot.

— Qui est l'autre ?

— Un garçon que je connais à peine. Je l'ai rencontré sur le bateau.

Mr. Chester regarda sa montre.

— C'est à toi de décider, Ann, dit-il. Il y a quelque chose qui me réconforte d'être ton père... Ce n'est pas ce que je voulais dire. Je veux dire qu'en tant que père je me sens réconforté de savoir que je n'ai pas besoin de me faire de souci pour toi. Je ne suis pas obligé de te donner des conseils. Non seulement tu as trois fois plus de bon sens que moi, mais tu n'es pas le genre de fille qui demande des conseils. Depuis ta plus tendre enfance, tu as toujours su exactement ce que tu voulais. Allons, si tu as l'intention de m'emmener au bateau, nous ferions mieux de partir. Où se trouve la voiture ?

— Elle attend dehors. Tu ne vas pas faire tes adieux à Tante Nesta ?

— Quoi ? Plonger dans cette meute de coyotes et me battre pour me frayer un passage jusqu'à elle ! s'exclama Mr. Chester, visiblement alarmé. Des poètes en furie me mettraient en pièces. Et puis, on ne va pas faire tout un plat avec des adieux : je ne vais pas être parti longtemps. Ce voyage-ci ne me conduira pas plus loin que la Colombie.

— Tu pourras revenir le week-end, dit Ann.

Elle s'arrêta un instant à la porte pour jeter un regard furtif par-dessus son épaule au blond Lord Wisbeach, lequel était maintenant plongé dans une conversation animée avec Tante Nesta et Willie Partridge. Puis elle suivit son père jusqu'en bas. Elle prit place au volant de son automobile, pensive. Ce n'était pas tous les jours que cette nature indépendante avait besoin d'un soutien extérieur, mais elle aurait aimé, à ce moment précis, avoir un père moins désinvolte. Elle aurait aimé pouvoir lui demander de l'aider à prendre une décision au sujet d'un problème qui la tracassait depuis presque trois semaines, depuis que Lord Wisbeach lui avait demandé de l'épouser et qu'elle lui avait promis de lui donner sa réponse en rentrant d'Angleterre. Cela faisait déjà plusieurs jours qu'elle était de retour à New York, mais elle n'avait pas réussi à se décider. Elle s'en trouvait fort contrariée car elle était femme à aimer, tant chez autrui que chez elle-même, les décisions rapides. Elle aimait son père de la même façon qu'il l'aimait elle, avec impassibilité et détachement ; mais elle avait parfaitement conscience qu'il était inutile d'attendre un conseil de sa part.

Elle lui dit au revoir devant le bateau et, telle une mère, prit soin de son confort, puis remonta en voiture et rentra tout doucement. Pour la première fois de sa vie, elle se sentait peu sûre d'elle-même. Quand elle était partie pour l'Angleterre, elle avait pratiquement décidé d'accepter la demande de Lord Wisbeach. Et si elle ne lui avait pas encore dit « oui » réellement, c'était parce qu'elle avait coutume d'agir sans précipitation et désirait réexaminer la situation à tête reposée. Aucune répulsion particulière n'était née de ce second examen. Elle n'avait pas hésité, jusqu'à son arrivée à New York. C'est alors que, pour une raison qui lui échappait, la pensée d'épouser Lord Wisbeach lui était devenue vaguement odieuse. Et maintenant, elle balançait entre ce nouvel état d'esprit et le précédent.

Elle atteignit la maison de Riverside Drive mais ne ralentit pas. Elle savait que Lord Wisbeach l'y attendait et elle préférait ne pas le voir pour l'instant. Elle préférait être seule. Elle avait le moral bas. Elle se convainquit que c'était parce qu'elle venait de quitter son père. Cette façon qu'il avait de rentrer et de sortir de sa vie par des visites éclair la rendait toujours irritable un moment. Elle continua en direction de la rivière. Elle comptait bien, avant de rentrer, régler d'une manière ou d'une autre le problème qui la préoccupait.

Pendant ce temps-là, Lord Wisbeach discutait de la Partridgite avec Willie, son inventeur, et Mrs. Pett. En entendant qu'on s'adressait à lui, Willie s'était lentement retourné, d'un air absent et suffisant, l'air d'un grand penseur dérangé en pleine réflexion. Il en était toujours ainsi quand on lui parlait, et certaines personnes (Mr. Pett appartenait à cette école) étaient d'avis que derrière ce regard il n'y avait rien et que Willie avait bâti sa réputation d'esprit supérieur en herbe uniquement sur ce regard vide, une touffe de cheveux dans laquelle il passait les doigts et la renommée de son défunt père.

Willie Partridge était le fils de Dwight Partridge, inventeur éminent et reconnu, et on avait coutume de penser que l'explosif, la Partridgite, était le fruit de la poursuite d'expériences sur lesquelles son père travaillait au moment de sa mort. Dans les cercles qui s'intéressent à ces choses-là, tout le monde savait que, dans la dernière année de sa vie, Dwight Partridge avait fait des expériences en vue de créer un nouvel explosif. Il était entendu que des gouvernements étrangers avaient essayé de lui faire des propositions. Mais une soudaine maladie à l'issue fatale avait brutalement mis fin à la carrière naissante de Dwight Partridge ; et personne n'y avait plus pensé, jusqu'à ce qu'une interview dans le *Sunday Chronicle*, véritable mine d'informations sur les gens intéressants, annonce que Willie reprenait les expériences de son père au point où ce dernier les avait laissées. Depuis lors, le bruit courait qu'il pourrait y avoir des développements spectaculaires, rumeurs que Willie n'avait ni confirmées ni démenties. Il préservait le silence mystérieux qui seyait si bien à son allure.

S'étant lentement retourné pour poser son regard sur la figure sincère de Lord Wisbeach, Willie le contempla un instant, puis son visage prit l'expression qu'il avait sur la photo du *Chronicle*.

— Ah, Wisbeach ! dit-il.

Lord Wisbeach ne sembla pas souffrir de la condescendance de ses manières. Il engagea gaiement la conversation. Il se comportait de façon agréable et simple, ce qui le rendait sympathique à tout un chacun.

— Je racontais justement à Mrs. Pett, dit-il, que je ne serais pas étonné si vous receviez bientôt une offre de chez nous pour votre truc. Vous savez, j'ai vu beaucoup de gens au ministère de la Guerre quand j'étais en Angleterre. Plusieurs en ont parlé.

Willie n'appréciait guère que l'on appelle la Partridgite un « truc », mais il fit la part des choses. Tous les Anglais parlaient sans doute de cette façon.

— Vraiment ? dit-il.

— Il va sans dire, intervint Mrs. Pett, que Willie est patriote et c'est donc à notre gouvernement qu'il devrait donner la première chance...

— Bien entendu !

— Mais vous savez comment sont les hommes qui gouvernent le monde : ils sont terriblement méfiants et lents à la détente.

— Je sais. Chez nous, c'est exactement la même chose. J'ai un copain qui a inventé un machin — j'ai oublié de quoi il s'agit, mais c'était une petite invention tout à fait honorable — et il n'arrive tout simplement pas à savoir si oui ou non cela les intéresse. Je suis quand même étonné qu'ils n'aient pas essayé de tâter le terrain quand vous étiez à Londres.

— Oh, nous ne sommes restés à Londres que quelques heures. À ce propos, Lord Wisbeach, ma sœur...

Mrs. Pett se tut un instant. Elle n'aimait guère avoir à mentionner sa sœur, mais la curiosité était trop forte.

— ... ma sœur m'a dit que vous étiez un grand ami de son beau-fils, James Crocker. Je ne savais pas que vous le connaissiez.

Lord Wisbeach marqua une seconde d'hésitation.

— Il ne va pas débarquer, n'est-ce pas ? Dommage ! Cela lui aurait fait le plus grand bien. Oui, Jimmy et moi avons toujours été de vieux copains. Il est un peu fou, bien sûr... Je vous demande pardon ! Je veux dire...

Il s'arrêta net, confus, et se retourna à nouveau vers Willie pour se donner une contenance.

— Alors, est-ce que ça avance, votre sacré truc ? demanda-t-il.

Willie n'appréciait guère que l'on appelle la Partridgite un « truc », mais il était encore moins favorable au terme de « sacré truc ».

— Je ne travaille plus sur le « sacré truc » en question, répondit-il froidement.

— Il y a eu un pépin ? s'enquit Lord Wisbeach avec compassion.

— Au contraire, mes expériences ont parfaitement réussi. J'ai assez de Partridgite dans mon laboratoire pour faire exploser New York en mille morceaux !

— Willie ! s'exclama Mrs. Pett. Pourquoi ne m'en as-tu pas parlé plus tôt ? Tu sais à quel point cela m'intéresse.

— Je n'ai achevé mes travaux qu'hier soir.

Il prit congé d'un signe de tête cérémonieux. Il en avait assez de la compagnie de Lord Wisbeach. Quelque chose lui déplaisait chez ce jeune homme. Il s'en alla trouver société plus agréable auprès d'un groupe qui se tenait à côté de la fenêtre.

Lord Wisbeach se tourna vers la maîtresse de maison. Il avait abandonné son air vide d'expression, tel un masque. Deux yeux vifs et intelligents rencontrèrent ceux de Mrs. Pett.

— Mrs. Pett, puis-je vous parler d'un sujet grave ?

Mrs. Pett resta bouche bée de surprise devant ce changement. Elle avait beau aimer Lord Wisbeach, elle ne l'avait jamais cru très intelligent ; or, c'était un homme d'une intelligence aiguë qui la regardait maintenant. Elle fit un signe de tête.

— Si votre neveu a réellement réussi ses expériences, vous feriez bien d'être extrêmement prudente. Ce truc ne devrait pas traîner dans son laboratoire, même s'il est sans doute très bien caché. Ce devrait être enfermé dans un coffre-fort, quelque part... dans le coffre de votre bibliothèque, par exemple. Les nouvelles de ce genre se propagent à la vitesse de l'éclair. Il y a peut-être quelqu'un qui, en ce moment même, essaie de s'en emparer.

Chacun des nerfs de Mrs. Pett, chaque cellule d'un cerveau qui, depuis des années, avait dévoré des romans à sensations, furent pris d'un irrépressible frisson en entendant ces mots. Lord Wisbeach les avait prononcés d'une voix basse et tendue, ce qui leur donnait encore plus d'emphase. Elle ne s'était jamais autant trompée sur le compte d'un homme qu'elle ne l'avait fait pour Lord Wisbeach.

— Des espions ? demanda-t-elle d'une voix tremblante.

— Ce n'est pas le nom qu'ils se donneraient, dit Lord Wisbeach. Disons, des agents des Services Secrets. Chaque pays a des hommes dont la tâche exclusive consiste à exécuter ce genre de travail.

— Et ils essaieraient de voler celui de Willie...

La voix de Mrs. Pett se brisa.

— Ils ne considéreraient pas cela comme un vol. Ils agiraient par patriotisme. Je vous préviens, Mrs. Pett, j'ai des amis dans les Services Secrets britanniques qui m'ont raconté des histoires qui ne manqueraient pas de vous étonner. Dans la vie, ce sont des hommes parfaitement honnêtes, mais ils sont absolument dénués de scrupules dès qu'il s'agit de leur travail. Il n'y a plus de principes qui tiennent alors...

rien ! Si j'étais vous, je tiendrais chaque personne pour suspecte, surtout les étrangers.

Il sourit d'un air engageant.

— Vous devez trouver que c'est un bien étrange conseil venant de la part d'un homme qui est pratiquement un étranger lui-même. Tant pis. Soupçonnez-moi comme les autres si vous voulez. Jouez la carte de la sécurité.

— Cela ne me viendrait jamais à l'esprit, Lord Wisbeach ! s'écria Mrs. Pett, horrifiée. J'ai une confiance aveugle en vous. Supposons même qu'une telle chose soit possible, m'auriez-vous prévenue comme vous venez de le faire, si vous aviez été un...

— C'est vrai, reconnut Lord Wisbeach. Je n'y avais pas pensé. Alors, disons que vous pouvez soupçonner tout le monde, sauf moi.

Il se tut brutalement.

— Mrs. Pett, murmura-t-il, ne regardez pas autour de vous tout de suite. Attendez.

Ses paroles étaient presque inaudibles.

— Qui est cet homme derrière vous ? Il nous écoute. Retournez-vous tout doucement.

Mrs. Pett tourna la tête avec une nonchalance très étudiée. Elle crut tout d'abord que son compagnon faisait allusion à un groupe de jeunes gens qui, contre toute bienséance dans un tel cadre, discutaient d'une voix forte des espoirs des clubs concourant pour le titre de la Ligue nationale de base-ball. Puis, en regardant un peu plus autour d'elle, Mrs. Pett s'aperçut qu'elle s'était trompée. À mi-chemin entre ce groupe et elle, un personnage se tenait à l'écart. C'était un homme corpulent vêtu d'une queue-de-pie et tenant un plateau avec des tasses. Tandis qu'elle se retournait, l'homme croisa son regard, eut un sursaut coupable et traversa la pièce avec empressement.

— Vous avez vu ? dit Lord Wisbeach. Il écoutait.

Qui est cet homme ? Votre majordome, apparemment. Que savez-vous de lui ?

— C'est mon nouveau majordome. Il s'appelle Skinner.

— Votre nouveau majordome ? Il n'est pas à votre service depuis toujours ?

— Il est arrivé d'Angleterre il y a trois jours seulement.

— D'Angleterre ? Comment a-t-il fait pour entrer à votre service ? Je veux dire, sur la recommandation de qui ?

— Mr. Pett lui a proposé la place quand nous l'avons rencontré chez ma sœur, à Londres. Nous sommes allés là-bas pour voir ma sœur Eugenia... Mrs. Crocker. Cet homme est le majordome qui nous a fait entrer. Il a posé une question concernant le base-ball à Mr. Pett et ce dernier en a été tellement ravi qu'il lui a offert une place ici s'il voulait bien faire le voyage. Il n'a pas donné de réponse précise sur le moment mais, apparemment, il a pris le premier bateau et est entré à notre service quelques jours après notre retour.

Lord Wisbeach eut un petit rire.

— Très bien joué ! Bien entendu, ils l'avaient mis là exprès.

— Que dois-je faire ? demanda Mrs. Pett, dans tous ses états.

— Ne faites rien. Il n'y a rien que vous puissiez faire, à part garder les yeux ouverts. Tenez ce Skinner à l'œil. Essayez de voir s'il a des complices. Il y a peu de chances qu'il travaille seul. Soupçonnez tout le monde, croyez-moi...

C'est alors qu'éclata, quelque part au-dessus de leurs têtes, un vacarme si soudain et si assourdissant qu'on aurait cru que l'on venait de procéder à l'essai prématuré d'un échantillon de Partridgite ; mais, l'instant d'après, cela ressembla plutôt aux hurlements d'une victime à moitié déchiquetée par cet engin de mort. Un cri d'angoisse déferla comme une cataracte sur la maison, informant ainsi chaque personne présente sous ce toit non seulement que quelqu'un était en train de souffrir, mais encore que ce quelqu'un avait d'excellents poumons.

L'effet sur l'assemblée qui se tenait dans le salon fut immédiat et impressionnant. Les conversations s'arrêtèrent net, comme si l'on avait fermé un robinet. Douze discussions séparées et distinctes sur douze sujets hautement intellectuels s'évanouirent instantanément. On aurait dit que l'on venait de sonner la trompette du Jugement dernier. Incapables de prononcer une parole, des peintres futuristes et des dramaturges avant-gardistes regardèrent des bouddhistes ésotériques d'un œil où planaient de folles hypothèses.

Ce silence soudain ne fit qu'amplifier l'étrange bruit et le rendre plus distinct, lui permettant ainsi de délivrer son message au moins à l'un des membres de l'assemblée. Mrs. Pett, après un moment d'attention soutenue, poussa un hurlement déchirant et se précipita vers la porte.

— Ogden ! cria-t-elle d'une voix stridente.

Et elle gravit les escaliers quatre à quatre, de plus en plus vite. Il n'y a pas de meilleur ami qu'une mère.

CHAPITRE X

Pendant que dans le salon se déroulait la fête de la Raison et que s'épanchaient les âmes, Jerry Mitchell, qui attendait l'arrivée de Mr. Pett dans le gymnase situé au dernier étage de la maison, tuait le temps en fignolant son physique déjà impressionnant par des exercices énergiques. S'ils avaient été moins pris par leur bruyante conversation, les invités de Mrs. Pett auraient peut-être perçu le tap-tap étouffé qui témoignait que, au-dessus de leur tête, Jerry Mitchell donnait du poing dans son punching-ball.

Ce ne fut qu'après cinq minutes environ que, relâchant ses efforts, il s'aperçut qu'il avait le plaisir de la compagnie du jeune Ogden Ford. L'opulent garçon se tenait sur le pas de la porte et l'observait d'un œil attentif.

— Qu'est-ce que vous faites ? demanda Ogden.

Jerry passa un poing ganté sur son front en sueur.

— Je m'entraîne.

Il commença à retirer ses gants tout en jetant à Ogden un regard de désapprobation qu'il ne chercha guère à cacher. Pour cet inconditionnel de la forme physique, le spectacle de l'adolescent bedonnant était une offense permanente. Ogden, selon son habitude les jours où Mrs. Pett recevait, rôdait dans l'escalier situé à côté du salon depuis une heure, prélevant un impôt sur toute nourriture passant à proximité. Il avait le visage congestionné et de la confiture autour de la bouche.

— Pourquoi ? fit-il en ôtant d'un coup de langue un peu de confiture qui traînait sur sa joue droite.

— Pour garder la forme.

— Pourquoi voulez-vous garder la forme ?

Jerry lança ses gants dans l'armoire métallique avec violence.

— Disparais ! s'écria-t-il, excédé. Disparais !

— Hein ?

— File !

— Hein ?

Un excès de pâtisserie semblait avoir embrumé l'esprit du jeune garçon.

— Décampe !

— J'ai pas envie de décamper.

Agacé, le boxeur s'assit et dévisagea son visiteur d'un œil sévère.

— Tu ne fais jamais rien que tu n'as pas envie de faire, j'imagine ?

— Non, répondit simplement Ogden. Vous avez un drôle de nez, ajouta-t-il calmement. Qu'est-ce que vous lui avez fait pour qu'il soit comme ça ?

Mr. Mitchell ne tenait pas en place sur sa chaise. Il n'était pas vaniteux, mais seulement un peu chatouilleux sur ce détail précis de son anatomie.

— Lizzie dit que c'est le nez le plus drôle qu'elle ait jamais vu. Elle dit que c'est un nez de personnage de bande dessinée.

Un léger afflux de sang, que cinq minutes passées à frapper dans le punching-ball n'avaient pas réussi à produire, vint empourprer le singulier visage de Jerry Mitchell. Ce n'est pas qu'il considérât Lizzie Murphy, qui n'avait d'ailleurs elle-même rien de Lilian Russell, comme faisant autorité en matière d'esthétique, mais il se rendait bien compte que, en l'occurrence, elle ne parlait pas sans raison ; et ce ton protecteur teinté d'indulgence que prenait Ogden le blessait profondément, tout comme il en avait blessé bien d'autres avant lui... Il se tordit les doigts d'impatience et regarda le jeune garçon peu délicat d'un air renfrogné.

— Dehors !

— Hein ?

— Sors d'ici !

— J'ai pas envie de sortir, dit Ogden d'un ton catégorique.

Il enfonça la main dans la poche de son pantalon et en retira une masse collante qui, vraisemblablement, avait été un chou à la crème ou une meringue. Il l'avala avec satisfaction.

— J'avais oublié que j'avais ça, expliqua-t-il. Mary me l'a donné dans l'escalier. Elle aussi, elle trouve que vous avez un drôle de nez, poursuivit-il comme s'il rapportait des commérages flatteurs.

— La ferme ! La ferme ! s'écria le boxeur exaspéré.

— Je fais que répéter ce qu'elle m'a dit.

Jerry Mitchell se leva d'un mouvement convulsif et fit un pas en direction de son tortionnaire en respirant fortement par l'organe critiqué. Il était galant homme, fervent admirateur du sexe faible, mais il sentait monter en lui le désir d'en « flanquer une » à Mary. Mary était l'une des femmes de chambre, une femme simple au regard dur, et s'il lui en voulait, c'était en partie parce que sa Maggie bien-aimée, alias Celestine, la femme de chambre de Mrs. Pett, s'était liée d'une vive amitié avec elle. Il n'avait aucune preuve, mais il soupçonnait Mary de profiter de l'influence qu'elle avait sur Celestine pour favoriser la demande en mariage de Biggs, le chauffeur, son principal rival. Il avait pour

Mary une profonde antipathie. Les révélations d'Ogden ne firent qu'attiser le feu de son aversion. Pendant un instant, il joua avec l'idée fascinante de soulager sa hargne en administrant une fessée au jeune garçon, mais il se retint, à contrecœur, en pensant au désastre qui ne manquerait pas de suivre. Il était de la maison depuis assez longtemps pour savoir, avec une certitude dont Mr. Pett n'aurait pas été très fier, que ce dernier comptait pour du beurre en ces lieux et qu'il ne pèserait pas bien lourd en cas de conflit avec Mrs. Pett. Et donner à Ogden la correction qui aurait dû, depuis longtemps déjà, être à la base de son éducation, serait le meilleur moyen de mettre Mrs. Pett dans une colère sans précédent. Il se contint et tendit la main vers sa corde à sauter, dans l'espoir qu'un peu d'exercice soulagerait son esprit.

Tout en mâchant ce qu'il lui restait de chou à la crème, Ogden le dévisageait avec curiosité d'un œil terne.

— Vous faites ça pour quoi ?

Mr. Mitchell continua à sautiller.

— Vous faites ça pour quoi ? Je croyais qu'il n'y avait que les filles qui sautaient à la corde.

Mr. Mitchell ne releva pas la remarque. Après un moment de contemplation silencieuse, Ogden reprit le cours de ses pensées.

— L'autre jour, dans un magazine, j'ai vu une publicité pour une machine à changer la forme du nez. On la fixe avant d'aller se coucher. Vous devriez pousser 'pa à vous augmenter pour pouvoir vous en acheter une.

Jerry Mitchell respira péniblement.

— Vous avez sûrement envie d'avoir un visage agréable, non ? Bon, alors pourquoi vous vous baladez avec une tête pareille ? J'ai entendu Mary parler de votre nez à Biggs et à Celestine. Elle disait qu'elle pouvait pas s'empêcher de rire chaque fois qu'elle le voyait.

La corde à sauter se mit à hésiter, se prit dans les jambes de l'utilisateur qu'elle fit chanceler à travers la pièce. Ogden rejeta la tête en arrière et éclata d'un rire franc. Il aimait les spectacles gratuits et celui-ci lui semblait particulièrement plaisant.

Il y a des moments dans la vie où on se sent poussé à sacrifier l'avenir en se laissant séduire par ce qu'offre le moment présent. Un homme de caractère sait résister à un tel élan. Jerry Mitchell n'avait rien d'une mauviette, mais il avait été cruellement éprouvé. La contrariété engendrée par la présence et la conversation d'Ogden avait sapé sa maîtrise de lui-même comme de l'eau qui, goutte à goutte, use le rocher jusqu'à ce qu'il n'en reste plus rien. Un moment auparavant, il avait réussi à vaincre son envie de massacrer cet enfant. Mais, l'amour méprisé joignant son dard à celui de l'orgueil blessé, il oublia soudain les conséquences. Traversant la pièce d'un bond, il attrapa Ogden d'une poigne puissante et, l'instant d'après, l'éducation de ce dernier (dans le plein sens du terme si longtemps rejeté) avait commencé ; et, avec elle, cette avalanche de bruits qui, se répercutant jusqu'au salon, enleva brutalement Mrs. Pett à la compagnie de ses invités.

Enjambant la dernière volée de marches avec l'agilité d'un chamois qui saute de rocher en rocher dans les Alpes aux sommets enneigés, Mrs. Pett termina par une magnifique pointe de vitesse le long du couloir du dernier étage. Elle fit irruption dans la salle de sport au moment où Jerry abattait sa main vengeresse pour la onzième fois.

CHAPITRE XI

Némésis, déesse de la Vengeance d'habitude indolente, avait été, cette fois, si rapide à frapper que, moins d'un quart d'heure plus tard, une valise à la main et l'air abattu, Jerry Mitchell émergeait de la maison des Pett par la porte de derrière. Il se mit à descendre Riverside Drive en direction de sa pension de famille, un établissement bon marché, propre et respectable situé dans la Quatre-Vingt-Dix-Septième Rue, entre Riverside Drive et Broadway. Les événements de l'après-midi avaient ébranlé son système nerveux d'habitude placide, et ses oreilles en chou-fleur brûlaient encore au souvenir des mots peu flatteurs que leur avait lancés Mrs. Pett avant de le congédier.

De plus, il était passablement affolé à l'idée de devoir affronter Ann plus tard dans la journée et lui expliquer le désastre. Il savait combien la nouvelle l'affecterait. Elle qui désirait tant expédier Ogden dans un environnement moins laxiste ne pouvait plus y compter, maintenant que son allié ne faisait plus partie de la maisonnée. Il était l'un des facteurs essentiels du plan, et voilà qu'il venait de s'en exclure en cédant à l'appel d'une satisfaction immédiate. Bien avant que Jerry Mitchell n'atteigne la maison de grès brun semblable en tous points à toutes les autres maisons de toutes les rues latérales des beaux quartiers de New York, l'euphorie née de sa folie soudaine s'était évanouie, faisant place aux affres de l'inquiétude. Ann était une fille pour qui il avait estime et respect, mais il craignait ses colères.

Ayant franchi l'entrée de la pension de famille, Jerry, qui, en cette heure de détresse, cherchait de la compagnie, grimpa les escaliers jusqu'à une porte située au deuxième étage. Il y frappa, après avoir reniflé une odeur de tabac. Une voix l'enjoignit d'entrer. Il s'exécuta.

— Bonjour, Bayliss, fit-il d'un air triste.

Il s'assit au bout du lit et poussa un profond soupir.

La pièce dans laquelle il venait d'entrer était bien aérée mais petite, si petite qu'il tenait presque du miracle qu'elle puisse contenir un meuble quel qu'il soit car, à première vue, le lit semblait en occuper toute la largeur. Il y avait cependant assez d'espace libre pour un lavabo, une commode et un minuscule rocking-chair. La fenêtre, qu'un architecte prévoyant avait conçue trois fois trop grande pour la pièce et qui laissait pénétrer fort agréablement l'air du soir à profusion, donnait sur une série d'arrière-cours minables. Dans les pensions de famille, seules les fenêtres des gens riches et arrogants donnent sur la rue.

Une pipe en épi de maïs entre les dents, Jimmy Crocker gisait sur son lit. Il était déchaussé et en manches de chemise. Un journal du soir était froissé par terre à côté du lit. Le jeune homme semblait se reposer du labeur d'une journée éprouvante.

En entendant soupirer Jerry, il leva la tête ; mais trouvant que cette posture occasionnait un effort trop important des muscles du cou, il la reposa sur l'oreiller.

— Que se passe-t-il, Jerry ? Vous semblez contrarié. On dirait que vous vous êtes pris un mauvais coup dans le plexus. Ou peut-être avez-vous essayé de dénicher une fuite de gaz dans le tuyau de l'existence à la lueur d'une bougie ? Qu'est-ce qui ne va pas ?

— Rideau !

Ayant été longtemps absent de son pays natal, Jimmy n'arrivait pas toujours à suivre la pensée de Jerry quand celle-ci se cachait dans les circonlocutions du dialecte étrange qu'il affectionnait.

— Je ne vous suis pas, mon ami. Mettez des sous-titres.

— J'ai été flanqué à la porte.

Jimmy se redressa. Voilà qui n'avait rien d'un problème imaginaire ou d'une simple saute d'humeur. C'était du concret et cela méritait quelque compassion.

— Je suis vraiment désolé, dit-il. Rien d'étonnant à ce que vous ne soyez pas gai comme un pinson. Comment est-ce arrivé ?

— Cette demi-portion de Bill Taft est venue me narguer à cause de mon pif et ça a fini par tourner au vinaigre, expliqua Jerry. William J. Bryan n'aurait jamais pu le supporter.

Jimmy perdit le fil, une fois de plus. La richesse des allusions politiques de Jerry le laissait pantois.

— Qu'est-ce que ce Taft vous a fait ?

— Ce n'est pas Taft. Il lui ressemble, c'est tout. C'est ce petit morveux d'Ogden, là où je travaille. Il est venu fourrer son nez dans la salle de sport pour m'asticoter... en faisant des remarques sur mon physique jusqu'à ce que je perde mon sang-froid ; et je me suis retrouvé à lui flanquer une raclée !

Une faible lueur de plaisir vint éclairer son visage sombre.

— Pour lui en mettre une, j'lui en ai mis une !

La lueur s'éteignit.

— Et ensuite... eh bien, me voilà !

Jimmy comprenait tout, maintenant. Il avait pris une chambre dans cette pension de famille le soir où il avait rencontré Jerry Mitchell sur Broadway et y était resté depuis. De fréquentes conversations avec le boxeur l'avaient mis au fait de ce qu'il se passait chez les Pett. Le personnel de Riverside Drive lui était désormais familier et Jimmy savait combien il était criminel d'administrer une correction à Ogden Ford, quelle qu'en soit la raison. Nul besoin, non plus, de lui expliquer le phénomène par lequel Mrs. Pett pouvait renvoyer quelqu'un qui était au service de son mari. Jimmy éprouva un grand élan de compassion pour Jerry.

— Il me semble, dit-il, que vous avez bien agi. Et je vous félicite. La seule critique que je me permettrais de faire, c'est que vous avez omis d'achever le garçon. Je présume que c'est parce que vous avez été interrompu. Nous allons maintenant nous efforcer d'étudier l'avenir. Il n'est certainement pas complètement bouché. Vous avez perdu un bon boulot, mais il existe quantité de places tout aussi acceptables pour un homme de votre calibre. New York regorge de milliardaires dyspepsiques qui ont besoin d'être suivis par un moniteur de sport compétent. Haut les cœurs, Cuthbert, le soleil brille encore !

Jerry Mitchell secoua la tête. Il refusait d'être consolé.

— C'est à cause de Miss Ann, dit-il. Qu'est-ce que je vais bien pouvoir lui raconter ?

— Que vient-elle faire dans cette histoire ? demanda Jimmy avec intérêt.

Jerry hésita un instant, mais il avait un tel besoin de compassion et de conseils que ce fut plus fort que lui. Et, après tout, quel mal y avait-il à se confier à un bon camarade comme Jimmy ?

— Eh bien, voilà, dit-il. Miss Ann et moi avons mis sur pied un plan pour enlever le gosse !

— Quoi ?

— Attention, je ne parle pas d'un enlèvement ordinaire. Je vous explique : Miss Ann est venue me voir et nous sommes tombés d'accord sur le fait que le gosse n'était qu'un poison qui avait bien besoin que quelqu'un avec de la poigne s'occupe de lui. Nous avons donc décidé de l'envoyer chez un ami à moi qui tient une clinique pour chiens sur Long Island. Il s'appelle Bud Smithers, et c'est vraiment le type qu'il faut pour le gamin. Vous devriez voir comment il transforme un horrible chien geignard en une bête agréable ! J'ai pensé que deux, trois semaines chez Bud était le traitement que le docteur prescrirait à Ogden, et Miss Ann m'a donné raison. Alors nous avons tout organisé. Et voilà que ce truc stupide vient tout chambouler ! Avec un gosse pareil, elle ne peut pas s'en sortir sans mon aide. Et comment je vais faire, moi, pour l'aider si on ne me laisse plus entrer dans cette maison ?

Jimmy éprouva un regain d'admiration pour cette fille qu'il avait toujours considérée comme une reine parmi les femmes. Comme il était rare, en ce bas monde, de trouver une fille alliant les charmes d'un esprit et d'un corps de femme à la ferme détermination de faire un éclat à la moindre provocation !

— Voilà une idée épatante !

En entendant ce cri d'approbation, Jerry eut un petit sourire modeste, mais il reprit presque aussitôt son air sombre.

— Vous comprenez, maintenant ? Qu'est-ce que je dois lui dire ? Elle va être en pétard !

— Comme vous le suggérez, le problème présente certaines...

À ce moment précis, on frappa à la porte et la femme de ménage passa la tête dans l'embrasure.

— Mr. Bayliss, est-ce que Mr. Mitchell... Ah,

Mr. Mitchell, il y a une jeune dame en bas qui veut vous voir. Elle dit qu'elle s'appelle Ann Chester.

Jerry jeta un regard suppliant à Jimmy.

— Qu'est-ce que je fais ?

— Rien, dit Jimmy en se levant pour mettre ses chaussures. Je descends la voir. Je peux tout expliquer pour vous.

— C'est drôlement gentil de votre part...

— Cela me fait plaisir. Faites-moi confiance.

Ann, qui était rentrée de son petit tour en voiture peu de temps après l'incident avec Ogden, s'était immédiatement rendue à la pension de famille et avait été introduite dans le petit salon. Jimmy la trouva plongée dans la contemplation d'une statuette représentant Samuel venant de naître, et qui trônait à côté d'un plat de fruits en cire. Elle se sentait meurtrie par le destin et très en colère contre Jerry Mitchell ; en entendant la porte s'ouvrir, elle se retourna, l'œil brillant d'un éclat guerrier qui fit place à un profond étonnement en voyant qui venait d'entrer.

— Mr. Bayliss !

— Bonsoir, Miss Chester. Nous voilà donc à nouveau réunis, si je puis me permettre. Je suis ici en qualité d'intermédiaire. Pour être bref, Jerry Mitchell n'avait pas le courage de vous affronter, alors je lui ai proposé de descendre à sa place.

— Mais, comment... mais pourquoi êtes-vous ici ?

— J'habite ici.

Il suivit son regard, posé sur un tableau représentant des vaches dans un pré.

— École américaine moderne, commenta-t-il. Attribué à la nièce de la propriétaire, diplômée de l'École d'art pictural par correspondance de Wissahickon, Pennsylvanie. On prétend qu'il est authentique.

— Vous habitez ici ? répéta Ann.

Elle avait toujours vécu parmi les réalisations très

élaborées de décorateurs renommés, si bien que cet endroit lui semblait encore plus horrible qu'il ne l'était réellement.

— Cette pièce est vraiment atroce !

— Atroce ? Vous oubliez le piano. Ne voyez-vous donc pas ce magnifique petit tapis en peluche, de là où vous êtes ? Faites un pas en avant, mais attention, vous allez être éblouie. Le soir, on a droit à de la musique, ici... quand on n'a pas prévu le coup à temps pour s'éclipser !

— Mais pour l'amour de Dieu, Mr. Bayliss ! Pourquoi vivez-vous ici ?

— Parce que je suis fauché comme les blés, Miss Chester ! Parce que le compte en banque Bayliss a été vidé par un penchant maladif à la dépense.

Ann le regardait, incrédule.

— Mais... mais... vous étiez donc sincère, l'autre jour au déjeuner ? J'ai cru que vous plaisantiez. Pour moi, il était évident que vous pouviez trouver du travail quand vous le vouliez, autrement vous ne vous en seriez pas moqué de cette façon ! Il n'y a vraiment rien que vous puissiez faire ?

— J'ai amplement de quoi m'occuper, mais cela ne me rapporte pas un sou. J'arpente les rues, je monte dans un tas de voitures, je m'engouffre dans des ascenseurs, j'en ressors, j'ouvre des portes et je dis poliment « Bonne journée ! » quand on m'annonce qu'il n'y a pas de place pour moi. Mes journées sont bien remplies... mais pas mon portefeuille !

Sa compassion avait fait oublier à Ann le but de sa visite.

— Je suis vraiment navrée. C'est épouvantable ! J'avais cru que vous trouveriez du travail facilement.

— Moi aussi, jusqu'à ce que les employeurs new-yorkais m'apprennent, tous en chœur, que c'était impossible. Des hommes aux opinions les plus variées en matière de religion, de politique et de dizaines d'autres sujets ont été unanimes sur ce point. Là où j'ai été le plus près de devenir un Titan de la finance, c'est quand j'ai décroché une place dans un grand magasin de Broadway comme démonstrateur de clips brevetés pour cols de chemises, à dix dollars la semaine. Pendant un temps, il me semblait entendre la Nature crier sans cesse « Dix dollars la semaine ! Dix dollars la semaine ! », et il n'y avait pas pour moi de mots plus doux. Mais j'ai été mis à la porte dès le deuxième jour, à midi, et la Nature a changé de disque.

— Mais pourquoi ?

— Ce n'était pas ma faute ; c'était le destin. L'objet en question s'appelait Klipstone Komod Klip. C'était un truc qui permettait de nouer sa cravate plus facilement. J'avais pour mission de me tenir dans la vitrine en manches de chemise, de grincer des dents en manifestant ma déception et ma rage quand j'utilisais l'ancienne méthode désuète, et d'offrir un visage radieux à la foule quand j'utilisais le Klip. Malheureusement, je me suis emmêlé les pinceaux. J'ai rayonné de bonheur en essayant la vieille méthode et j'ai failli m'étouffer de rage juste après avoir montré la pancarte annonçant « *Je vais maintenant essayer Klipstone Komod Klip* ». Je ne comprenais pas la raison de l'hilarité de toute cette foule à l'extérieur, jusqu'à ce que le patron, qui, revenant de déjeuner, s'était par hasard arrêté un instant aux abords de l'attroupement, daignât me l'expliquer. Rien ne put le convaincre que cet humour n'était pas intentionnel. J'étais désolé de perdre ce boulot, bien qu'il me donnât la sensation d'être un poisson rouge dans un bocal. Cette histoire d'éviction nous ramène à Jerry Mitchell.

— Oh, qu'importe Jerry Mitchell maintenant...

— Au contraire, discutons-en et voyons ce qui ressort de la situation. Jerry Mitchell m'a raconté l'intégrale !

Ann était stupéfaite.

— Que voulez-vous dire ?

— Le mot « intégrale », expliqua Jimmy, est l'équivalent argotique de « tout ». Vous avez devant vous un confident. En un mot, je suis au parfum.

— Vous savez...

— Tout. Expression commune pour « l'intégrale », expliqua Jimmy. Vous savez, à propos d'Ogden. Le plan. Le complot. L'entreprise.

Ann ne trouva rien à dire.

— Je suis totalement favorable à ce projet. À tel point que je vous offre ma coopération pour remplacer Jerry.

— Je ne comprends pas.

— Vous vous rappelez, l'autre jour au déjeuner, après que ce brillant homme m'eut pris pour Jimmy Crocker. Vous avez suggéré, comme ça, pour plaisanter, que si j'entrais dans le bureau de votre oncle en prétendant être Jimmy Crocker, on me recevrait comme tel sans sourciller. Eh bien, c'est ce que je vais faire. Et une fois monté à bord... une fois dans les murs, je serai à vos ordres. Disposez de moi exactement comme vous l'auriez fait de Jerry Mitchell.

— Mais... mais...

— Jerry ! s'exclama Jimmy avec mépris. Ne suis-je donc pas capable de faire tout ce qu'il aurait fait ? En plus, un idiot pareil aurait à coup sûr saboté le travail d'une manière ou d'une autre. Je le connais bien. C'est un brave type, mais pour tout ce qui nécessite de la cervelle et de la vivacité d'esprit, il ne vaut pas un radis. C'est une sacrée chance qu'il soit hors du coup. Je l'aime comme un frère, mais il a une cervelle de moineau. Pour ce travail, il faut un homme plein de tact, de bon sens, d'habileté, d'esprit d'initiative, un homme de talent et de verve.

Il se tut un instant.

— Moi ! conclut-il.

— Mais c'est ridicule ! C'est hors de question !

— Absolument pas. Je dois avoir une incroyable ressemblance avec ce Jimmy Crocker, autrement ce type au restaurant ne m'aurait jamais pris pour lui. Laissez-moi faire. Je vais me débrouiller.

— Jamais il ne me viendrait à l'idée de vous autoriser à...

— Demain, neuf heures, dit Jimmy avec fermeté, je me présente au bureau de Mr. Pett. C'est décidé.

Ann ne dit rien. Elle essayait de se faire une opinion. Son premier mouvement d'horreur mêlée de surprise commençait à s'estomper. C'était une idée qui seyait particulièrement à son tempérament, une idée qu'elle aurait pu elle-même suggérer si elle y avait pensé. Et bientôt, sa désapprobation se mua en une fervente admiration pour son auteur. Ce jeune homme et elle étaient de la même trempe !

— Sur le bateau, vous vous souvenez peut-être, vous m'avez demandé si j'avais l'esprit d'aventure. Je voudrais maintenant faire mes preuves. Vous m'avez également parlé de l'Amérique en termes chaleureux, comme d'un pays où l'on rencontrait l'aventure ; je me rends compte que vous aviez raison.

Ann réfléchit un instant.

— Si je consens à cette folie, Mr. Bayliss, me ferez-vous une promesse ?

— Tout ce que vous voudrez.

— Bon. Premièrement, je refuse catégoriquement de vous faire courir des risques en vous impliquant dans cet enlèvement.

Elle le força à s'asseoir d'un geste de la main et poursuivit.

— Mais vous pouvez m'être d'un grand secours. Comme je vous l'ai dit au déjeuner, ma tante ferait n'importe quoi pour Jimmy Crocker s'il apparaissait maintenant à New York. Je veux que vous me promettiez de vous contenter de lui demander de laisser revenir Jerry Michell.

— Jamais !

— Vous m'avez promis !

— Tout, sauf ça.

— Alors on annule tout !

Jimmy réfléchit.

— Voilà qui manque terriblement de sel.

— Tant pis. C'est comme ça et pas autrement.

— Très bien, mais je proteste.

Ann s'assit.

— Je vous trouve formidable, Mr. Bayliss. Je vous suis très reconnaissante !

— Je vous en prie.

— Ce sera formidable pour Ogden, ne croyez-vous pas ?

— Magnifique !

— Maintenant, il ne nous reste plus qu'à voir si tout est en ordre. Tenez, par exemple, s'ils vous demandent quand vous êtes arrivé à New York, comment allez-vous justifier ce retard à aller les voir ?

— J'y ai pensé. Il y a un bateau qui arrive demain... le *Caronia*, je crois. J'ai un journal en haut. J'y jetterai un œil. Je peux toujours dire que je suis arrivé par ce bateau-là.

— C'est effectivement plausible. Mais quelle chance qu'Oncle Peter et vous ne vous soyez jamais rencontrés à bord de l'*Atlantic* !

— Et maintenant, en ce qui concerne mon attitude quand j'entrerai dans la maison : comment dois-je me comporter ? De façon désinvolte ou humble ? Que ferait un neveu perdu de vue depuis si longtemps ?

— Un neveu perdu de vue depuis si longtemps et avec un passé comme celui de Jimmy Crocker entrerait en rampant avec un drapeau blanc.

Une cloche retentit dans le hall.

— Le souper ! dit Jimmy. Et, pour entrer dans les détails sordides, c'est de la cuisine bouillie façon Nouvelle-Angleterre — ou mes sens me trompent — et des prunes.

— Il faut que j'y aille.

— Nous nous reverrons à Philippes[1].

Il la reconduisit à la porte et, du perron, regarda sa jolie silhouette disparaître dans l'obscurité. Il la perdit de vue.

Jimmy respira profondément et, l'esprit absorbé par ses pensées, longea à nouveau le couloir pour aller se restaurer.

1. Philippes : ancienne ville de Macédoine où, en 42 av. J.-C., Antoine et Octave vainquirent Brutus et Cassius. (*N.d.T.*)

CHAPITRE XII

Quand, à dix heures trente le lendemain matin, Jimmy arriva au bureau de Mr. Pett dans Pine Street — il s'était juré de se lever suffisamment tôt pour être là à neuf heures, mais il s'était surestimé — il était fin prêt pour cette rencontre qui promettait d'être éprouvante. Il s'était mis en condition en remplaçant les petits plats fins d'un grand restaurant par le petit déjeuner sans fantaisie de la pension de famille avec lequel, depuis peu, il offensait son estomac. Son costume sortait du pressing, ses chaussures luisaient et son menton était rasé de près. Tout cela, conjugué à une matinée magnifique et à cette vague euphorie qu'une belle journée à New York fait naître chez l'homme qui n'a pas besoin d'aller travailler, ne fit qu'accroître son optimisme naturel. C'était comme s'il sentait que tout allait bien se passer. Il aurait été le dernier à nier que sa position était un peu compliquée (papier et crayon lui étaient nécessaires pour savoir où il en était), mais qu'importe ? Rien de tel qu'une existence un peu compliquée pour tonifier le cerveau. Il tendit sa carte de visite au vigilant garçon de bureau de Mr. Pett avec une cordialité si rayonnante que le jeune homme, ébahi, en avala son chewing-gum.

— Portez ceci à votre patron, mon brave ! dit-il. Et que ça saute !

Le garçon s'en alla sans un mot.

De l'endroit où il se tenait, derrière le portillon qui séparait les visiteurs des employés, Jimmy avait vue sur une série de jeunes hommes manifestement très efficaces portant manches de lustrine, affairés à des tâches mystérieuses qui semblaient nécessiter une masse énorme de papier. L'un d'eux, en particulier, était entouré d'une telle quantité qu'il ressemblait à un baigneur dans les vagues. Jimmy considéra ces tâcherons d'un œil serein et plein de bienveillance. Cet affairement le rendait heureux. Que ce genre de choses puissent se dérouler autour de lui était une idée qui lui plaisait.

Le garçon de bureau réapparut.

— Par ici, je vous prie.

Ses manières étaient devenues visiblement plus respectueuses. Il avait été impressionné par la façon dont Mr. Pett avait pris connaissance de l'identité du visiteur. Comme il était étrange que Mr. Pett, qui dans sa propre maison faisait figure de zéro, puisse faire si forte impression quand il était au bureau !

L'annonce que Mr. James Crocker désirait le voir fut pour Mr. Pett comme l'annonce d'un miracle. Depuis que sa femme et lui étaient rentrés aux États-Unis, il ne s'était pas écoulé une journée sans que Mrs. Pett ne se lamente de n'avoir pas réussi à faire venir le jeune homme. Le moment où Mrs. Pett avait lu l'article du *Sunday Chronicle* relatant l'altercation avec Lord Percy Whipple avait été unique dans la vie domestique de Mr. Pett. C'était la première fois, depuis qu'elle vivait avec lui, que cette femme indomptable avait complètement craqué. « *Si j'avais su* » sont les mots les plus tristes qui puissent être écrits ou prononcés. Et l'idée que, lors de cette entrevue avec sa sœur à Londres, *si elle avait su* elle aurait eu entre les mains une arme qui aurait changé la défaite en triomphe lui était insupportable.

En repensant à cette scène, à l'air pincé de sa sœur parlant du meilleur ami de son beau-fils, Lord Percy Whipple, elle réalisa, la mort dans l'âme, qu'en ce moment même Lord Percy était au fond de son lit pour se remettre des effets désastreux de sa première rencontre avec Jimmy Crocker ; rien alors ne put la réconforter. Lui vinrent à l'esprit six arguments plus percutants les uns que les autres qu'elle aurait pu lancer à sa sœur. Mais à quoi bon y penser désormais ?

Or, soudain, sans raison, Mr. Pett pouvait faire retrouver à sa femme sérénité et amour-propre. Malgré ce qu'avait pu dire sa belle-mère, et probablement pour braver ses ordres, Jimmy Crocker était quand même venu en Amérique. Nesta serait aux anges, pensa-t-il tout de suite.

Laissant à peine au garçon le temps de se retirer, Mr. Pett bondit vers Jimmy comme un cabri et lui donna une grande claque dans le dos pour lui témoigner sa joie et son amitié.

— Mon cher garçon ! s'écria-t-il. Mon cher garçon ! Je suis ravi de vous voir !

Jimmy était tout à la fois surpris, soulagé et content. Il ne s'attendait pas à un accueil aussi chaleureux. Au mieux, il avait espéré une froide politesse. On lui avait laissé entendre que, chez les Pett, il était considéré comme la brebis galeuse ; et s'il est concevable d'admettre une brebis galeuse dans l'enclos, rien n'oblige à lui faire la fête.

— Vous êtes bien aimable, fit Jimmy, plutôt surpris.

Ils se dévisagèrent un court instant. Mr. Pett trouvait que Jimmy améliorait considérablement l'image qu'il s'en était faite. Il s'attendait à voir un dur à l'allure voyante et au visage congestionné. Pour sa part, Jimmy avait tout de suite éprouvé de la sympathie pour l'homme d'affaires. Il avait, lui aussi, été trompé par son imagination. Il avait toujours cru que ces milliardaires de Wall Street étaient des types caustiques et agressifs, aux yeux perçants et au verbe acéré. Sur le bateau, il avait seulement vu Mr. Pett de loin et n'avait pu juger de son caractère. Il découvrait que c'était un petit homme charmant.

— Nous avions abandonné tout espoir de vous voir arriver, dit Mr. Pett.

Il sembla à Jimmy qu'un petit geste courageux de repentir était tout indiqué.

— Je ne m'attendais pas à un tel accueil. J'ai cru comprendre que je m'étais rendu plutôt impopulaire.

Mr. Pett balaya le passé d'un geste de la main.

— Quand êtes-vous arrivé ? demanda-t-il.

— Ce matin, sur le *Caronia.*

— Vous avez fait bon voyage ?

— Excellent.

Il y eut un silence. Jimmy avait l'impression que Mr. Pett le regardait d'un peu plus près que nécessaire pour apprécier son style de beauté. Il était sur le point de s'enquérir de la santé de Mrs. Pett ou de proférer quelque remarque au sujet des marsouins aperçus pendant la traversée pour faire couleur locale, quand son cœur s'arrêta de battre : il se rendit compte qu'il avait fait une gaffe. Comme bien d'autres comploteurs amateurs, Ann et lui avaient commis l'erreur d'être trop minutieux. Faire semblant d'être arrivé le matin même lui avait semblé une idée de génie et, si on n'y regardait pas de trop près, c'en était une. Mais, d'un seul coup, il se dit que puisqu'il avait vu Mr. Pett à bord de l'*Atlantic*, il était fort probable que Mr. Pett l'ait vu également. Ses soupçons se trouvèrent confirmés l'instant d'après.

— J'ai l'impression de vous avoir déjà vu quelque part, mais impossible de dire où.

— Tout le monde va bien chez vous ? demanda Jimmy.

— J'en suis sûr.

— J'ai hâte de rencontrer toute la famille.

— Je vous ai vu quelque part.

— Je voyage énormément.

— Hein ?

L'air quelque peu soupçonneux, Mr. Pett sembla retourner cette dernière idée dans son esprit. Jimmy changea de sujet.

— Pour un homme jeune comme moi, dit-il, avec la vie devant lui, c'est incroyablement stimulant de voir un bureau moderne. Tous ces gens ont l'air très affairés !

— Oui, dit Mr. Pett. Oui.

Il était heureux que cette remarque ait été lancée dans la conversation. Il avait hâte de discuter d'avenir avec ce jeune homme.

— Tout le monde travaille, sauf le chef ! dit Jimmy.

Mr. Pett ouvrit de grands yeux.

— Hein ?

— Rien.

Mr. Pett était vaguement contrarié. Il flairait l'insulte mais ne pouvait la saisir. Il quitta toutefois son air enjoué et prit son air d'homme d'affaires.

— J'espère que, maintenant que vous êtes ici, vous comptez vous établir et travailler dur, dit-il de cette voix ferme qu'il employait avec Ogden sans résultat.

— Travailler ! s'écria Jimmy en ouvrant des yeux ronds.

— Je vais vous trouver une place ici. J'en ai fait la promesse à votre belle-mère et je la tiendrai.

— Vous avez dit « travailler » ?

— Bien entendu. J'imagine que c'est ce qui vous

a poussé jusqu'ici : vous vous êtes rendu compte que vous étiez en train de gâcher votre vie et vous avez voulu saisir l'occasion de vous racheter en travaillant à mon bureau.

Jimmy brûlait de le détromper. Il n'avait jamais été aussi mal jugé. Mais il se retint en pensant à Ann. Il ne devait rien faire qui puisse entraver ses plans. Il devait gagner ce petit homme à sa cause, quoi qu'il en coûte. Il songea un moment à Ann avec tendresse. Il espérait qu'elle comprendrait ce qu'il devait endurer pour elle. Pour un homme ressentant un dégoût aussi profond pour le travail sous toutes ses formes, le spectacle de ces esclaves salariés, là-bas dans les bureaux, était, comme il l'avait dit à Mr. Pett, très stimulant... mais seulement parce que la pensée d'y échapper l'emplissait d'une sorte d'élévation spirituelle. Dès l'instant qu'il les considérait comme des collègues de travail, le spectacle cessait d'être stimulant et devenait écœurant. Et dire que, pour elle, il allait bientôt être l'un d'entre eux ! Y avait-il jamais eu chevalier qui fît plus belle chose pour sa dame ? Il en doutait fort.

— Très bien, dit-il, je suis votre homme. Je suppose que mon travail sera du genre de ce qui se fait là-bas.

— Oui.

— Sans vouloir vous commander, je suggère que vous me donniez quelque occupation qui soulagerait un peu ce pauvre type qui nage dans la paperasse. Quand j'ai traversé la pièce, il n'y avait que le bout de son nez qui émergeait. Je n'ai jamais vu autant de types travailler aussi dur en même temps de toute ma vie. Ils essaient tous d'attirer l'attention du patron, non ? Vous devez avoir envie de tirer dans le tas !

Mr. Pett répondit sèchement. Il n'appréciait guère une telle légèreté sur le sujet sacré du travail de bureau.

Jimmy n'abordait pas sa nouvelle vie dans l'état d'esprit adéquat. Cette pièce avait vu défiler nombre de jeunes gens venus discuter avec lui la perspective de travailler à son service, mais aucun ne l'avait fait de cette façon.

— Vous êtes à un tournant de votre carrière, vous aurez toute occasion de vous élever.

— Oui, à sept heures tous les matins, je suppose ?

— La légèreté d'esprit... commença Mr. Pett.

— Je ris de crainte de pleurer, expliqua Jimmy. Essayez de vous imaginer ce que cela représente pour un jeune homme brillant que le travail dégoûte. Ayez pitié. Dites à vos chefs de bureau de me parler doucement au début. Cet emploi sera certainement ce que j'aurai fait de mieux dans ma vie, mais ne me demandez pas d'y prendre plaisir ! Pour vous, pas de problème. C'est vous le patron. Quand vous en avez assez et qu'il vous prend l'envie d'aller voir un match de base-ball, il vous suffit de faire une note disant que vous allez à un rendez-vous avec Mr. Rockefeller. Tandis que moi, je vais devoir m'enfouir sous le papier et ne refaire surface qu'en cas de suffocation.

Peut-être l'évocation de son sport favori amadouat-elle Mr. Pett, car il se dégela un peu.

— Ce qui me dépasse, c'est la raison pour laquelle, avec un tel état d'esprit, vous êtes venu ici quand même.

— Le devoir ! dit Jimmy. Le devoir ! Il arrive toujours un moment dans la vie d'un homme où il doit choisir entre ce qu'il aime faire et ce qu'il doit faire.

— Sans oublier que depuis votre dernière bêtise en date — cette histoire avec Lord Percy Whipple — Londres est devenue une ville plutôt malsaine pour vous, suggéra Mr. Pett.

— Votre explication est moins romantique que la mienne, mais il y a du vrai dans ce que vous dites.

— Vous est-il jamais venu à l'idée, jeune homme, que je prends de grands risques en embauchant un type comme vous ?

— N'ayez crainte. J'en ferai si peu que vous ne verrez même pas la différence.

— J'ai bien envie de vous renvoyer à Londres illico presto.

— Ne pourrions-nous trouver un compromis ?

— Comment cela ?

— N'y a-t-il pas quelque obscure besogne de secrétariat que vous puissiez me confier ? Je sens que je ferais un secrétaire idéal.

— Chez moi, les secrétaires travaillent.

— J'ai saisi, annulez la suggestion.

Mr. Pett se frotta le menton d'un air songeur.

— Vous m'intriguez, voilà la vérité.

— Il faut toujours dire la vérité, approuva Jimmy.

— Que je sois pendu si je sais quoi faire de vous. Il vaut mieux que vous m'accompagniez à la maison, pour rencontrer votre tante. Après tout, l'important, c'est de vous garder dans le droit chemin.

— Vous dites les choses crûment, mais vous êtes certainement dans le vrai.

— Vous allez habiter chez nous, bien sûr.

— À la bonne heure ! Merci infiniment !

— Il va falloir que je discute de votre cas avec Nesta. On pourrait vous trouver quelque chose.

— Je veux bien devenir votre associé, suggéra Jimmy avec obligeance.

— Pourquoi ne reprenez-vous pas votre métier de journaliste ? Vous vous en sortiez à merveille, autrefois.

— Je doute que mon ancien journal m'accueille à bras ouverts. Désormais, ils me considèrent plus comme sujet d'article amusant que comme journaliste.

— C'est juste. Dites-moi, pourquoi diable vous

êtes-vous ridiculisé de cette façon ? Et cette histoire de promesse de mariage non tenue avec une serveuse ! dit Mr. Pett d'un ton de reproche.

— Le passé, c'est le passé, dit Jimmy. On m'a fait plus de mal que je n'en ai fait. Vous savez ce que c'est, Oncle Pete !

Mr. Pett sursauta violemment mais ne dit rien.

— Vous vous évertuez, par pure bonté d'âme, à apporter lumière et douceur autour de vous, à protéger une pauvre ouvrière, à améliorer son sort et tout ce qui s'ensuit, et brutalement, elle se retourne contre vous et vous étripe ! De toute façon, elle n'était pas serveuse. Elle travaillait chez un fleuriste.

— Je ne vois pas ce que cela change à l'affaire.

— Cela change tout. C'est là qu'est toute la différence entre le sordide et le poétique. Je ne sais pas si vous avez déjà fait l'expérience de l'ivresse hypnotique que procure une boutique de fleuriste ? Croyez-moi, Oncle Pete, n'importe quelle fille a l'air d'un ange si elle est entourée de jolies fleurs. Je n'ai pas pu m'en empêcher. Ce n'était pas ma faute. Je n'ai ouvert les yeux qu'une fois à l'extérieur du magasin. Mais j'ai bien changé, depuis. Je suis un autre homme désormais : je suis sobre, stable et sérieux !

Mr. Pett avait saisi le téléphone et parlait à quelqu'un. Le bourdonnement d'une voix féminine parvint aux oreilles de Jimmy. Mr. Pett raccrocha.

— Votre tante nous dit de venir tout de suite.

— Je suis prêt. Et cela vous fera une excellente excuse pour quitter le boulot. Je parie que vous êtes bien content que je sois venu ! Votre voiture nous attend-elle dehors ou est-ce plus rapide de prendre le métro ?

— Je crois que nous irons plus vite en métro. Votre tante est très surprise que vous soyez ici, et très heureuse.

— Je ne fais que des heureux, aujourd'hui.

Mr. Pett l'observait d'un air songeur. Jimmy croisa son regard.

— Vous semblez intrigué, Oncle Pete, mais je ne sais pas par quoi. Vous avez un drôle de regard.

— Je réfléchissais.

— Jimmy, souffla son neveu.

— Hein ?

— Ajoutez le mot *Jimmy* à vos remarques, cela m'aidera à me sentir chez moi et à vaincre ma timidité.

Mr. Pett gloussa.

— Votre timidité ! Si j'avais votre audace...

Il s'arrêta net, soupira et regarda Jimmy d'un œil affectueux.

— J'étais en train de me dire que vous êtes gentil. Enfin, peut-être pas tant que cela, mais en tout cas vous êtes différent de cette bande de... de toute cette clique qui traîne chez moi.

— Quelle clique ?

— Votre tante a un penchant pour la littérature, vous savez. Elle a rempli la maison de poètes... entre autres. Cela sera rudement agréable de vous avoir chez nous. Vous, au moins, vous êtes humain ! Je ne sais pas si nous allons faire grand-chose de vous maintenant que vous êtes ici, mais je suis bigrement content que vous y soyez, Jimmy !

— Topez là, Oncle Pete ! dit Jimmy. Vous êtes un chic type. Vous êtes le meilleur Capitaine d'Industrie que j'aie jamais rencontré !

CHAPITRE XIII

Mr. Pett et Jimmy Crocker quittèrent le métro au niveau de la Quatre-Vingt-Sixième Rue et remontèrent Riverside Drive à pied. Comme toute personne voyant la résidence des Pett pour la première fois, Jimmy eut un léger choc, mais il se ressaisit et emboîta le pas à son oncle le long de l'allée pavée menant à la porte d'entrée.

— Votre tante doit être au salon, dit Mr. Pett en tournant la clé dans la serrure.

Jimmy regardait autour de lui, admiratif. S'il était vrai que, de l'extérieur, la maison de Mr. Pett était affreuse, à l'intérieur, en revanche, elle avait bénéficié des services du meilleur décorateur de New York.

— Voilà le genre de maison où l'on pourrait être très heureux... s'il ne fallait pas sans cesse travailler, dit Jimmy.

Mr. Pett eut soudain l'air inquiet.

— N'allez pas dire des choses pareilles à votre tante, dit-il d'un ton pressant. Elle croit que vous êtes venu vous établir.

— Mais c'est bien ce que je vais faire. Je vais m'établir comme une moule sur un rocher. J'espère bien qu'à partir de demain, et pour les vingt années à venir, je vais vivre dans le luxe grâce à vous. C'est le salon ?

Mr. Pett ouvrit la porte. Une petite boule de poils jaillit d'un panier et se mit à japper au milieu de la pièce. C'était Aïda, le loulou de Poméranie de Mrs. Pett. Sans jeter un regard à cet animal qu'il détestait, Mr. Pett fit entrer Jimmy.

— Nesta, voici Jimmy Crocker.

Jimmy se retrouva en présence d'une belle femme d'une quarantaine d'années qui ressemblait tellement à sa belle-mère qu'il en perdit son assurance l'espace d'un instant et se mit à bégayer.

— Mes... mes hommages, madame.

L'attitude de Jimmy fit bonne impression à Mrs. Pett. Elle l'attribua à un sentiment de honte et de remords qui faisait honneur au jeune homme.

— Le coup de téléphone de votre oncle m'a beaucoup surprise, dit-elle. J'ignorais totalement que vous veniez. Je suis très heureuse de vous voir.

— Merci.

— Voici votre cousin, Ogden.

Jimmy aperçut un gros garçon étendu sur un divan. Il ne s'était pas levé quand Jimmy était entré, pas plus qu'il ne se levait maintenant. Il n'abaissa même pas le livre qu'il lisait.

— Salut ! dit-il.

Jimmy s'approcha du divan et considéra le garçon. Il avait surmonté son trouble passager et, comme cela était courant chez lui, la réaction entraîna une funeste désinvolture. Il enfonça l'index dans l'estomac rebondi d'Ogden qui poussa un hurlement de protestation.

— Alors, voilà Ogden. Bien, bien. Toi, tu ne pousses pas en hauteur mais en largeur, on dirait. Quelle taille fais-tu ? Un bon 52 ! ?

L'impression favorable que son neveu avait faite sur

Mrs. Pett s'affaiblit. Tant d'insolence envers son enfant chéri l'indignait.

— Je vous demanderai de ne pas déranger Ogden, James, dit-elle d'un ton sec. Il ne se sent pas très bien aujourd'hui. Il a des ennuis gastriques.

— Aurait-on trop mangé ? fit gaiement Jimmy. J'étais pareil à son âge. Des demi-rations et de l'exercice, voilà ce qu'il lui faut.

— Non mais dites donc ! protesta Ogden.

— Regardez-moi ça, poursuivit Jimmy en saisissant à pleines mains les bourrelets du jeune garçon. Il faut que ceci disparaisse. Je vais vous dire ce que je vais faire : je vais acheter un pantalon de flanelle, un polo et des tennis et, ce soir, je vais emmener courir ce garçon dans Riverside Drive. Cela lui fera un bien énorme. Je me procurerai également une corde à sauter, il n'y a rien de tel. Dans une semaine ou deux, il aura une forme du...

— Le cas d'Ogden, coupa froidement Mrs. Pett, est un cas très compliqué. Nous l'avons mis entre les mains du Dr Briginshaw, en qui nous avons toute confiance.

Un silence pesant s'abattit sur l'assemblée, silence que Mr. Pett essaya de briser en toussotant et en remuant les pieds. Mrs. Pett reprit la parole.

— J'espère que maintenant que vous êtes ici, James, vous avez l'intention de vous établir et de travailler dur.

— Sans aucun doute. Comme un forçat, fit Jimmy en se remémorant l'avertissement de Mr. Pett. Le seul problème est de trouver ce qui me conviendrait le mieux. Nous en avons discuté au bureau d'Oncle Pete, et nous n'avons rien trouvé.

— Vous n'avez pas une petite idée ? demanda Mrs. Pett.

— J'ai parcouru l'annuaire des professions de A à Z, l'autre jour...

— L'autre jour ? Mais vous avez débarqué ce matin !

— Je veux dire ce matin. Quand je cherchais votre adresse, rectifia Jimmy avec aisance. Cela me semble si loin. On dirait que le spectacle de tous ces types dans votre bureau m'a flanqué un sacré coup de vieux. La meilleure chose à faire serait sans doute de m'installer ici et de suivre des cours par correspondance pour devenir ingénieur en électricité, ou un truc dans ce genre. J'ai justement vu une annonce dans une revue pendant le trajet en métro : ils affirmaient pouvoir vous enseigner tout ce que vous voulez, de la tôlerie à l'élevage ovin. L'annonce en question commençait par ces mots : *Vous stagnez parce que vous n'êtes pas formé*. Cette annonce tombait du Ciel. Je ferais bien de les contacter ce soir pour me renseigner sur les poulets.

L'irruption d'Ann dans la pièce coupa court à toute velléité de commentaire de la part de Mrs. Pett. De la fenêtre de sa chambre, Ann avait observé l'arrivée de Jimmy et de son oncle. Et maintenant, ayant laissé le temps à Jimmy et à Mrs. Pett de faire connaissance, elle descendait voir comment les choses se présentaient.

Ce qu'elle constata la remplit d'aise. Elle jeta à Jimmy un regard surpris. Comme elle n'était pas supposée être au courant du coup de téléphone de Mr. Pett, il fallait qu'on lui explique la présence de Jimmy. Elle attendit que quelqu'un se décide.

Mr. Pett se mit en devoir de faire les présentations.

— Jimmy, voici ma nièce, Ann Chester. Ann, je te présente Jimmy Crocker.

Jimmy n'en finit pas d'admirer le sursaut de surprise qu'elle eut. C'était du grand art et tout à fait convaincant.

— Jimmy Crocker !

Mr. Pett était sur le point de faire remarquer que ce n'était pas la première fois qu'Ann rencontrait Jimmy, mais il se retint. Après tout, cette rencontre remontait déjà à cinq ans. Jimmy ne s'en souvenait d'ailleurs certainement plus. Il était inutile d'augmenter son embarras. C'était à Ann de décider : si elle désirait exhumer les anciens griefs, libre à elle. Cela ne le regardait pas.

— Tiens, je croyais que vous ne veniez pas, finalement, dit Ann.

— J'ai changé d'avis.

Mr. Pett, qui les observait attentivement, laissa échapper une exclamation.

— J'ai trouvé ! Depuis tout à l'heure, je me creuse la mémoire pour me rappeler où je vous ai déjà vu ; eh bien, c'était à bord de l'*Atlantic* !

Ann croisa le regard de Jimmy. Mais, à son grand soulagement, cet incident de parcours ne sembla pas l'émouvoir.

— Étiez-vous à bord de l'*Atlantic,* Mr. Crocker ? demanda-t-elle. Sûrement pas. Nous y étions nous-mêmes, nous nous serions rencontrés.

— Je vous en prie, ne m'appelez pas Mr. Crocker. Appelez-moi Jimmy. Le second mari de la sœur de la femme du frère de votre mère est mon père. Bon sang ne saurait mentir. Non, je suis venu sur le *Caronia.* Nous avons débarqué ce matin.

— Eh bien, sur l'*Atlantic,* il y avait un type qui était votre portrait tout craché, insista Mr. Pett.

— Je ressemble à M. Tout-le-Monde, fit Jimmy.

— Vous vous rappelez sans doute l'homme dont je parle, dit Mr. Pett sans se rendre compte qu'il engendrait des sentiments peu amènes chez deux de ses interlocuteurs. Il était assis à deux tables de la nôtre. Vous vous souvenez de lui, Nesta ?

— Étant donné que j'étais trop malade pour descendre aux repas, je ne me souviens pas, non.

— Mais enfin, je crois même t'avoir vue lui parler sur le pont, Ann.

— Vraiment ? dit Ann. Je ne me souviens de personne ressemblant à Jimmy.

— Ah bon, fit Mr. Pett, perplexe. C'est bizarre, je dois me tromper.

Il regarda sa montre.

— Bien, il va falloir que je retourne au bureau.

— Si vous le permettez, je vais vous accompagner une partie du chemin, Oncle Pete, dit Jimmy. Je dois faire transférer mes bagages ici sans délai.

— Pourquoi ne pas téléphoner à l'hôtel ? suggéra Mr. Pett.

Jimmy et Ann eurent vraiment l'impression qu'il le faisait exprès.

— À quel hôtel les avez-vous laissés ?

— Non, il faut que j'aille sur place. Mes valises ne sont pas faites.

— Serez-vous de retour pour le déjeuner ? demanda Ann.

— Oui, merci. Je n'en ai que pour une petite demi-heure.

Après leur départ, Ann s'octroya un moment de détente. Elle se sentait heureuse et soulagée. Tout s'était déroulé à merveille. Mais soudain, une vive émotion s'empara d'elle quand Mrs. Pett, d'une voix basse et fébrile, lui dit en se penchant vers elle :

— Ann, n'as-tu rien remarqué ? Tu ne soupçonnes rien ?

Ann fit un gros effort pour cacher son émoi.

— Que diable voulez-vous dire, Tante Nesta ?

— Je veux parler de ce jeune homme qui prétend s'appeler Jimmy Crocker.

Ann agrippa le bord du fauteuil.

— Comment cela, qui « prétend » s'appeler Jimmy Crocker ?

Ann essaya de rire, mais une éternité lui sembla s'écouler avant qu'elle fût capable d'émettre un son, lequel n'eut finalement rien d'un éclat de rire.

— Où allez-vous donc chercher tout cela ? S'il dit qu'il est Jimmy Crocker, pourquoi ne le croirait-on pas ? Qui donc, à part Jimmy Crocker, pouvait savoir que vous vouliez le faire venir ici ? Vous n'en avez parlé à personne, n'est-ce pas ?

Cette logique infaillible sembla ébranler Mrs. Pett, mais elle n'allait quand même pas laisser choir d'honnêtes soupçons sous prétexte qu'ils manquaient de vraisemblance.

— Ils ont des espions partout, argumenta-t-elle avec entêtement.

— Des espions ? Qui a des espions ?

— Les Services Secrets étrangers. Lord Wisbeach m'en parlait pas plus tard qu'hier. Il disait que je devais me méfier de tout le monde car on pouvait à tout moment s'en prendre à l'invention de Willie.

— Il plaisantait.

— Pas du tout. Je n'ai jamais vu quelqu'un de plus sérieux. Il me conseillait de considérer tout nouvel arrivant comme un criminel éventuel.

— Ben, il a du culot, ce type-là, murmura Ogden de son divan.

Mrs. Pett sursauta.

— Ogden ! Je t'avais oublié.

Elle laissa soudain échapper un cri d'effroi. La présence d'Ogden la lançait dans de nouvelles conjectures.

— Mais bien sûr ! Cet homme est peut-être là pour t'enlever. Comment n'y ai-je pas pensé plus tôt !

Ann décida d'intervenir. Mrs. Pett rôdait bien trop près de la vérité.

— Ne vous montez pas la tête, Tante Nesta. C'est à cause des histoires que vous écrivez. Cet homme ne peut être un imposteur. Qui oserait prendre un tel risque ? Il suffirait de télégraphier à Mrs. Crocker pour lui demander si son beau-fils est bien en Amérique.

Le coup était risqué. Car le plan d'action suggéré signifiait, s'il était mis en pratique, la ruine de ses projets. Mais Ann ne put s'empêcher de le tenter. Elle voulait savoir si sa tante allait s'informer auprès de Mrs. Crocker. À moins que son orgueil ne souffrît encore trop cruellement de son désaccord avec sa sœur pour qu'elle consente à renouer le dialogue.

Ann poussa un « ouf » de soulagement quand Mrs. Pett, se raidissant farouchement sur sa chaise, s'écria :

— Pour rien au monde je ne télégraphierais à Eugenia !

— Comme je vous comprends ! renchérit Ann. Mais un imposteur ne peut pas connaître vos sentiments envers votre sœur, n'est-ce pas ?

— Je vois ce que tu veux dire.

Ann se détendit. Mais le répit fut de courte durée.

— Ce que je n'arrive pas à comprendre, dit Mrs. Pett, c'est la raison pour laquelle ton oncle soutenait mordicus avoir vu ce jeune homme à bord de l'*Atlantic*.

— Il ne doit s'agir que d'une ressemblance fortuite. Oncle Peter n'a-t-il pas affirmé qu'il avait vu l'homme en question me parler ? S'il y avait eu une quelconque ressemblance, j'aurais été la première à la remarquer.

L'aide arriva d'où on ne l'attendait guère.

— Je sais de qui Oncle Peter voulait parler, dit Ogden. Il ne ressemble pas du tout à ce type-ci.

Ann éprouva une telle reconnaissance envers Ogden qu'elle ne fut même pas surprise de cette intervention. Elle se dit simplement qu'Ogden avait dû la voir sur le pont avec quelqu'un d'autre que Jimmy. Pendant la traversée, les jeunes gens recherchant sa compagnie n'avaient guère manqué.

Mrs. Pett avait perdu de son assurance.

— Peut-être que je laisse un peu trop courir mon imagination, dit-elle.

— Sans aucun doute, Tante Nesta, fit Ann. Vous avez l'imagination tellement fertile ! En tapant vos dernières histoires, j'étais tout bonnement effarée devant vos trouvailles. Je me rappelle l'avoir dit à Oncle Peter. Quand on a une imagination aussi extraordinaire, on finit toujours par se faire des idées, n'est-ce pas ?

Mrs. Pett eut un sourire modeste. Elle regarda Ann en espérant d'autres compliments, mais celle-ci avait dit ce qu'elle avait à dire.

— Tu as raison, ma chère petite, dit-elle quand elle comprit que le panégyrique était bel et bien terminé. Soupçonner ce jeune homme n'a aucun sens, en effet. Mais il est bien naturel que les paroles de Lord Wisbeach aient agi avec plus de force sur un esprit comme le mien que sur celui d'une autre femme.

— C'est certain ! dit Ann.

Elle était tout à fait soulagée à présent.

L'épreuve avait été périlleuse, mais elle était désormais terminée.

— Heureusement, dit Mrs. Pett, il existe un moyen infaillible pour savoir si ce jeune homme est bien James Crocker.

Ann se raidit à nouveau.

— Eh bien, ma chérie, aurais-tu oublié que Skinner connaît James Crocker depuis des années ?

— Skinner ?

Bien que ce nom lui fût familier, elle était incapable d'y associer un visage tant elle était crispée.

— Mon nouveau maître d'hôtel. Il arrive tout droit de chez Eugenia. C'est lui qui nous a ouvert la porte quand nous sommes allés la voir. Personne mieux que lui ne peut dire si oui ou non ce jeune homme est James Crocker.

Ann se sentit soudain à bout de forces. Elle ne s'attendait pas à ce dernier assaut. Ses projets étaient voués à l'échec sans avoir eu la moindre chance de réussir. Son complice ne devait pas revenir, c'était trop risqué. Il se jetterait directement dans la gueule du loup. Elle se leva précipitamment. Elle devait intercepter Jimmy avant qu'il n'arrive, ce qu'il pouvait faire d'un instant à l'autre.

— Évidemment, dit-elle en faisant un effort pour se reprendre, je n'y avais pas pensé. C'est tout bête. J'espère que nous allons bientôt passer à table, je meurs de faim.

Elle se dirigea lentement vers la porte, mais elle ne l'eut pas plus tôt fermée qu'elle se mit à courir vers sa chambre, attrapa un chapeau, se rua au rez-de-chaussée et sortit sur Riverside Drive. À cet instant précis, Jimmy tournait le coin de la rue. Elle se précipita vers lui en lui faisant signe de s'arrêter.

CHAPITRE XIV

Jimmy s'arrêta net. Cette brutale apparition l'avait fait sursauter. Il était justement en train de penser à Ann, mais il ne s'attendait pas à la voir bondir vers lui en agitant les bras.

— Que se passe-t-il ? demanda-t-il.

Ann l'entraîna vers une rue latérale.

— Vous ne devez surtout pas vous rendre à la maison. Tout va de travers.

— De travers ? Je croyais qu'on avait fait un tabac. Avec votre oncle, en tout cas. Nous nous sommes quittés le plus amicalement du monde. Nous avons même projeté d'assister ensemble à un match de base-ball, demain. Au bureau, il racontera que le Président a demandé à le voir.

— Il ne s'agit pas d'Oncle Peter, mais de Tante Nesta.

— Ah, là, vous portez un coup à ma conscience. J'ai bien peur d'avoir manqué de tact avec Ogden. C'était avant que vous n'entriez dans la pièce. Les ennuis viennent de là, n'est-ce pas ?

— Aucun rapport, dit Ann avec impatience. C'est pire. Tante Nesta se méfie. Elle a deviné que vous n'êtes pas le vrai Jimmy Crocker.

— Bonté divine ! Comment l'a-t-elle découvert ?

— J'ai essayé de la raisonner, mais elle n'est pas convaincue. Et maintenant, elle a décidé d'attendre de voir si Skinner, le maître d'hôtel, vous reconnaît. S'il ne vous reconnaît pas, elle saura qu'elle avait raison.

Jimmy était franchement intrigué.

— Ce raisonnement m'échappe quelque peu. C'est un test qui me semble pour le moins singulier. Pourquoi pense-t-elle qu'un homme ne serait pas honnête et sincère si son maître d'hôtel ne le reconnaît pas ?

— Skinner est arrivé d'Angleterre il y a quelques jours. Jusqu'alors, il était employé par Mrs. Crocker. Vous comprenez maintenant ?

Jimmy se figea. Ann avait parlé lentement, distinctement, et il était impossible qu'il l'eût mal comprise. Pourtant, il n'était pas sûr d'avoir bien entendu. Comment un homme du nom de Skinner aurait-il pu être le maître d'hôtel de sa belle-mère ? Bayliss était dans la famille depuis qu'ils étaient arrivés à Londres.

— Vous en êtes certaine ?

— Bien sûr que j'en suis certaine. Tante Nesta me l'a dit elle-même. Aucune erreur n'est possible, puisque c'est Skinner qui les a introduits quand ils ont rendu visite à Mrs. Crocker. Oncle Peter m'a parlé de lui. Il a bavardé avec l'homme en question dans l'entrée et il a découvert que c'était un fervent amateur de base-ball...

Une idée folle traversa l'esprit de Jimmy Crocker. Cette idée était si absurde qu'il eut honte qu'elle l'ait effleuré ne fût-ce qu'un instant. Mais il se passait des choses étranges ces temps-ci, et il se pouvait que...

— De quoi a-t-il l'air, ce Skinner ?

— Oh, corpulent, rasé de près. Je l'aime bien. Je n'aurais jamais cru qu'un maître d'hôtel puisse être aussi humain. Pourquoi ?

— Pour rien.

— Pas question, évidemment, que vous retourniez

à la maison. Vous comprenez, n'est-ce pas ? Il dirait que vous n'êtes pas Jimmy Crocker et on vous arrêterait.

— Ce n'est pas mon avis. Si je ressemble à Jimmy Crocker au point que ses amis me prennent pour lui au restaurant, pourquoi ce maître d'hôtel ne se tromperait-il pas lui aussi ?

— Mais...

— Et réfléchissez. De toute façon, il n'y a pas de problème. S'il ne me reconnaît pas quand il ouvrira la porte, nous saurons que le jeu est terminé et j'aurai amplement le temps de disparaître. Si la ressemblance le trompe, tout va bien. Je suggère que nous allions à la maison, que nous sonnions et, quand il apparaîtra, je dirai : « Ah, voilà ce brave Skinner ! » ou quelque chose dans ce goût-là. Soit il me regardera avec des yeux ronds, soit il me fera la fête comme un bon chien de garde. Nous déterminerons la marche à suivre d'après la réaction du maître d'hôtel.

La sonnette avait retenti, des pas approchaient. Ann avança la main pour saisir le bras de Jimmy et le serra.

— Maintenant, murmura-t-elle.

La porte s'ouvrit. L'instant d'après, les soupçons de Jimmy étaient confirmés : dans l'embrasure de la porte se tenait son père, en queue-de-pie — l'image même du maître d'hôtel respectable —, leur offrant un sourire épanoui. Comment se trouvait-il là et pourquoi, Jimmy l'ignorait. Mais il se tenait bel et bien devant lui. Jimmy ne faisait pas trop confiance à son père pour ce qui était de feindre. Crocker père faisait partie de ces gens simples et honnêtes qui, lorsqu'ils sont étonnés, ne le cachent pas et exigent des explications s'ils se trouvent dans une situation qu'ils ne comprennent pas. Une action prompte et immédiate s'imposait, avant que son père, ébahi de le voir sur le pas de la porte de la maison de New York où il avait le moins de raisons de se trouver, ne prononce les paroles fatales. Il voyait son nom trembler sur les lèvres de son père. Jimmy le salua de la main.

— Ah, Skinner, vous voilà ! dit-il avec aplomb. Miss Chester m'a dit que vous aviez quitté ma belle-mère. Vous avez dû prendre le bateau juste avant moi. Je suis arrivé sur le *Caronia*. Vous ne vous attendiez pas à me revoir de sitôt, n'est-ce pas ?

Le visage de Mr. Crocker se crispa un instant puis se détendit soudain pour faire place à une expression sereine et calme. On lui avait soufflé sa réplique et, comme un vieux comédien qu'il était, il la saisit sans le moindre embarras. Il eut un sourire respectueux.

— Non, Monsieur, en effet.

Il s'effaça pour les laisser entrer. Jimmy surprit le visage d'Ann au moment où elle passa devant lui. Il brillait de soulagement et d'admiration, ce qui stimula Jimmy autant qu'un bon verre de vin. Tandis qu'elle s'avançait vers l'escalier, il donna libre cours à sa satisfaction en envoyant dans le dos de son père une bourrade qui retentit comme un coup de pistolet.

— Qu'est-ce que c'était ? demanda Ann en se retournant.

— Un bruit dans l'avenue, j'imagine, dit Jimmy. Une voiture qui pétarade, ne croyez-vous pas, Skinner ?

— Très probablement, Monsieur.

Il suivit Ann jusqu'à l'escalier. Il commençait à monter, quand il perçut un murmure discret.

— Bravo, mon garçon !

Mr. Crocker donnait, à sa façon, la bénédiction paternelle. Ann pénétra dans le salon, la tête haute, et jeta à sa tante, qui ne remarqua rien, un regard triomphant.

— J'ai assisté à une scène fort intéressante, en bas, dit-elle. La rencontre du serviteur fidèle et du jeune maître. Skinner en est resté muet de surprise et de joie.

Mrs. Pett ne put réprimer une exclamation.

— Alors Skinner a reconnu... commença-t-elle, puis elle se tut brutalement.

Ann se mit à rire.

— S'il a reconnu Jimmy ? Bien sûr ! Il ne risquait pas de l'avoir oublié. Il le servait à Londres il y a une semaine à peine.

— Ces retrouvailles étaient touchantes, dit Jimmy. Un peu comme les retrouvailles d'Ulysse et du chien Argos, dont cet enfant au regard si intelligent...

Il tapota la tête d'Ogden, ce qui déplut fortement à l'adolescent.

— ... a sans aucun doute entendu parler au cours de ses recherches sur les auteurs classiques. J'étais Ulysse et Skinner jouait le rôle du chien qui fait fête.

Face à cette preuve que ses soupçons n'étaient pas fondés, Mrs. Pett hésitait entre le soulagement et la déception. Mais le sentiment qui l'emporta fut quand même le soulagement.

— Il a dû être très content de vous revoir... et très surpris.

— Pour ça, oui !

— Vous allez rencontrer un autre vieil ami dans quelques minutes, dit Mrs. Pett.

Jimmy était en train de se laisser tomber dans un fauteuil. Cette dernière remarque l'arrêta à mi-course.

— Un autre ami ?

Mrs. Pett jeta un coup d'œil à la pendule.

— Lord Wisbeach vient déjeuner.

— Lord Wisbeach ! s'écria Ann. Il ne connaît pas Jimmy !

— À Londres, Eugenia m'a dit qu'il était l'un de vos meilleurs amis.

Ann jeta à Jimmy un regard impuissant. Elle éprouvait à nouveau ce sentiment d'incapacité à parer les coups du destin, à enjamber les obstacles que le sort plaçait sur son chemin. Pour sa part, Jimmy maudissait la mauvaise fortune qui avait mis Lord Wisbeach sur le sien. Il suffisait qu'il soit reconnu par un ou deux intimes de Jimmy Crocker pour qu'Ann soupçonnât sa véritable identité. Le fait qu'elle l'avait vu à la gare de Paddington avec Bayliss et qu'elle avait pris ce dernier pour le père de Jimmy l'avait empêchée, jusqu'à présent, de le soupçonner, mais cela ne durerait pas éternellement. Lord Wisbeach était un bavard à la faconde débridée et il se mettrait probablement à parler du bon vieux temps avec une telle prolixité qu'il ne faudrait pas plus de cinq minutes à Ann pour deviner la vérité.

La porte s'ouvrit.

— Lord Wisbeach, annonça Mr. Crocker.

— J'ai bien peur d'être en retard, Mrs. Pett, dit Sa Seigneurie.

— Mais non, vous êtes tout à fait à l'heure, Lord Wisbeach. Voici un ami à vous : James Crocker.

Il y eut une hésitation presque imperceptible. Puis Jimmy s'avança, la main tendue.

— Salut, Wizzy ! Salut, mon vieux !

— S... salut, Jimmy.

Leurs regards se croisèrent. Dans celui de Sa Seigneurie, une expression de soulagement évident se mêlait à l'étonnement. Le visage de Lord Wisbeach, qui était devenu d'une pâleur maladive, s'empourpra quand le sang y reflua. Il se remettait du choc. Jimmy le dévisagea avec curiosité. Il n'était pas surpris de cette émotion. À quel jeu jouait cet homme, il l'ignorait ; mais une chose était sûre : cet homme n'était pas Lord Wisbeach, mais un type qu'il n'avait jamais vu de sa vie.

— Le déjeuner est servi, Madame, lança Mr. Crocker du pas de la porte.

CHAPITRE XV

Ann ne trouvait pas souvent l'occasion de se réjouir de la présence dans la maison de son oncle des six génies que Mrs. Pett y avait installés. En règle générale, elle les détestait aussi bien individuellement que collectivement. Mais aujourd'hui, leur compagnie était la bienvenue. Ils avaient peut-être leurs défauts mais, du moins, leur présence contribuait-elle à maintenir une conversation générale et à empêcher qu'elle ne tourne au duo entre Lord Wisbeach et Jimmy. Cette rencontre avait laissé Ann pantelante, et elle se remettait lentement de ses émotions.

Jamais elle n'avait espéré que cet obstacle pût être surmonté. Elle s'était représenté Lord Wisbeach faisant un pas en arrière, les sourcils froncés, et disant avec étonnement : « Mais, ce n'est pas Jimmy Crocker ! » Elle était désormais soulagée, mais pas d'humeur à faire la conversation. Aussi répondait-elle distraitement aux remarques d'Howard Bemis, le poète, assis à sa gauche. Elle jeta un regard autour de la table. Willie Partridge entretenait Mrs. Pett de la différence entre l'acide picrique et le trinitrotoluène, sujet passionnant pour un déjeuner s'il en fut. La voix de Clarence Renshaw couvrit soudain le brouhaha général pour disserter sur les fonctions du spondée trochaïque. Rien en apparence qui distinguât ce repas de ceux auxquels elle avait dernièrement pris part dans cette maison.

Son soulagement, pourtant, n'était pas sans réserve. Elle voyait Lord Wisbeach lancer des coups d'œil à Jimmy, lequel mangeait avec la tranquille concentration de l'homme qui, après avoir goûté deux jours au menu d'une pension de famille, se trouve en présence des merveilles d'un chef cuisinier. Jimmy avait consommé trop de viande hachée ces derniers temps pour se soucier, aujourd'hui, d'un regard furtif. Il voyait bien que Lord Wisbeach le reluquait et il savait pertinemment que la fin du repas serait l'occasion d'une petite conversation. En attendant, son devoir était de se restaurer. Il se servit copieusement du plat que lui tendait son père.

Il s'aperçut soudain que Mrs. Pett s'adressait à lui.

— Je vous demande pardon ?

— C'est comme autrefois, dit Mrs. Pett, dont les soupçons s'étaient dissipés depuis que Lord Wisbeach avait reconnu le visiteur.

Le remords de l'avoir soupçonné la rendait particulièrement aimable.

— Cela doit vous rappeler Londres, de retrouver Skinner.

Jimmy surprit le regard vide d'expression de son père.

— Skinner, dit-il généreusement, est un personnage que l'on ne peut s'empêcher de respecter. Sa nature s'épanouit devant vous pareille à une jolie fleur.

Le plat se mit à tanguer entre les mains de Mr. Crocker, mais son visage resta impassible.

— Il n'y a aucun vice chez cet homme, poursuivit Jimmy. Il a l'âme d'un petit enfant.

Mrs. Pett considéra ce parangon de vertu d'un œil

étonné. Elle avait la désagréable sensation qu'on se moquait d'elle. Elle se remit à ne pas aimer Jimmy.

— Pendant de nombreuses années, Skinner a été un père pour moi, dit Jimmy. Qui accourait quand je tombais ? Et qui me racontait une belle histoire ou posait un baiser sur mes bobos pour les faire disparaître ? Skinner !

En dépit de son inquiétude, Ann ne pouvait s'empêcher de s'enthousiasmer pour ce complice qui menait cette situation éprouvante à son terme avec un tel panache. Elle s'était toujours reconnu une somme non négligeable de courage et de débrouillardise, mais elle aurait été incapable de parler, comme le faisait Jimmy, sans trahir son anxiété. Bien qu'elle tînt ce dernier très haut dans son estime, elle aurait aimé qu'il se fasse un peu moins remarquer. Peut-être — et cette pensée lui glaça le sang — peut-être était-il en train de créer un nouveau Jimmy Crocker, un personnage qui forcerait Skinner et Lord Wisbeach à douter du témoignage de leurs yeux et à subodorer la vérité. Elle aurait voulu pouvoir le prévenir de mettre une sourdine, mais la table était grande et ils se trouvaient chacun à un bout.

Pendant ce temps, Jimmy s'amusait bien. Il se sentait le petit rayon de soleil de la maison et semblait faire bonne impression. Il était heureux comme un pape. Il aimait la nourriture, il aimait voir son père servir, et il aimait ces drôles de zigotos qui étaient, comme lui, les pensionnaires de cette séduisante résidence. Il regrettait l'absence de Mr. Pett. Il avait conçu une réelle affection pour cet homme qu'il s'était promis de guérir de la désolante habitude de laisser le bureau contrecarrer ses plaisirs. Il projetait une petite sortie aux Polo Grounds — sortie au cours de laquelle Mr. Pett, son père et pas mal de bouteilles de champagne seraient ses compagnons — quand ses rêveries furent interrompues par l'arrêt soudain du bourdonnement des conversations. Il leva les yeux de son assiette et vit que chaque convive, sans exception, avait les yeux rivés sur Willie Partridge. Willie, les yeux brillants, contemplait une petite éprouvette qu'il avait sortie de sa poche et placée près de son assiette.

— Il y a dans cette éprouvette, dit-il d'un ton désinvolte, de quoi faire sauter la moitié de New York.

Le silence fut rompu par un bruit de vaisselle cassée au fond de la pièce. Mr. Crocker avait laissé tomber un chauffe-plat.

— Si je lâchais ce petit tube, comme ça, dit Willie, profitant de la circonstance pour illustrer son sujet, c'en serait fait de nous.

— Ne le lâchez surtout pas, conseilla Jimmy. Qu'est-ce que c'est ?

— De la Partridgite.

Mrs. Pett, le visage décomposé, se leva.

— Willie, comment peux-tu apporter cette chose ici ? Qu'est-ce qui te prend ?

Willie eut un sourire condescendant.

— Il n'y a pas le moindre danger, Tante Nesta. Elle ne peut pas exploser à moins d'un choc. Je l'ai gardée sur moi toute la matinée.

Il contempla son éprouvette avec amour, comme un père aimant regarderait son enfant préféré.

— Va mettre cette éprouvette dans le coffre-fort de ton oncle immédiatement ! Range ça !

— Je ne connais pas la combinaison du coffre.

— Appelle tout de suite ton oncle à son bureau et demande-la-lui !

— Très bien, si vous insistez, Tante Nesta. Mais je vous assure qu'il n'y a aucun danger.

— Ne l'emporte pas ! hurla Mrs. Pett tandis qu'il se levait. Tu pourrais la laisser tomber. Reviens la chercher après.

— Très bien.

Après le départ de Willie, la conversation languit. La présence de l'éprouvette semblait agir sur l'esprit des convives à la façon du cadavre dans le banquet égyptien. Howard Bemis, qui était le plus près de l'éprouvette, s'en écarta doucement, imperceptiblement, jusqu'à ce qu'il fît presque tomber Ann de sa chaise. Willie réapparut au bout de quelques minutes. Il ramassa l'éprouvette, la fourra dans sa poche avec désinvolture et quitta de nouveau la pièce.

— Maintenant, fit Jimmy, si vous entendez une explosion et que vous disparaissez subitement à travers le toit, vous saurez pourquoi.

Willie revint prendre sa place à table, mais l'entrain avait déserté la réunion. La voix de Clarence Renshaw s'était tue et Howard Bemis ne parlait plus de l'influence d'Edgar Lee Masters sur la littérature moderne. Mrs. Pett quitta la pièce, suivie d'Ann. Les génies s'éclipsèrent l'un après l'autre. Après avoir allumé une cigarette et terminé son café, Jimmy vit qu'il était seul avec son vieil ami Lord Wisbeach et que ce dernier était sur le point de lui faire des confidences.

Le jeune homme blond engagea les opérations en se dirigeant vers la porte et en regardant dehors. Cela fait, il retourna s'asseoir et regarda Jimmy fixement.

— Tu joues à quoi ? demanda-t-il.

Jimmy le regarda à son tour, d'un air innocent.

— Jouer ? dit-il. Que voulez-vous dire ?

— Remballe tes airs de sainte nitouche, conseilla brusquement Sa Seigneurie. Sois franc et ne tourne pas autour du pot. On peut être interrompu à tout moment. Comment tu t'appelles ? Qu'est-ce que tu fais ici ?

Jimmy haussa les sourcils.

— Je suis le neveu prodigue de retour au bercail.

— Allez, arrête ton char. Tu fais partie de la bande à Potter ?

— Qui est ce Potter ?

— Tu sais parfaitement qui est Potter.

— Au contraire, mes yeux n'ont jamais eu le bonheur de se poser sur le Potter en question.

— C'est vrai ?

— Absolument vrai.

— Tu travailles à ton propre compte, alors ?

— Je ne travaille pas du tout, pour le moment. Il est question que je prenne des cours par correspondance pour devenir Ajusteur d'Asperges.

— Tu me fatigues. C'est quoi, ce baratin ? Pourquoi tu ne joues pas cartes sur table ? Nous sommes tous les deux entrés ici pour les mêmes raisons, alors pas la peine de se disputer.

— Dois-je comprendre que vous n'êtes pas mon vieil ami Lord Wisbeach ? demanda Jimmy.

— Non, pas plus que tu n'es mon vieil ami Jimmy Crocker.

— Qu'est-ce qui vous fait croire cela ?

— Si c'était le cas, est-ce que tu aurais fait semblant de me reconnaître comme tu viens de le faire, là-haut ? Laisse-moi te dire un truc, mon vieux : tu m'as tendu la perche au bon moment, parce que j'étais dans de sales draps.

Jimmy se mit à rire.

— C'eût été gênant pour vous si j'avais vraiment été Jimmy Crocker, n'est-ce pas ?

— Et gênant pour toi si j'avais été Lord Wisbeach.

— À propos, qui êtes-vous ?

— Les gars m'appellent Gentleman Jack.

— Pourquoi ? demanda Jimmy, surpris.

Lord Wisbeach ignora la question.

— En ce moment, je travaille avec la bande à

Burke. Allez, soyons raisonnables. Je serai régulier avec toi, régulier comme pas un.

— Cela rime avec « coquin ».

— Et j'espère que tu seras régulier avec moi.

— Allons-nous nous murmurer des confidences à l'oreille ?

Lord Wisbeach retourna à la porte et fit subir au couloir un nouvel examen.

— Vous semblez nerveux, dit Jimmy.

— Je n'aime pas ce maître d'hôtel ; il mijote quelque chose.

— Vous pensez qu'il fait partie de la bande à Potter ?

— Je n'en serais pas étonné. Il n'est pas clair, en tout cas, sinon pourquoi aurait-il fait semblant de te reconnaître ?

— Me reconnaître semble être le révélateur de l'honnêteté.

— Il était coincé, tout comme toi, dit Lord Wisbeach. Il ne savait pas que tu n'étais pas vraiment Jimmy Crocker, jusqu'à ce que tu le lui fasses comprendre comme à moi, en faisant semblant de le reconnaître.

Il lança à Jimmy un regard d'envie mêlée d'admiration.

— Tu manques pas de cran, mon gars, de t'amener comme ça. Tu risquais gros. Tu ne pouvais pas savoir si t'allais pas te retrouver nez à nez avec quelqu'un qui connaît vraiment Jimmy Crocker. Tu aurais fait quoi si ce maître d'hôtel avait été au parfum ?

— Ce sont les risques du métier !

— Quand je pense au boulot que j'ai eu, dit Lord Wisbeach, l'idée qu'un type puisse s'amener ici comme tu l'as fait me coupe les jambes !

— Qu'est-ce qui vous a fait choisir Lord Wisbeach comme nom d'emprunt ?

— Je savais que c'était un nom qui me permettrait de tirer mon épingle du jeu. J'ai fait la traversée avec lui en venant. Il m'a dit qu'il faisait le tour du monde et qu'il ne resterait pas plus d'une journée à New York. Même comme ça, ça n'a pas été une mince affaire d'entrer ici. Burke m'a dit de me mettre en rapport avec le vieux Chester et de lui demander une lettre d'introduction. Et toi, tu t'amènes, tu entres sans te presser et tu leur dis que tu es venu pour t'installer.

Il médita un instant sur l'injustice de la chose.

— Alors, tu décides quoi, mon pote ?

— À quel sujet ?

— Au sujet du fait que nous sommes tous les deux ici. Est-ce que tu vas te montrer raisonnable, faire équipe avec moi et on partage plus tard, ou tu prends le risque de tout compromettre en faisant cavalier seul ? Je serai franc avec toi. Inutile de bluffer. On est ici pour la même chose : tu veux cette foutue poudre, cette Partridgite, et moi aussi.

— Vous y croyez donc, à la Partridgite ?

— Oh, écrase ! dit Lord Wisbeach avec dégoût. À quoi ça sert ? Bien sûr que j'y crois. Burke l'a dans le collimateur depuis un an. Tu as entendu parler de Dwight Partridge, pas vrai ? Eh bien, ce Willie, c'est son fils. Tout le monde sait que Dwight Partridge travaillait sur un explosif, au moment de sa mort, et voilà que son fils se ramène avec une éprouvette pleine d'un produit qui pourrait faire exploser cette ville en mille morceaux, comme il dit. On en déduit quoi ? Que le garçon a mis au point les indications du vieux. À mon avis, il ne devait pas rester grand-chose à faire, sinon il n'y serait pas arrivé. Il est assez ramolli du bulbe, d'après ce que j'ai pu constater. Mais ça ne change rien au fait qu'il a le produit et que toi et moi on doit s'associer et s'arranger. Si on ne le fait pas, tu me mettrais des bâtons dans les roues, ou c'est moi qui t'en mettrais. À quoi ça rimerait ? Alors que si on s'y met ensemble, on y trouvera largement notre compte tous les deux. Tu sais aussi bien que moi que pour un produit comme la Partridgite, on va avoir des dizaines d'offres plus alléchantes les unes que les autres. Si tu t'inquiètes de savoir si Burke t'en fera une honnête, t'en fais pas. Je m'occupe de lui. Il va bien te traiter.

Jimmy écrasa le bout de sa cigarette sur son assiette.

— Je n'ai pas les qualités d'orateur de Brutus, mais vous me connaissez suffisamment pour savoir que je suis un homme simple et sans détour. En conséquence, je me lève et je vous réponds : Pas question !

— Quoi ? Tu ne veux pas travailler avec moi ?

Jimmy secoua la tête.

— Désolé de vous décevoir, Wizzy, si je puis encore me permettre de vous appeler ainsi, mais votre offre ne m'intéresse pas. Je ne vais pas travailler avec vous, faire équipe ou quoi que ce soit d'autre. Au contraire, je m'en vais trouver Mrs. Pett et l'informer qu'elle a un serpent dans son Paradis terrestre.

— Tu ne vas pas me dénoncer, quand même ?

— Si, et en criant de toutes mes forces.

Lord Wisbeach eut un petit rire désagréable.

— Pardi ! Comment tu expliqueras que tu m'as reconnu comme ton vieux copain avant le déjeuner et que je me transforme en escroc juste après ? Si tu me donnes, tu te donnes aussi. Si je ne suis pas Lord Wisbeach, alors tu n'es pas Jimmy Crocker.

Jimmy poussa un soupir.

— Je vois. La vie est vraiment compliquée, n'est-ce pas ?

Lord Wisbeach se leva.

— Tu ferais mieux d'y réfléchir, fiston, dit-il. Faire l'idiot ne te mènera nulle part. Tu ne peux pas m'empêcher d'avoir la marchandise, alors si tu refuses de participer et de faire moitié moitié, on se passera de toi !

Il quitta la pièce. Tout en allumant une autre cigarette, Jimmy se mit en devoir de considérer cette nouvelle complication. Ce que Gentleman Jack — ou Joe, ou quel que soit le nom que « les gars » donnaient à ce type — avait dit était vrai. Le dénoncer revenait à se dénoncer soi-même. Jimmy fumait pensivement. Ce n'était pas la première fois qu'il souhaitait que sa conduite des dernières années eût été d'un genre plus virginal. Il comprenait maintenant les sentiments du Dr Jekyll eu égard au handicap que représentait cet autre lui-même, Mr. Hyde.

CHAPITRE XVI

Après le déjeuner, Mrs. Pett était retournée s'asseoir au salon, près du divan de son enfant éprouvé par la maladie. Elle se faisait du souci pour Ogden. Le pauvre chéri n'était pas du tout dans son assiette aujourd'hui. Il n'avait même pas goûté au bol de bouillon que le Dr Briginshaw lui avait prescrit comme collation au milieu de la journée.

Elle traversa la pièce sans bruit et posa une main fraîche sur le front douloureux de son fils.

— Oh, la barbe ! dit Ogden avec lassitude.

— Tu te sens un peu mieux, mon chéri ?

— Non, dit Ogden. Je me sens beaucoup plus mal.

— Tu n'as pas goûté à ta bonne soupe.

— T'as qu'à la donner au chat.

— Tu te sens capable d'avaler un bol de bouillie, mon trésor ?

— Pitié ! répliqua le malade.

Mrs. Pett retourna s'asseoir, le cœur gros. Elle était frappée par cette coïncidence qui voulait que le pauvre enfant soit systématiquement malade le lendemain du jour où elle avait donné une réception, comme c'était le cas aujourd'hui. Elle mit cela sur le compte d'une réaction consécutive à l'énervement. Et, bien sûr, l'attitude cruelle de Jerry Mitchell n'avait pu que contribuer à cet état d'abattement. Chaque goutte de son sang maternel bouillait de rage et d'horreur chaque fois qu'elle laissait ses pensées s'attarder sur les excès de feu Jerry. Elle s'était toujours méfiée de lui. Elle n'avait jamais aimé son visage, non seulement du point de vue esthétique, mais aussi parce qu'il lui semblait y détecter une sauvagerie sournoise. Comme les événements avaient prouvé la justesse de ce sentiment instinctif ! Mrs. Pett était trop fine pour lui donner, même au plus profond d'elle-même, le nom de prémonition, mais c'en était bel et bien une ; et comme tous ceux dont les prémonitions se sont confirmées, elle en tirait, mêlée à son chagrin, une certaine satisfaction. Son intelligence et sa perspicacité étaient manifestement supérieures à la moyenne.

Ce début d'après-midi enveloppa le salon d'une atmosphère paisible. Mrs. Pett avait pris un livre. Sur le divan, Ogden respirait bruyamment. Dans un coin de la pièce, de légers ronflements provenaient du panier où se trouvait Aïda, le loulou de Poméranie, pelotonnée et plongée dans un sommeil réparateur. Par la fenêtre ouverte parvenaient des bruits portés par l'air chaud de l'été. Cédant au calme soporifique, Mrs. Pett était sur le point de piquer un petit somme quand la porte s'ouvrit. Lord Wisbeach entra.

Lord Wisbeach n'avait pas été long à faire ses calculs. Calculer rapidement est d'ailleurs l'une des qualités essentielles de ces hommes qu'on appelle Gentlemen Jack et dont le pain quotidien n'est assuré que par une suite de batailles ardues contre les forces de la société et les machinations de Potter et sa bande. Les cogitations de Sa Seigneurie, après qu'il eut laissé Jimmy dans la salle à manger, furent vite expédiées : le meilleur moyen de se défendre était d'attaquer. Qui ne risque rien n'a rien. Un intrigant moins doué que Lord Wisbeach se serait peut-être contenté d'attendre. Sa Seigneurie, en concentrant sur le sujet l'attention d'un esprit rodé, avait donné la préférence à un autre plan et était venu dans le salon pour le mettre à exécution.

Son entrée ruina l'atmosphère paisible. Aïda, qui faisait entendre un gargouillis apoplectique, bondit de son panier en grondant et se rua sur l'ennemi, prête à mordre. Ses aboiements stridents emplirent la pièce.

Lord Wisbeach détestait les petits chiens. Il les détestait et il les craignait. Beaucoup d'hommes d'action ont ce genre de défaut. Il se plaça derrière une chaise en disant : « Là, là ! » Aïda, qui n'avait nullement l'intention d'attaquer et dont la réaction se limitait à un accès de rage bruyante, continua sa démonstration à bonne distance jusqu'à ce que Mrs. Pett la prenne dans ses bras. La chienne accepta d'y rester, tout en montrant son hostilité par de sourds grognements. Lord Wisbeach sortit de derrière sa chaise et s'assit avec précaution.

— Puis-je vous parler un instant, Mrs. Pett ?

— Certainement, Lord Wisbeach.

Sa Seigneurie adressa à Ogden un regard significatif.

— En privé, si vous n'y voyez pas d'inconvénient.

Et d'adresser un second regard significatif, à Mrs. Pett cette fois.

— Ogden chéri, dit Mrs. Pett, je crois qu'il serait préférable que tu ailles dans ta chambre et que tu te mettes au lit. Un peu de sommeil te fera le plus grand bien.

Avec une surprenante docilité, le garçon se leva.

— D'accord, dit-il.

— Le pauvre Oggie n'est pas bien du tout, aujourd'hui, dit Mrs. Pett, après que son fils eut quitté la pièce. Il est souvent sujet à ce genre de malaises. De quoi désirez-vous m'entretenir, Lord Wisbeach ?

Sa Seigneurie rapprocha sa chaise.

— Vous vous rappelez ce que je vous ai dit hier ?

— Bien sûr.

— Pourrais-je vous demander ce que vous savez de cet homme qui se fait appeler Jimmy Crocker ?

Mrs. Pett sursauta. Elle se rappelait avoir employé pratiquement la même expression en s'adressant à Ann. Ses soupçons, endormis après que Skinner et Lord Wisbeach eurent sans hésitation identifié le visiteur, se réveillèrent. L'un des effets d'un bon pressentiment, c'est qu'il engendre d'autres pressentiments. Mrs. Pett avait vu juste en ce qui concernait Jerry Mitchell. Allait-elle avoir raison au sujet du soi-disant Jimmy Crocker ?

— Vous n'avez jamais vu votre neveu, j'imagine ?

— Jamais, mais...

— Cet homme, dit Lord Wisbeach d'un ton solennel, n'est pas votre neveu.

Mrs. Pett sentit un frisson de plaisir la parcourir de la tête aux pieds. Elle ne s'était pas trompée.

— Mais, vous...

— J'ai prétendu le reconnaître ? C'est exact. C'était exprès. Je voulais lui faire croire que je ne soupçonnais rien.

— Alors, vous pensez...

— Rappelez-vous ce que je vous ai dit hier.

— Mais Skinner, le maître d'hôtel, l'a reconnu également.

— Précisément. Voilà qui confirme ce que j'avançais au sujet de Skinner. Ils travaillent en cheville. Cela crève les yeux. Considérez l'affaire de votre point de vue. Comme tout est simple ! Cet homme soutient qu'il connaît bien Skinner : vous acceptez ce témoignage comme preuve de l'honnêteté de Skinner. Skinner identifie l'homme à son tour : vous voyez en cela la preuve que cet homme est bien votre neveu. Que Skinner ait identifié comme étant Jimmy Crocker un homme qui n'est pas Jimmy Crocker condamne Skinner.

— Mais, pourquoi avez-vous... ?

— Je vous ai dit que j'ai fait semblant de reconnaître Jimmy Crocker dans un but bien précis. Pour le moment, vous ne pouvez rien faire. L'usurpation d'identité n'est pas un crime. Si je l'avais démasqué quand nous nous sommes rencontrés la première fois, vous n'y auriez rien gagné, sauf de pouvoir le mettre à la porte. Tandis que si nous attendons, si nous faisons semblant de ne rien soupçonner, nous le prendrons sur le fait quand il tentera de s'emparer de l'invention de votre neveu.

— Vous êtes certain que c'est pour cela qu'il est venu ?

— Quel autre but pourrait-il avoir ?

— Je croyais qu'il essayait de kidnapper Ogden.

Lord Wisbeach réfléchit en fronçant les sourcils. Il n'avait pas envisagé cette éventualité.

— C'est possible, dit-il. On a déjà tenté d'enlever votre fils, n'est-ce pas ?

— À une époque, dit fièrement Mrs. Pett, il n'y avait pas un enfant qui fût mieux protégé. Les kidnappeurs avaient même un surnom pour Ogden : ils l'appelaient « la petite pépite ».

— Alors, il se peut fort bien que cet homme soit là pour Ogden. Dans un cas comme dans l'autre, nous devons procéder de la même façon. Nous devons surveiller chacun de ses mouvements.

Il marqua un temps d'arrêt.

— Je pourrais vous aider — pardonnez-moi de le suggérer —, je pourrais vous aider plus efficacement si vous me laissiez loger ici. Vous avez eu la bonté de m'inviter à vous rendre visite à la campagne, mais vous n'y allez pas avant deux semaines ; et pendant ce temps...

— Il faut que vous veniez habiter ici tout de suite, Lord Wisbeach ! Ce soir, maintenant !

— Je pense que ce serait le plan le plus sage.

— Je ne trouve pas les mots pour vous exprimer ma gratitude.

— Vous avez été si bonne pour moi, Mrs. Pett, dit Lord Wisbeach avec émotion, qu'il est tout naturel que j'essaie de vous payer de retour. Tenons-nous-en à notre plan. Je viendrai ici ce soir et je me chargerai de surveiller ces deux hommes. Je vais boucler mes valises et les faire apporter.

— C'est merveilleux de votre part, Lord Wisbeach.

— Pas du tout, répondit Sa Seigneurie. Ce sera un plaisir.

Il tendit la main, mais la retira prestement quand la chienne Aïda essaya de la mordre. Remplaçant un départ cérémonieux par un « au revoir » plus familier, il quitta la pièce.

Quand il fut parti, Mrs. Pett s'accorda quelques instants de réflexion. Elle était en proie à une vive agitation. Elle avait toujours eu tendance à dramatiser et avait donc bu les révélations de Lord Wisbeach avec avidité. Son admiration pour Sa Seigneurie était profonde, et totale sa confiance en lui. Le seul doute qui se présentât à son esprit concernait ses capacités, malgré ses bonnes intentions, à faire échec à deux conspirateurs aussi distants géographiquement que l'étaient Jimmy Crocker et celui qui se faisait appeler Skinner. C'était un point qu'ils n'avaient pas abordé, à savoir que l'un des imposteurs était à l'étage et que l'autre était au rez-de-chaussée. Il paraissait impossible à Mrs. Pett que Lord Wisbeach, en dépit de son zèle, puisse surveiller Skinner sans négliger Jimmy ou mettre des bâtons dans les roues de Jimmy sans perdre

Skinner de vue. De toute évidence, une aide extérieure s'imposait.

Sans doute à cause de sa marotte d'écrire des romans à sensations, Mrs. Pett trouvait une certaine magie au mot « détective », une magie que ne partageait aucun autre mot de vocabulaire. Elle adorait les détectives, leurs yeux perçants, leur sourire tranquille, leur chapeau melon. Quand ils arrivaient sur scène, elle se penchait dans son fauteuil d'orchestre ; quand ils apparaissaient dans ses propres histoires, elle écrivait toujours avec plus d'entrain. Il n'est pas exagéré de dire qu'elle avait un attachement quasi religieux pour les détectives. Et ne pas faire appel à l'un d'eux alors que, dans l'état actuel des choses, leur intervention s'avérait nécessaire, lui parut à la fois imprudent et peu élégant. Quelques années auparavant, quand Ogden avait été enlevé, son seul réconfort avait résidé dans les entretiens quotidiens avec les détectives. Elle mourait d'envie d'en appeler un sur-le-champ. La seule chose qui la retint fut le souci de ménager la susceptibilité de Lord Wisbeach. Il avait fait preuve d'une telle amabilité et d'une telle sagacité que suggérer de lui fournir une aide extérieure ne manquerait pas de le blesser profondément. Et pourtant, la situation exigeait les services d'un spécialiste averti. Au cours de leur dernier entretien, Lord Wisbeach n'avait laissé planer aucun doute quant à sa capacité à régler l'affaire seul, mais aussi admirable qu'il pût être, il ne représentait pas le professionnalisme pur dans l'art de l'espionnage. Il avait besoin qu'on l'aide malgré lui.

Une heureuse solution vint à l'esprit de Mrs. Pett. Nul besoin d'en parler à Lord Wisbeach. Rien ne s'opposait à ce qu'elle s'adressât à un détective tout en ménageant la susceptibilité de son allié : il suffisait d'en engager un sans le dire à Lord Wisbeach.

Le téléphone se trouvait près de son coude, caché,

à la demande expresse du décorateur, à intérieur de ce que, à première vue, on prenait pour un hibou empaillé.

Sur une table toute proche, joliment relié en maroquin à la façon des œuvres complètes de Shakespeare, se trouvait l'annuaire téléphonique. Mrs. Pett n'hésita pas davantage. Elle avait oublié l'adresse de l'agence de détectives qu'elle avait employée lors de l'enlèvement d'Ogden, mais elle se rappelait son nom ainsi que celui de son directeur, ou propriétaire, ou quel que fût son titre, lequel lui avait témoigné une charmante sympathie au récit de ses malheurs.

Elle décrocha le combiné et donna un numéro.

— Je désire parler à Mr. Sturgis, dit-elle.

— C'est lui-même, dit une voix.

— Oh, Mr. Sturgis, fit Mrs. Pett. Je me demandais s'il vous serait possible de passer ici... oui, maintenant. Mrs. Peter Pett à l'appareil. Vous vous souvenez, nous nous sommes rencontrés il y a quelques années. Je m'appelais encore Mrs. Ford... oui, la mère d'Ogden Ford. Je voulais vous demander... Vous arrivez immédiatement ? Merci infiniment. À tout de suite !

Mrs. Pett raccrocha.

CHAPITRE XVII

En bas dans la salle à manger, une cigarette à la bouche, Jimmy repassait dans son esprit les événements qui venaient de se dérouler. Ann entra.

— Ah, vous êtes là, dit Ann. Je croyais que vous étiez en haut.

— Je viens d'avoir une conversation des plus intéressantes et des plus agréables avec mon vieux copain Lord Wisbeach.

— Mon Dieu ! À quel sujet ?

— Au sujet de tout et de rien.

— Il ne vous a pas parlé du bon vieux temps ?

— Non, nous n'avons pas abordé le bon vieux temps.

— Est-ce qu'il croit toujours que vous êtes Jimmy Crocker ? Je suis si nerveuse, dit Ann, que j'arrive à peine à parler.

— Allons, il ne faut pas vous en faire, dit Jimmy d'un ton encourageant. Tout marche à merveille.

— C'est bien ce qui me rend nerveuse. Tout cela est trop beau pour durer. Nous prenons de tels risques ! La situation était déjà suffisamment compliquée sans Skinner et Lord Wisbeach. Vous pouvez commettre l'erreur fatale à tout moment. Dieu merci, pour l'instant les soupçons de Tante Nesta se sont tassés, puisque

Skinner et Lord Wisbeach vous ont reconnu. Mais vous ne les avez vus que quelques minutes. Quand vous les aurez côtoyés un peu plus longtemps, il se peut qu'ils aient, eux aussi, des soupçons. Je n'arrive pas à comprendre comment vous avez pu vous en sortir avec Lord Wisbeach. C'est un miracle qu'il n'ait pas fait allusion à quoi que ce soit du temps où vous étiez supposés être amis à Londres. Ne forçons pas notre chance. Je voudrais que vous alliez trouver Tante Nesta immédiatement pour lui demander de laisser revenir Jerry.

— Vous refusez toujours que je prenne la place de Jerry ?

— Bien sûr. Vous trouverez Tante Nesta à l'étage.

— Très bien. Mais supposons que je ne parvienne pas à la convaincre...

— À mon avis, elle fera tout ce que vous lui demanderez. Vous avez remarqué combien elle était aimable avec vous, au déjeuner. Je ne vois pas ce qui aurait pu changer ces heureuses dispositions en si peu de temps.

— Parfait. J'y vais tout de suite.

— Et quand vous l'aurez vue, allez m'attendre dans la bibliothèque. C'est la deuxième porte dans le couloir en sortant d'ici. J'ai promis de conduire Lord Wisbeach à son hôtel. Tante Nesta l'a invité à s'installer ici. Il veut donc aller prendre ses affaires. Je serai de retour dans moins de vingt minutes. Je reviendrai directement.

Jimmy se trouva vaguement contrarié par cette nouvelle.

— Lord Wisbeach s'installe ici ?

— Oui, pourquoi ?

— Oh, pour rien. Je m'en vais voir Mrs. Pett.

Quand Jimmy arriva au salon, toute trace du remue-ménage qui en avait momentanément troublé la paix avait disparu : le combiné était raccroché, Mrs. Pett était assise dans son fauteuil et la chienne Aïda de nouveau couchée dans son panier. Mrs. Pett, l'esprit tranquille maintenant qu'elle avait pris l'initiative de faire appel à Mr. Sturgis, lisait un de ses propres livres, et cette lecture l'absorbait. Aïda sommeillait bruyamment.

La vue de Jimmy tira pourtant Mrs. Pett de sa studieuse tranquillité. Après ce que Lord Wisbeach lui avait révélé, elle trouvait sinistre la façon même qu'avait Jimmy d'entrer dans la pièce. Il lui donnait la chair de poule. Dans *Un voyou mondain*, un dollar trente-cinq net, tous droits de traduction réservés y compris en Scandinavie, elle décrivait ce genre de personnage obséquieux, trompeur et redoutable. Instinctivement, tout en regardant Jimmy, elle se remémora la conduite parfaitement odieuse de Marsden Tuke — ce n'était qu'à l'avant-dernier chapitre que ses scandaleuses machinations étaient contrecarrées — et il lui sembla que c'était lui qui se tenait là devant elle, en chair et en os. Elle l'avait décrit, elle s'en souvenait, comme un homme d'un abord aimable, propre à tromper et à détruire les gens vertueux ; et le fait que Jimmy était un jeune homme présentable ne le rendait que plus vil à ses yeux. En un mot, elle n'aurait pu se trouver dans un état d'esprit moins réceptif à toute demande émanant de Jimmy. Elle aurait même soupçonné quelque mobile caché s'il lui avait demandé l'heure.

Jimmy ignorait tout cela. Il remarqua qu'elle le regardait d'un œil assez glacial, mais ne vit là aucune suspicion de la part de Mrs. Pett à son endroit. Il essaya de se faire bien voir en souriant aimablement. Il n'aurait pu faire pire : le sourire aimable de Marsden Tuke était son arme la plus mortelle. Des gens induits en erreur par ce sourire lui avaient confié tous leurs bijoux, et Dieu sait quoi encore !

— Tante Nesta, dit Jimmy, est-ce que je peux vous demander une faveur personnelle ?

Mrs. Pett frissonna en entendant ce nom familier sortir sans hésitation de la bouche de Jimmy. Elle avait devant elle Super Tuke. Marsden lui-même, tout scélérat qu'il fût, n'aurait pas été capable de l'appeler « Tante Nesta » avec autant de facilité.

— Oui, dit-elle enfin.

Elle avait de la peine à parler.

— Ce matin, par hasard, j'ai rencontré un vieil ami à moi. Il était tout triste. Il se trouve que, pour d'excellentes raisons, bien sûr, vous l'avez renvoyé. Il s'agit de Jerry Mitchell.

Cette fois, Mrs. Pett fut absolument épouvantée. La conspiration semblait se compliquer d'heure en heure. Ses ramifications s'étaient déjà emparées de l'homme qui se tenait devant elle, d'un maître d'hôtel à qui elle faisait entièrement confiance et de l'ex-professeur de gymnastique de son mari. Mais où cela s'arrêterait-il ? Elle n'avait jamais beaucoup aimé Jerry Mitchell, mais jamais elle ne l'aurait soupçonné d'être un conspirateur. Cependant, si cet homme qui prétendait s'appeler Jimmy Crocker était un vieil ami à lui, comment pouvait-il en être autrement ?

— Mitchell, poursuivit Jimmy sans se rendre compte des émotions que chacune de ses paroles soulevait dans le cœur de son interlocutrice, m'a raconté ce qui s'est passé hier. Il en est très affecté. Il dit ne pas comprendre comment il en est arrivé à se conduire d'une façon aussi impardonnable. Il m'a supplié de plaider sa cause auprès de vous. Il m'a prié de vous dire à quel point il regrettait son attaque brutale et il m'a demandé de mentionner le fait que, jusqu'alors, sa conduite avait été irréprochable.

Jimmy s'arrêta. Il ne recevait aucun encouragement et il avait vraiment l'impression de prêcher dans le désert. Mrs. Pett était assise bien droite dans son fauteuil, sur la défensive. Elle ne semblait nullement impressionnée par son éloquence.

— Bref, conclut Jimmy faiblement, il est désolé.

Pendant un moment, ce fut le silence.

— Comment se fait-il que vous connaissiez Mitchell ? demanda Mrs. Pett.

— Cela remonte à l'époque où je travaillais pour le *Chronicle.* Je l'ai vu boxer une ou deux fois. C'est un brave type et il avait un crochet du droit du tonnerre... je veux dire excellent. Il allait le prendre très bas, vous savez.

— Je n'apprécie guère les boxeurs professionnels, dit Mrs. Pett, et dès le début j'étais opposée à ce que Mitchell vienne chez nous.

— Vous n'accepteriez pas qu'il revienne, je suppose ? interrogea Jimmy timidement.

— Il n'en est pas question. Il ne me viendrait pas à l'esprit de faire une chose pareille.

— Il est rongé par le remords, vous savez.

— Je n'en doute pas, s'il lui reste un soupçon d'humanité.

Jimmy se tut. L'affaire ne se présentait pas aussi bien que prévu. Il craignait que, pour la première fois de sa vie, Ann ne se voie refuser une chose qui lui tenait à cœur. Certes, ce refus ne lui ferait peut-être pas de mal, mais, d'un autre côté, elle rendrait Jimmy responsable de leur échec, ce qui était fâcheux.

— Il aime vraiment beaucoup Ogden.

— Hum, fit Mrs. Pett.

— Je pense que c'est la chaleur qui l'a rendu irritable. Dans son état normal, il ne ferait pas de mal à une mouche. Tout le monde le reconnaît.

— Reconnaît quoi ?

— Qu'il ne fait pas de mal aux mouches.

— Pfft ! fit Mrs. Pett.

C'était la première fois que Jimmy entendait cet étonnant monosyllabe émis par des lèvres humaines. Il en déduisit, à juste titre, qu'il marquait la désapprobation, le scepticisme et la contrariété. Il était convaincu que cette mission allait figurer au palmarès de ses échecs.

— Alors, puis-je lui dire que c'est d'accord ? demanda-t-il.

— Que quoi est d'accord ?

— Qu'il peut revenir ici.

— Certainement pas !

Mrs. Pett n'était pas peureuse, mais elle ne put réprimer un frisson en voyant le complot se dérouler devant ses yeux. Sa gratitude envers Lord Wisbeach, à ce moment précis de l'affaire, se mua presque en vénération. Sans lui et sans ses révélations au sujet de l'homme qui se tenait devant elle, elle aurait probablement accepté de laisser revenir Jerry Mitchell. Mrs. Pett avait éprouvé un tel sentiment de triomphe quand Jimmy Crocker, contrairement au souhait de sa belle-mère, était arrivé chez elle, qu'il aurait pu lui demander n'importe quoi, elle le lui aurait accordé ; et cela, malgré l'aversion qu'elle avait pour Jerry Mitchell. Mais désormais, c'était comme si, sans être vue, elle observait une bande de malfrats fomentant un complot. Elle occupait la position stratégique de la personne supposée être la dupe et qui, en réalité, est au courant de tout.

Pendant un instant, elle envisagea d'accepter le retour de Jerry Mitchell. Sa présence était manifestement nécessaire à la réalisation du complot, quel qu'il soit. Le raisonnement de Mrs. Pett se fondait sur un principe bien connu : si on les laisse faire jusqu'à un certain point, les conspirateurs creusent toujours leur propre tombe. Peut-être, donc, serait-il judicieux de laisser revenir Jerry Mitchell pour qu'il joue son rôle. Puis elle se ravisa, se disant que Lord Wisbeach et le détective auraient déjà suffisamment à faire avec le soi-disant Jimmy Crocker et le faux Skinner. Mieux valait ne pas compliquer les choses. Elle jeta un coup d'œil à la pendule sur la cheminée. Mr. Sturgis n'allait pas tarder si, comme il l'avait promis, il avait quitté son bureau immédiatement. L'imminence de son arrivée la réconforta. Elle trouvait agréable de s'en remettre à un expert.

Jimmy s'était arrêté à mi-chemin de la porte et restait planté là, comme s'il se refusait à accepter la réponse de Mrs. Pett à sa requête.

— Cela ne se reproduira plus. Je veux dire, ce qui s'est passé hier. N'ayez aucune inquiétude à ce sujet.

— Je n'en ai aucune, répondit Mrs. Pett d'un ton acerbe.

— Si vous l'aviez vu quand je l'ai rencontré...

— Quand vous l'avez rencontré ? Vous avez débarqué ce matin, vous êtes allé au bureau de Mr. Pett et vous êtes venu directement ici avec lui. Je serais curieuse de savoir à quel moment vous avez bien pu le rencontrer.

Elle regretta un peu cette attaque, car elle sentait qu'elle pourrait mettre l'homme sur ses gardes en lui montrant ses soupçons. Mais elle n'avait pu résister et elle se réjouit de voir que son interlocuteur était momentanément déconcerté.

— Je l'ai rencontré en allant chercher mes bagages, dit Jimmy.

Voilà exactement ce que Marsden Tuke aurait dit pour se justifier. Tuke se tirait toujours d'affaire de cette façon. Jimmy horrifiait de plus en plus Mrs. Pett.

— Bien sûr, je lui ai dit, poursuivit Jimmy, que vous

aviez eu la bonté de m'inviter à rester chez vous et il m'a raconté tous ses malheurs en me suppliant de plaider sa cause. Si vous l'aviez vu, plein de repentir et de tristesse, vous l'auriez plaint. Votre cœur de femme...

Quoi que Jimmy ait pu être sur le point de dire au sujet du cœur de femme de Mrs. Pett, ses paroles furent interrompues par la porte qui s'ouvrit et la voix grave et respectueuse de Mr. Crocker :

— Mr. Sturgis.

Le détective entra d'un pas rapide comme si, pour lui, le temps était de l'argent — c'était d'ailleurs effectivement le cas, car l'Agence internationale de détectives dont il était propriétaire faisait de bonnes affaires. Mr. Sturgis était un homme d'une cinquantaine d'années, maigre, à l'air farouche, le visage émacié, les yeux creux et les lèvres minces. Il s'habillait toujours à la dernière mode car l'un de ses axiomes favoris était de dire que, bien que détective, il aimait avoir l'air d'un gentleman. Il avait donc toujours l'allure caractéristique de ce que l'on appelle communément un mondain. Il ressemblait, en somme, à un chef de rayon faisant une petite promenade dominicale. Son aspect florissant avait donné le change à Jimmy, qui quitta la pièce sans se douter que le visiteur n'avait rien d'un visiteur ordinaire. Le détective lui lança au passage un regard scrutateur. Il se faisait un devoir de scruter à peu près tout. Cela ne coûtait rien et impressionnait le client.

— Je suis heureuse que vous soyez venu, Mr. Sturgis, dit Mrs. Pett. Voulez-vous vous asseoir ?

Mr. Sturgis s'assit, remonta son pantalon d'un bon centimètre à l'endroit des genoux, pour empêcher que le vêtement ne se déforme et préserver ainsi son allure distinguée. Puis il lança un regard scrutateur à Mrs. Pett.

— Qui est le jeune homme qui vient de sortir ?

— C'est à son sujet que je désire vous consulter, Mr. Sturgis.

Mr. Sturgis se laissa aller dans son fauteuil et joignit le bout de ses doigts.

— Dites-moi la raison de sa présence ici.

— Il prétend être mon neveu, James Crocker.

— Votre neveu ? Vous n'avez jamais vu votre neveu ?

— Jamais. Il faut que je vous dise qu'il y a quelques années ma sœur s'est mariée pour la seconde fois. Je désapprouvais cette union et j'ai refusé de voir son mari — il était veuf — et son fils. Il y a quelques semaines, pour des raisons personnelles, je me suis rendue en Angleterre, et j'ai demandé à ma sœur de faire venir son beau-fils ici pour qu'il travaille au bureau de mon mari. Elle a refusé, et mon mari et moi sommes rentrés à New York. Ce matin, j'ai eu la surprise de recevoir un coup de téléphone de Mr. Pett disant que James Crocker était venu quand même, sans prévenir, et qu'il se trouvait au bureau. Ils sont arrivés ici et le jeune homme avait l'air normal. Il était en effet d'une jovialité insolente, tout à fait à l'image du personnage, d'après ce qu'on m'en a dit.

Mr. Sturgis acquiesça.

— Je vois ce que vous voulez dire. J'ai lu les journaux, dit-il brièvement. Et ensuite ?

— Eh bien, c'est très curieux, mais dès le début je me suis sentie mal à l'aise. Quand je dis que ce jeune homme avait l'air normal, je veux dire qu'il a complètement berné mon mari et ma nièce qui habite avec nous. Mais j'avais des raisons d'être sur mes gardes, raisons qu'il est inutile de détailler maintenant, et j'avais des soupçons. Ce qui m'a mis la puce à l'oreille, c'est quand mon mari a dit qu'il pensait avoir vu ce jeune homme à bord de l'*Atlantic*, le bateau que nous avons pris pour la traversée du retour. Or, ce garçon prétend qu'il est arrivé ce matin sur le *Caronia.*

— Vous en êtes certaine, Mrs. Pett ? Il a affirmé avoir débarqué ce matin ?

— Oui, exactement. Malheureusement, je n'avais aucune chance de pouvoir juger par moi-même de la véracité de ses dires, car j'ai si peu le pied marin que, d'un bout à l'autre de la traversée, j'ai à peine quitté ma cabine. Cependant, comme je vous l'ai dit, j'avais des doutes. Je ne savais pas comment m'y prendre pour les confirmer, quand je me suis rappelée que mon nouveau maître d'hôtel, Skinner, avait travaillé chez ma sœur.

— Il s'agit de l'homme qui m'a ouvert la porte ?

— Exactement. Il est entré à mon service il y a quelques jours de cela. Il vient tout droit de Londres. J'ai décidé d'attendre que Skinner rencontre le jeune homme. Il faut dire que quand cet imposteur est arrivé pour la première fois ici, il était avec mon mari, lequel a ouvert la porte avec sa propre clef, si bien qu'il n'a pas rencontré Skinner tout de suite.

— Je comprends, dit Mr. Sturgis en jetant un regard scrutateur à la chienne Aïda qui s'était levée et reniflait ses chevilles. Vous vous disiez que si Skinner reconnaissait ce garçon, ce serait une preuve de son identité ?

— Oui.

— L'a-t-il reconnu ?

— Oui, mais attendez. Je n'ai pas terminé. Il l'a reconnu, et sur le moment j'étais satisfaite. Mais j'avais des soupçons au sujet de Skinner. Je dois vous dire qu'un grand ami à moi, Lord Wisbeach, un lord anglais que nous connaissons intimement depuis longtemps, m'a mise en garde. Il est de la famille des Wisbeach du Shropshire, vous savez.

— Tout à fait, dit Mr. Sturgis.

— Lord Wisbeach était autrefois l'ami intime du vrai Jimmy Crocker. Il est venu déjeuner ici aujourd'hui et a rencontré l'imposteur. Lord Wisbeach a fait semblant de le reconnaître mais, après le déjeuner, il est venu me trouver pour me dire qu'en réalité il n'avait jamais vu cet homme de sa vie et que, quelle que soit son identité, ce n'était pas mon neveu Jimmy Crocker.

Elle s'arrêta et regarda Mr. Sturgis pour voir sa réaction. Le détective arborait un sourire paisible.

— Et ce n'est pas tout. Il y a autre chose. Mr. Pett a eu à son service un professeur de gymnastique du nom de Jerry Mitchell. Hier, j'ai mis ce dernier à la porte pour des raisons qu'il n'est pas nécessaire d'expliquer. Aujourd'hui — en fait, juste au moment où vous êtes arrivé — l'homme qui se fait appeler Jimmy Crocker m'a suppliée de permettre à Mitchell de revenir chez nous et de reprendre son travail. Cela ne vous semble pas suspect, Mr. Sturgis ?

Le détective ferma les yeux et reprit son sourire paisible. Puis il les rouvrit et les fixa sur Mrs. Pett.

— Une affaire comme je n'en ai pas rencontré depuis des années, dit-il. Mrs. Pett, laissez-moi vous dire une chose : j'ai ceci de particulier que je n'oublie jamais un visage. Vous dites que ce jeune homme affirme avoir débarqué ce matin. Eh bien, je l'ai moi-même vu il y a plus d'une semaine dans un café de Broadway.

— Vraiment ?

— En train de parler à Jerry Mitchell. Je connais très bien Jerry Mitchell de vue.

Mrs. Pett laissa échapper une exclamation.

— Et votre maître d'hôtel, Skinner, voulez-vous que je vous dise ? Lorsque les grandes agences de détectives, Anderson et les autres, sont contactées pour prendre en filature un individu recherché par la police elles demandent parfois à de petites agences comme la nôtre de collaborer avec elles. Cela fait gagner du temps et élargit le champ des opérations. Nous sommes très heureux de rendre ce service à l'agence Anderson, laquelle est suffisamment importante pour se permettre de nous laisser le faire. Il y a quelques jours, un ami à moi qui travaille pour cette agence est venu me trouver avec une liasse de photographies provenant de Londres. J'ignore si cela vient d'un particulier ou de Scotland Yard, ou si le type qui est sur cette photo est recherché, mais on a demandé à l'agence Anderson de le prendre en filature et de faire un rapport. Mon sens de la physionomie m'a permis d'aider l'agence Anderson une ou deux fois déjà. J'ai soigneusement étudié les photographies et j'en ai gardé deux en référence. J'en ai une sur moi.

Il tâta sa poche.

— Est-ce que vous reconnaissez ce monsieur ?

Mrs. Pett regarda le cliché. C'était l'image d'un homme d'un certain âge, corpulent et jovial, avec ce regard fixe et solennel qui s'arrête à mi-course et que l'on n'arrive à saisir que sur une photographie.

— Skinner !

— Tout juste, dit Mr. Sturgis, lui retirant la photo des mains pour la remettre dans sa poche. Je l'ai reconnu dès qu'il m'a ouvert la porte.

— Mais... mais je suis presque certaine que Skinner est l'homme qui m'a introduite quand je suis allée rendre visite à ma sœur à Londres.

— Presque, répéta le détective. L'avez-vous observé de près ?

— Non, pas vraiment.

— Il est d'un type très commun. Pour un escroc intelligent, il est d'une simplicité enfantine de se déguiser en maître d'hôtel de votre sœur de façon suffisamment ressemblante pour pouvoir tromper quiconque n'a vu l'original qu'une fois et très rapidement. À quel jeu jouent-ils, je ne saurais vous le dire pour le moment ; mais il n'y a aucun doute que l'homme qui se prétend votre neveu et celui qui dit être le maître d'hôtel de votre sœur travaillent ensemble, et Jerry Mitchell avec eux. Comme je viens de vous le dire, j'ignore ce qu'ils cherchent, mais votre décision soudaine de renvoyer Jerry Mitchell a dû contrarier leurs plans. Cela expliquerait leur impatience à le faire revenir.

— Lord Wisbeach pensait qu'ils essayaient de voler l'explosif de mon neveu. Peut-être avez-vous lu dans les journaux que mon neveu, Willie Partridge, a mis au point un explosif surpuissant. Son père — vous avez déjà entendu parler de lui — Dwight Partridge...

Mr. Sturgis fit oui de la tête.

— ... son père travaillait à cet explosif au moment de sa mort et Willie a repris les expériences là où son père les avait laissées. Aujourd'hui, pendant le déjeuner, il a exhibé une éprouvette remplie de l'explosif. Il l'a déposée dans le coffre-fort de mon mari, dans la bibliothèque. Lord Wisbeach est convaincu que ces scélérats cherchent à dérober cet échantillon mais, personnellement, je ne peux m'empêcher de croire qu'il s'agit d'une nouvelle tentative pour enlever mon fils Ogden. Qu'en pensez-vous ?

— Il est encore trop tôt pour le dire. Tout ce que nous savons, c'est qu'il se trame quelque chose. Bien entendu, vous avez refusé que Jerry Mitchell revienne chez vous ?

— Oui. Croyez-vous que j'aie bien fait ?

— Absolument. Si son absence ne représentait pas un tel handicap pour eux, ils ne seraient pas aussi pressés de le faire revenir ici.

— Qu'allons-nous faire ?

— Voulez-vous que je prenne l'affaire en main ?

— Bien entendu.

Mr. Sturgis fronça les sourcils d'un air songeur.

— Inutile que je vienne ici moi-même. Par malchance, l'homme qui prétend être votre neveu m'a vu. Cela lui mettrait la puce à l'oreille et il serait sur ses gardes.

Il réfléchit, les yeux fermés.

— Miss Trimble, expliqua-t-il.

— Je vous demande pardon ?

— Il vous faut Miss Trimble. C'est le plus fin limier de mon agence. Elle mène ce type d'affaire à la perfection.

— Une femme ? fit Mrs. Pett.

Le doute planait dans sa voix.

— Une femme comme il en existe une sur mille, dit Mr. Sturgis, une sur un million.

— Mais, physiquement parlant, une femme sera-t-elle...

— Miss Trimble en sait plus sur le jiu-jitsu que le professeur japonais qui le lui a enseigné. À une époque, elle jouait les fortes femmes dans des spectacles de variétés à la petite semaine. C'est un tireur d'élite. Je ne me fais aucun souci en ce qui concerne les capacités de Miss Trimble à mener ce travail à bien. Je me demande simplement en quelle qualité il serait préférable de l'introduire ici. Avez-vous une place libre de femme de chambre ?

— Je peux en créer une.

— Faites-le donc au plus vite ! Miss Trimble est parfaite en femme de chambre. C'est dans cette fonction qu'elle s'est chargée du divorce Marling. Y a-t-il un téléphone dans cette pièce ?

Mrs. Pett ouvrit le hibou empaillé. Le détective appela son bureau.

— Mr. Sturgis à l'appareil. Dites à Miss Trimble que j'aimerais lui parler... Miss Trimble ? Je vous appelle de chez Mrs. Pett, dans Riverside Drive. Vous connaissez la maison ? Je veux que vous veniez immédiatement. Prenez un taxi ! Allez à la porte de derrière et demandez à voir Mrs. Pett ! Dites que vous êtes là pour une place de femme de chambre ! Compris ? Parfait. Ah oui, écoutez, Miss Trimble ! Allô ! Oui, ne raccrochez pas ! Vous rappelez-vous ces photos que je vous ai montrées hier ? Oui, les photos de chez Anderson. J'ai trouvé l'homme en question. C'est le maître d'hôtel de la maison. Observez-le un peu quand vous arriverez ici ! Maintenant, allez prendre un taxi ! Mrs. Pett vous expliquera tout quand vous serez là.

Il raccrocha.

— Je crois que je ferais mieux de partir, Mrs. Pett. Il n'est pas prudent de traîner ici. Tous ces types sont sur leurs gardes. Je confie l'affaire à Miss Trimble en toute sérénité. Je vous souhaite un bon après-midi.

Après son départ, Mrs. Pett tenta en vain de se replonger dans son livre mais, mise en concurrence avec les sensations de la vie, la fiction — bien qu'elle l'eût écrite elle-même — avait perdu son pouvoir de séduction. Et cette Miss Trimble, elle devait venir à pied pour être aussi longue ! Mais en jetant un coup d'œil à l'horloge, elle se rendit compte que cinq minutes à peine s'étaient écoulées depuis le départ du détective. Elle alla à la fenêtre et regarda dehors. Elle était terriblement nerveuse.

Un taxi s'arrêta enfin au coin de la rue. Une jeune femme en descendit et se dirigea vers la maison. Si cette jeune femme était Miss Trimble, on pouvait dire qu'elle avait l'air compétente. Elle était petite et trapue, avec des épaules carrées et, même à cette distance, son visage respirait une sagacité et une détermination peu communes. L'instant d'après, elle avait tourné le coin de la rue et se dirigeait vers l'arrière de la maison de Mrs. Pett ; et quelques minutes plus tard, Mr. Crocker ouvrait la porte.

— Une jeune personne désire vous voir, Madame, une personne du nom de Trimble.

Mrs. Pett eut un pincement au cœur en entendant Skinner s'exprimer d'un ton si mesuré. Qu'un maître d'hôtel aussi parfait puisse être un escroc avait quelque chose de tragique.

— Elle dit que vous avez peut-être une place pour elle.

— Faites-la monter, Skinner ! C'est la nouvelle femme de chambre. Je vous l'enverrai quand j'en aurai fini avec elle.

— Très bien, Madame.

Mrs. Pett crut percevoir une certaine note de défi dans l'attitude de Miss Trimble quand elle entra. Le fait est que Miss Trimble avait une opinion bien arrêtée sur la question de la juste répartition de la propriété, et la vue d'une maison de riches la hérissait. Mr. Crocker se retira en refermant doucement la porte derrière lui.

La visiteuse renifla de façon éloquente à la vue des réalisations du décorateur, lequel s'était montré, justement dans la pièce où elle se trouvait, particulièrement prodigue de son art. De près, Miss Trimble paraissait encore plus prometteuse que de loin. Son visage était non seulement rusé et déterminé, il était en plus menaçant. Elle avait d'épais sourcils au-dessous desquels ses petits yeux luisants vous épiaient comme des bêtes sauvages à l'affût. Son regard était d'autant plus impressionnant que pendant que l'œil gauche regardait devant lui, l'autre disposait d'une sorte de liberté de manœuvre qui, pour le moment, lui faisait examiner le plafond alors que son collègue fixait Mrs. Pett de son regard en vrille.

Quant au reste, cette femme remarquable avait le

nez camus et agressif, et sa bouche froide et rébarbative faisait penser à la porte du métro qui se referme devant vous en vous laissant sur le quai. Cette bouche vous priait de garder vos distances sous peine de coups et blessures. Mrs. Pett, bien qu'étant elle-même une femme énergique, ressentait une curieuse impression de faiblesse devant cette femme d'une espèce plus dangereuse que n'importe quel mâle qu'elle eût jamais rencontré. Elle en arriva presque à éprouver de la pitié pour les malheureux sur qui on lâcherait cette demoiselle dynamique. Elle ne savait comment engager la conversation.

Miss Trimble, quoi qu'il en soit, était à la hauteur de la situation. Elle préférait toujours engager la conversation elle-même. Ses lèvres se séparèrent et les mots se mirent à sortir à la vitesse d'un tir de mitraillette. Pour autant que Mrs. Pett pouvait en juger, Miss Trimble considérait qu'il était inutile de disjoindre les dents pour parler et préférait les garder serrées. Ce qui accentuait encore le caractère menaçant de ses paroles.

— B'jour, dit Miss Trimble.

Et Mrs. Pett se rencogna d'un mouvement convulsif au plus profond de son fauteuil, avec l'impression que quelqu'un lui avait jeté une pierre.

— Bonjour, dit-elle d'une voix faible.

— Ravie d'vous rencontrer, Mrs. Pett. C'est Mr. Sturgis qui m'envoie. Y dit qu'z'avez du travail pour moi. J'suis v'nue aussi vite qu'j'ai pu.

— Je vous demande pardon ?

— Aussi vite qu'j'ai pu. L'taxi avançait pas.

— Ah, oui, je vois.

L'œil droit fit le tour de la pièce tel un projecteur, tandis que l'œil gauche restait fixé de façon quasi hypnotique sur le visage de Mrs. Pett.

— D'quoi y r'tourne ?

L'œil droit s'arrêta un instant sur un magnifique Corot qui trônait sur la cheminée, puis Miss Trimble renifla à nouveau.

— Pas étonnant qu'z'ayez des ennuis. Tous les riches en ont. Y trouvent rien d'mieux pour passer l'temps qu's'attirer des ennuis.

Elle eut un froncement de sourcils désapprobateur en apercevant un Canaletto.

— Vous... euh... vous ne semblez pas apprécier les gens riches, dit Mrs. Pett, s'efforçant de prendre un ton supérieur.

Miss Trimble bouscula le ton supérieur comme si c'était un volatile et elle une grosse voiture. Elle roula dessus et le réduisit en bouillie.

— J'les déteste ! J'suis s'cialiste.

— Je vous demande pardon ? fit Mrs. Pett humblement.

Cette femme commençait à l'oppresser sérieusement.

— S'cialiste ! Pas b'soin d'ces fainéants d'riches ! Z'avez d'jà lu Bernard Shaw ? Hein ? Et Upton Sinclair ? Hein ? Moi, j'les ai lus. C'est l'genre de truc qui vous fait réfléchir. Bon, m'avez t'jours pas dit d'quoi y s'agissait.

Mrs. Pett regretta soudain le mouvement impulsif qui l'avait poussée à téléphoner à Mr. Sturgis. Elle avait connu, au cours de sa carrière, un nombre plus qu'appréciable de détectives — des vrais et des faux — mais jamais elle n'en avait vu de semblables. Et le plus exaspérant, c'est qu'elle était coincée. Mais après tout, si l'on engage un détective, c'est pour sa perspicacité et son efficacité, pas pour son raffinement et la douceur de ses manières. Rapport qualité-prix, mieux vaut un détective qui vous jette les mots à la figure sans desserrer les dents mais qui détecte, plutôt qu'un détective qui se révèle parfait en société mais parfaitement incompétent. Et comme beaucoup de gens, Mrs. Pett abritait dans son subconscient l'idée que plus quelqu'un est désagréable, plus il doit être compétent. Rares sont ceux que les charmes de l'incivilité n'éblouissent pas. Bien que le ton de sa visiteuse l'ulcérât, Mrs. Pett ravala son animosité, se dit qu'il s'agissait d'affaires et que ce qu'elle voulait, c'était des résultats plus que de belles paroles. Ces bonnes résolutions lui semblaient plus aisées à prendre en regardant le visage de son interlocutrice. C'était un visage qui respirait la compétence. Il n'était peut-être pas beau, mais il promettait de l'action. Miss Trimble ayant momentanément arrêté de parler, sa bouche était au repos, et quand cette bouche était au repos, elle paraissait plus efficace que toute autre chose de la même taille.

— Je veux, dit Mrs. Pett, que vous restiez ici pour avoir certains individus à l'œil...

— Des hommes ! Ben, voyons ! Si y a des problèmes qué'q' part, pouvez êt' sûre qu'y a des hommes là-d'sous !

— Vous n'aimez pas les hommes ?

— J'les déteste ! J'suis une suffragette !

Elle lança un regard pénétrant à Mrs. Pett. Son œil gauche sembla jaillir de dessous ses sourcils en broussailles.

— Vous soutenez not' cause, au moins ?

Mrs. Pett était contre les suffragettes, mais bien qu'elle eût des opinions très arrêtées sur le sujet, rien n'aurait pu les lui faire révéler maintenant. Elle tremblait comme une feuille à l'idée de se disputer avec cette femme. Elle s'empressa de battre en retraite vers le thème principal de leur conversation.

— Ce matin, il est arrivé un jeune homme qui prétend être mon neveu, James Crocker. C'est un imposteur. Je veux que vous le surveilliez de près.

— À quoi y joue ?

— Je l'ignore. Personnellement, je crois qu'il est ici pour enlever mon fils, Ogden.

— J'vais lui régler son compte, fit la vaillante Trimble d'un ton confiant. Au fait, vot' maît' d'hôtel, c't'un filou !

Mrs. Pett ouvrit des yeux ronds. Cette femme était, de toute évidence, extrêmement capable dans son métier.

— Vous avez déjà découvert cela ?

— J'l'ai tout d'suite r'péré.

Miss Trimble ouvrit son porte-monnaie.

— J'ai une photo d'lui ici. J'l'ai apportée du bureau. C'est bien l'homme qu'est r'cherché.

— Mr. Sturgis et moi sommes d'accord pour penser qu'il travaille en cheville avec l'autre homme, celui qui se fait passer pour mon neveu.

— Sûr. J'lui fais son affaire.

Miss Trimble remit la photographie dans son porte-monnaie et claqua le fermoir d'un geste appuyé et brutal.

— Il y a une autre possibilité, dit Mrs. Pett. Mon neveu, Mr. William Partridge, a inventé un explosif formidable et il est très probable que ces hommes sont ici pour tenter de le voler.

— Sûr. Les hommes f'ront toujours n'import' quoi. Si on flanquait tous les hommes en taule, y aurait plus d'problèmes.

Aïda s'était levée de son panier pour chasser les dernières traces de sommeil par quelques mouvements de mise en forme de sa propre invention. Miss Trimble lui lança un regard noir, comme si elle soupçonnait la chienne d'être un chien. Mrs. Pett ne pouvait s'empêcher de s'interroger sur la nature de la tragédie qui, dans l'obscur passé de Miss Trimble, avait suscité chez cette dernière une telle haine de la gent masculine. Elle n'avait pas l'allure d'une femme qui s'en laisse facilement conter par les hommes, et encore moins celle d'une femme à qui un homme a envie d'en conter — à moins qu'il ne fût myope et terriblement impressionnable. Mrs. Pett tournait et retournait cette énigme dans sa tête quand sa visiteuse dit soudain :

— Bon, maint'nant, crachez-moi l'morceau.

— Je vous demande pardon ?

— Des faits. Videz vot' sac.

— Oh, je vois, dit Mrs. Pett avec empressement, et elle se lança dans un bref récit des circonstances suspectes dans lesquelles elle en était venue à désirer une aide éclairée.

— Lord Wisbeach ? interrompit Miss Trimble. C'est qui ?

— Un très bon ami de la famille.

— Vous répondez personnellement d'lui ? L'est clair ? Pas un filou, ç'ui-là ?

— Bien sûr que non ! s'écria Mrs. Pett avec indignation. C'est un grand ami à moi.

— Parfait. Bon, c't'à peu près tout. J'vais descendre maint'nant, et me mett' au boulot.

— Vous pouvez commencer tout de suite ?

— Sûr. J'ai une t'nue d'femme de chambre qui m'attend à ma pension d'famille, au coin d'la rue. J'reviens dans dix minutes. C'est la robe que j'portais quand j'travaillais sur l'affaire du divorce Marling. Connaissez les Marling ? Des fainéants d'riches ! Forcé qui z'allaient avoir des ennuis. J'ai réglé tout ça. Allez, au r'voir. J'dois y aller. Pas d'temps à perdre.

Mrs. Pett se laissa retomber, sans force, contre le dossier de son fauteuil. Elle était désemparée.

En bas, en partant, Miss Trimble s'était arrêtée un instant pour inspecter une jolie statue posée au pied de l'escalier. C'était une œuvre majestueuse, mais Miss Trimble ne semblait guère l'apprécier. Elle poussa un grognement.

— Fainéants d'riches ! murmura-t-elle avec mépris. Pouah !

La silhouette corpulente de Mr. Crocker apparut. Il semblait venir de l'escalier de service. L'œil gauche de Miss Trimble le regarda fixement. Mr. Crocker rencontra l'œil et frémit. Il avait ce sentiment de culpabilité qui, à en croire les philosophes, est le pire inconvénient du crime. Pourquoi le regard de cette femme le dérangeait-il à ce point, il n'aurait pu le dire. Elle lui était parfaitement étrangère. Elle ne pouvait rien savoir de lui. Cependant, il frémit.

— Propos, dit Miss Trimble. J'suis la nouvelle femme d'chambre.

— Ah ? fit Mr. Crocker faiblement.

— G-r-r-rh ! fit Miss Trimble, et elle s'éloigna.

CHAPITRE XVIII

La bibliothèque où Jimmy s'était rendu après avoir quitté Mrs. Pett était une vaste pièce située au rez-de-chaussée sur une rue parallèle au côté sud de la maison. Des portes-fenêtres s'ouvraient sur une bande de gazon qui menait à un haut mur de pierre percé d'une petite porte. On avait l'impression d'être dans une maison de campagne plus qu'en plein cœur d'une grande ville. La résidence de Mr. Pett regorgeait de ce genre de surprises.

Dans l'un des murs de la pièce avait été aménagé un imposant coffre-fort, ce qui jetait une note disparate car les autres murs étaient recouverts de livres. Les volumes remplissaient les rayonnages et débordaient sur une galerie qui courait au-dessus de la porte et à laquelle on accédait par un petit escalier.

Jimmy jeta un regard au coffre-fort dont les portes d'acier cachaient sans doute l'éprouvette de Partridgite que Willie avait apportée au déjeuner. Puis il s'intéressa aux rayonnages. Un rapide coup d'œil lui apprit que ce n'était pas là qu'il trouverait de quoi passer un agréable moment avant le retour d'Ann. En matière de littérature, les goûts de Jimmy se tournaient plutôt vers le roman moderne. Or, manifestement, Mr. Pett ne possédait aucun livre postérieur au dix-huitième siècle, la majeure partie d'entre eux étant, de surcroît, de la poésie. Jimmy dirigea ses pas vers le bureau situé près de la fenêtre et sur lequel se dressait un rayonnage de livres d'aspect plus moderne. Il en prit un au hasard et l'ouvrit.

Il le rejeta d'un air dégoûté. C'était de la poésie. Mr. Pett semblait vraiment obsédé par la poésie. Jimmy avait déjà fait son deuil d'un bon moment de lecture quand il eut le regard attiré par un nom sur la couverture du dernier livre de la rangée. Il le lut une seconde fois, pour être sûr.

Il n'avait pas rêvé. En lettres d'or s'étalait en effet :

Le Cœur solitaire

Ann Chester

Il prit le livre, comme frappé de stupeur. Il était enclin à accorder à sa déesse aux cheveux roux le bénéfice du doute. Il devait s'agir d'un homonyme. Car l'un des nombreux défauts de Jimmy était son aversion prononcée pour la poésie de bas étage, surtout quand elle était écrite par une femme. Il refusait de croire qu'Ann, son Ann à lui, cette jeune fille pleine de raffinement, capable d'encourager un inconnu — ou presque — à violer la loi en se faisant passer pour son propre cousin Jimmy, il refusait de croire qu'elle fût également capable d'écrire *Le Cœur solitaire, et autres poèmes.* Il parcourut rapidement le premier poème sur lequel il était tombé et frissonna. C'était d'un fadasse ! Le genre de truc qui remplit les pages des magazines quand le roman policier ne dure pas assez longtemps. Le genre de truc que des types à cheveux longs lisent à d'autres types à cheveux longs dans des salons de banlieue. En un mot, le genre de truc qui le rendait nerveux. Non, Ann ne pouvait pas avoir écrit cela.

L'instant d'après, l'horrible vérité s'imposait à lui. Sur la page de garde était écrit :

À mon très cher Oncle Peter,
avec toute l'affection de l'auteur,
Ann Chester

La pièce se mit à tourner. C'était comme si un ami venait de le blesser au plus profond de lui-même, comme si on l'avait assommé avec un sac de sable. Pendant un court instant où le temps lui parut s'arrêter, sa dévotion pour Ann vacilla. Il avait le sentiment de l'avoir trouvée impliquée dans quelque crime révélant ainsi des failles insoupçonnables dans son caractère jusque-là parfait.

C'est alors que son regard tomba sur la date de parution. Un profond soulagement le fit tressaillir. Les nuages se dissipèrent et il l'aima à nouveau. L'effrayant volume avait été publié cinq ans auparavant. Une vague de pitié submergea Jimmy. Il ne blâmait plus Ann. Elle n'était qu'une enfant cinq ans plus tôt, à peine assez âgée pour distinguer le bien du mal. On ne pouvait lui tenir rigueur d'avoir écrit de la poésie à l'eau de rose. Lui-même, à cette époque de sa carrière, n'avait-il pas voulu être chanteur de music-hall ? Il faut tout pardonner aux vertes années. Il se mit à feuilleter le recueil avec la sensation de douceur que lui procurait son affectueuse indulgence.

Tandis qu'il tournait les pages, il se produisit une chose curieuse. Il eut l'impression d'avoir déjà accompli ce geste, expérience que nombre de gens ont faite à un moment ou à un autre. Il était certain que ce n'était pas la première fois qu'il voyait, page vingt-sept, le poème intitulé *Lamentations.* Certains vers lui semblaient même extraordinairement familiers. Les gens qui ont quelque compétence dans le domaine expliquent ce genre de phénomène en parlant de cellules du cerveau qui travailleraient simultanément, ou quelque chose dans le genre. Il s'agissait de cellules, en tout cas. Là devait être l'explication.

Mais non, il n'en était rien. Au lieu de disparaître, comme cela est généralement le cas, l'impression de déjà vu se renforçait. Il avait déjà lu ce truc, il en était certain. Mais quand ? Et où ? Et surtout, pourquoi ? Une chose était sûre, cela n'avait pas été de sa propre initiative. Et c'est l'impossibilité absolue d'avoir fait un tel choix qui guida sa mémoire dans la bonne direction. Dans toute sa vie, il n'avait eu qu'une année environ au cours de laquelle il avait été contraint de lire des choses qu'il n'aurait jamais lues de son propre chef, et cela remontait à l'époque où il travaillait pour le *Chronicle.* Se pouvait-il qu'on lui ait demandé de faire un article sur ce recueil de poèmes ? Ou...

C'est alors que, toujours excentrique dans son fonctionnement, la mémoire, qui avait laborieusement fait la première partie du chemin, termina le reste du parcours en un éclair, et la lumière se fit. Avec l'illumination vint la consternation, pire que la consternation, l'horreur.

— Bon sang ! s'exclama Jimmy.

Il savait maintenant pourquoi, à l'occasion de leur première rencontre à Londres, il avait eu l'impression d'avoir déjà vu une chevelure comme celle d'Ann. Et le brouillard se dissipa. Il se rappelait cette entrevue, cinq ans plus tôt, à laquelle elle avait fait une allusion mystérieuse sur le bateau : un certain Jimmy Crocker l'avait guérie de toute sentimentalité, et il comprenait maintenant pourquoi. Une sueur froide perla sur ses tempes. Il se rappelait cette fameuse rencontre aussi clairement que si elle avait eu lieu cinq minutes auparavant.

Il avait publié un article dans le *Sunday Chronicle* après l'interview, qu'il avait rédigé avec un malin plaisir. À l'époque, il avait le sens de l'humour débridé d'un jeune adolescent, un sens de l'humour qui se déchaîne comme un poulain insouciant de ce qu'il blesse ou écrase. Il frissonna au souvenir des mots martelés avec jubilation sur sa machine à écrire au bureau du *Chronicle*. Et l'homme d'alors lui fit horreur, cet homme qui, sans scrupules ni honnêteté, avait été l'auteur d'un acte aussi gratuit. Il avait lu des extraits de l'article à un collègue, lequel les avait grandement appréciés. Une profonde compassion envers Ann le saisit. Rien d'étonnant à ce qu'elle détestât le souvenir de Jimmy Crocker.

Le remords aurait probablement continué à le ronger si le hasard ne lui avait fait distraitement tourner les pages jusqu'à la quarante-sixième, où ses yeux tombèrent sur le poème *Amour défunt*. Le poème n'était pas long et en moins de deux minutes il l'eut terminé. Mais au bout de ce laps de temps, un changement s'était opéré dans son dégoût de lui-même. Il ne se considérait plus comme un abject meurtrier. *Amour défunt* agissait à la façon d'un tonique. Ce poème le retrempait, le revigorait. Il était tellement absurde, tellement médiocre à tous égards ! Jimmy se rendait maintenant compte que tout s'était organisé dans un sens favorable.

Sur le bateau, Ann avait admis que c'était la satire de Jimmy qui avait détruit en elle l'amour pour ce genre de poésie. S'il en était ainsi, le rôle qu'il avait joué dans sa vie était celui d'un sauveur. Il pensa à elle telle qu'elle était maintenant et telle qu'elle devait être à l'époque pour avoir pu écrire un truc pareil, et il se félicita de son travail. D'une certaine manière, l'Ann d'aujourd'hui, la glorieuse créature qui s'en allait kidnapper les Ogden était son œuvre. C'était lui qui avait détruit en elle le virus de la poésie mineure. Il se remémora alors le refrain d'une vieille chanson :

Vous m'avez faite telle que je suis aujourd'hui.
J'espère que vous êtes satisfait !

Il était plus que satisfait. Il était fier de lui. Cependant, passé le premier élan d'enthousiasme, il essaya de tempérer sa joie. Impossible d'escamoter le revers de la médaille. Aux yeux d'Ann, Jimmy n'était pas un sauveur, mais un hybride d'ogre et de vampire. Pas question, donc, qu'elle apprenne sa véritable identité, en tout cas pas avant qu'il ait réussi, par un travail assidu — et il espérait bien y parvenir — à neutraliser le préjugé lié à ce lointain passé.

Un bruit de pas dans le couloir vint rompre le cours de ses pensées. Il remit prestement le livre en place. Ann entra et referma la porte derrière elle.

— Eh bien ? fit-elle d'un ton pressant.

Jimmy ne lui répondit pas tout de suite. Il la regardait en se disant qu'elle était vraiment parfaite à tous points de vue, débarrassée de sentimentalité et rayonnante de curiosité au sujet de l'éventuel succès de ses plans infâmes. C'était son Ann à lui qui se tenait là, pas l'auteur du *Cœur solitaire*.

— Est-ce que vous lui avez demandé ?

— Oui, mais...

Le visage d'Ann s'assombrit.

— Oh ! Elle ne veut pas le laisser revenir ?

— Elle a refusé tout net. J'ai fait ce que j'ai pu.

— Oui, je le sais.

Il y eut un moment de silence.

— Eh bien, voilà l'affaire réglée, dit Jimmy. Maintenant, vous allez me laisser vous aider.

Ann parut inquiète.

— Mais c'est tellement risqué ! Vous pourriez vous attirer de gros ennuis. L'usurpation d'identité n'est-elle pas un délit puni par la loi ?

— Quelle importance ? On m'a dit que les prisons

étaient formidables de nos jours : concerts, pique-niques, et j'en passe... Je n'aurais aucune objection à y aller. J'ai une jolie voix, j'essaierai de faire partie de la chorale.

— Je crois bien que nous enfreignons la loi, dit Ann d'un ton grave. J'ai dit à Jerry que rien ne pouvait nous arriver hormis son renvoi et mon départ chez ma grand-mère. Mais je dois avouer que j'ai dit cela uniquement pour l'encourager. Ne croyez-vous pas qu'il serait bon que nous sachions quelle peine nous encourons, au cas où nous serions pris ?

— Comme ça, on pourrait faire des projets. S'il s'agit d'une peine d'emprisonnement à vie, je n'aurai pas besoin de me choisir une carrière.

— Voyez-vous, expliqua Ann, il est peu probable que l'on m'envoie en prison, parce que je suis de la famille — bien que je préférerais la prison plutôt que ma grand-mère. Elle vit seule en pleine campagne et elle ne badine pas avec la discipline. Mais c'est surtout à vous que l'on pourrait faire des ennuis, même si j'intercède en votre faveur. Je pense vraiment que vous feriez mieux d'abandonner le projet. J'ai bien peur de m'être laissé emporter par mon enthousiasme. Je n'avais pas pensé à tout cela auparavant.

— Jamais ! Ou l'affaire réussit, ou elle échoue sur mon cadavre. Que cherchez-vous ?

Ann consultait un ouvrage volumineux posé sur le lutrin près de la fenêtre.

— C'est le catalogue, répondit-elle brièvement en tournant les pages. Oncle Peter a des tas de livres de droit. Je vais regarder à « Enlèvement ». Nous y voici : « Encyclopédie du droit — étagère x ». Oh, c'est là-haut. Cela ne prendra qu'une minute.

Elle courut au petit escalier et disparut. Sa voix parvint à Jimmy depuis la galerie.

— Ça y est, je l'ai !

— Allez-y, dit Jimmy.

— C'est énorme, il y en a des pages et des pages. Je les parcours rapidement. Attendez un peu ! lança Ann d'en haut.

Un bruissement provenait de la galerie. Il fut suivi d'un éternuement.

— Je n'ai jamais vu un endroit aussi poussiéreux, dit la voix. Et il y a aussi plein de mégots. Il faudra que je le dise à mon oncle. Ah, nous y voici. « Enlèvement : sanctions pénales... »

— Chut ! lança Jimmy. Il y a quelqu'un qui vient.

La porte s'ouvrit.

— Salut, dit Ogden en entrant d'un pas nonchalant. Je vous cherchais. Je ne pensais pas vous trouver ici.

— Entre, mon grand, et fais comme chez toi, dit Jimmy.

Ogden le regarda d'un air mécontent.

— Vous alors, vous êtes culotté !

— Ceci est un compliment, dans la bouche de Sir Herbert Stanley.

— Hein ? Qui c'est, celui-là ?

— Oh, un homme qui s'y connaissait.

Ogden referma la porte.

— Eh bien moi aussi, j'connais mon affaire. Et d'une, je sais ce que vous faites.

Il eut un petit rire.

— Je les connais, les types comme vous.

— C'est-à-dire ?

Le gros garçon fit à nouveau entendre un petit rire.

— Vous vous croyez malin, pas vrai ? Mais je suis votre piste, Jimmy Crocker ! Jimmy Crocker, mon œil ! Vous êtes un escroc. Pigé ? Et je sais ce que vous êtes venu faire ici : vous essayez de me kidnapper.

Du coin de l'œil, Jimmy surprit le visage étonné d'Ann regardant par-dessus la balustrade et se retirant précipitamment. Aucun son ne provenait des hauteurs, mais il savait qu'elle était tout ouïe.

— Qu'est-ce qui te fait croire ça ?

Ogden se laissa aller dans les profondeurs de son fauteuil préféré et, posant les pieds sur le bureau, il soutint le regard de Jimmy d'un œil glacial et entendu.

— Vous avez une cigarette ? demanda-t-il.

— Non, je n'en ai pas, dit Jimmy. Désolé.

— Et moi donc !

— Pour en revenir à notre premier sujet, si tu veux bien, dit Jimmy, qu'est-ce qui te fait croire que je suis ici pour te kidnapper ?

Ogden bâilla.

— J'étais dans le salon après le déjeuner et ce type, Lord Wisbeach, est entré et il a dit qu'il voulait parler à Maman en privé. Maman m'a fait sortir, alors, bien sûr, j'ai écouté à la porte.

— Est-ce que tu sais où vont les petits garçons qui écoutent aux portes ? dit Jimmy d'un ton sévère.

— À la barre des témoins, en général. Eh bien, j'ai écouté et j'ai entendu ce Lord Wisbeach dire à ma mère qu'il avait seulement fait semblant de vous reconnaître et qu'en réalité il ne vous avait jamais vu de sa vie. Il a dit que vous étiez un escroc et qu'il fallait qu'on vous ait à l'œil. Alors, j'ai compris pourquoi vous étiez venu ici. C'était pas bête, cette façon de vous introduire chez nous, je dois l'avouer.

Jimmy ne répondit pas. Il contemplait cet audacieux retour offensif de Gentleman Jack. Il était forcé d'admirer la stratégie toute simple employée par ce dernier pour le circonvenir. Il y avait là une touche de génie artistique qui commandait le respect.

— Bon, maintenant, écoutez deux minutes, dit Ogden. Vous et moi nous devons nous entendre sur ce que je vais vous proposer. J'ai déjà été enlevé deux fois, et les seuls qui en aient profité, ce sont les ravisseurs. C'est du gâteau, pour eux. Mais sans moi, ils n'auraient jamais eu un sou, et pourtant il ne leur est jamais venu à l'esprit de me donner une commission. Je commence à en avoir ras le bol d'être kidnappé au bénéfice des autres. J'ai décidé que le prochain qui voudra m'avoir, il faudra qu'il paie. Pigé ? Je propose moitié-moitié. Si ma proposition vous intéresse, je vous laisse faire. Si elle ne vous plaît pas, on n'en parle plus mais vous n'aurez aucune chance de m'attraper. Quand j'ai été kidnappé auparavant, je n'étais qu'un gamin ; mais aujourd'hui, je sais me défendre. Alors, qu'est-ce que vous en dites ?

Jimmy ne trouva tout d'abord rien à dire. Il n'avait jamais réellement imaginé, jusqu'à présent, toutes les ressources qu'offrait la personnalité d'Ogden. Plus il voyait ce dernier et plus le plan d'Ann lui paraissait admirable. Seul l'énergique directeur d'un refuge pour chiens posséderait, lui semblait-il, les moyens appropriés pour venir à bout de cet adolescent hors du commun.

— On est à l'âge du commerce, dit-il.

— Tu parles ! s'exclama Ogden. Mon surnom, c'est Ogden-les-Affaires. Dites, vous travaillez à votre compte ou avec Buck Maginnis et sa bande ?

— Je ne pense pas connaître ce Mr. Maginnis.

— C'est le type qui m'a enlevé la première fois. C'est un dur à cuire. La seconde fois, c'était Sam Fisher, un type mielleux. Vous êtes peut-être de mèche avec Sam ?

— Non.

— Non, en effet, je ne crois pas. J'ai entendu dire qu'il s'était marié et retiré des affaires. Ça me plairait assez que vous soyez de la bande à Buck. Quand il m'a kidnappé, il m'a emmené chez lui et j'ai passé un séjour du tonnerre. Quand je l'ai quitté, une femme est venue m'interviewer pour un journal du dimanche. Elle a fait une espèce d'article larmoyant. Comme titre, elle avait mis : « Des ravisseurs au cœur tendre ». Je l'ai en haut, dans mon album de coupures de journaux. C'était d'un fadasse ! Si Buck Maginnis avait le cœur tendre, ça se saurait, mais c'était pas le mauvais bougre et je l'aimais bien. On disait des conneries et il m'a appris à chiquer. J'rigolerais bien si Buck m'enlevait de nouveau. Mais si vous travaillez tout seul, ça roule. Pour moi, c'est pareil, pourvu qu'on soit d'accord sur les conditions.

— Tu es vraiment un enfant fascinant.

— N'en jetez plus ! J'ai assez d'ennuis comme ça sans qu'en plus vous deveniez familier. Alors, qu'est-ce que vous en pensez ? Parlons gros sous. Si je vous laisse me kidnapper, est-ce qu'on partage, oui ou non ? C'est tout ce que vous avez à décider.

— C'est tout vu. Bien sûr, je te donnerai la moitié de ce que je recevrai !

Ogden regarda le bureau d'un air rêveur.

— J'aimerais bien mettre tout ça par écrit, mais devant un tribunal ça n'aurait aucune valeur. Alors je vais devoir vous faire confiance.

— Les loups ne se mangent pas entre eux.

— Qu'est-ce que vous racontez avec vos loups ? Il s'agit simplement d'une honnête transaction. J'ai un bien précieux à vendre et je veux bien être pendu si j'en fais cadeau une fois de plus. J'ai été trop bon et j'aurais dû y penser plus tôt. Alors d'accord, c'est arrangé. Maintenant, à vous de jouer. Le reste, c'est votre affaire !

Il s'extirpa de son fauteuil et quitta la pièce. En descendant de la galerie, Ann trouva Jimmy en train de méditer. Il leva les yeux en entendant son pas.

— Eh bien, il semblerait qu'on nous mâche le travail, non ? Voilà réglée la question de la méthode et des moyens à employer.

— Mais c'est affreux ! Cela change tout. Vous ne

devez pas rester ici, ce n'est pas prudent. Vous devez quitter cette maison immédiatement. Vous êtes découvert, on peut venir vous arrêter d'un instant à l'autre.

— C'est un problème secondaire. Le principal, c'est de faire aboutir cette affaire. Après, nous pourrons penser à ce qu'il adviendra de ma personne.

— Mais ne voyez-vous pas les risques que vous courez ?

— Cela m'est égal. Je veux vous aider.

— Je ne vais pas vous laisser faire.

— Pourtant il le faut.

— Soyez donc raisonnable. Que penseriez-vous de moi si je vous laissais affronter ce danger...

— Cela ne changerait pas l'opinion que j'ai de vous. Elle est définitive. J'ai essayé de vous le dire sur le bateau, mais vous ne m'avez pas laissé faire. Je pense que vous êtes la jeune fille la plus merveilleuse du monde. Je vous ai aimée dès le premier instant. Quand nous nous sommes brièvement rencontrés à Londres, ce jour-là j'ai su qui vous étiez. Nous n'étions que de parfaits étrangers l'un pour l'autre, mais je savais que vous étiez la jeune fille que j'avais cherchée toute ma vie. Et vous venez me parler de risques ! Comprenez que rien que le fait d'être avec vous, de vous parler et de savoir que nous sommes complices dans cette affaire, suffit à me faire oublier qu'il peut y avoir des risques. Je ferais n'importe quoi pour vous. Et vous voudriez que j'abandonne parce qu'il y a du danger !

Ann avait reculé jusqu'à la porte et regardait Jimmy, les yeux ronds. Avec ses autres prétendants — et depuis ses débuts dans le monde, nombre d'entre eux lui avaient dit à peu près la même chose — elle s'était montrée froide et posée, un peu désolée peut-être, mais elle n'avait jamais douté de ses propres sentiments ni de sa capacité à résister à leurs supplications. Alors qu'ici, son cœur battait la chamade et elle sentait bien qu'elle, Ann Chester, cette jeune fille froide et posée, était sur le point de se ridiculiser. D'un seul coup, sans avertissement d'aucune sorte, elle se rendit compte qu'il y avait chez Jimmy un trait de caractère qui faisait écho, chez elle, à un trait de même nature. Ils étaient faits pour s'entendre. Elle savait qu'en matière d'hommes elle était difficile à satisfaire. Elle n'aurait pu décrire ce que les hommes qu'elle avait rencontrés, les hommes avec lesquels elle avait joué au golf, fait de l'équitation ou du bateau, n'arrivaient pas à combler en elle. Mais dès qu'elle avait appris à s'analyser, elle avait su qu'il s'agissait d'une solide et indestructible composante de sa personnalité. Elle ne pouvait mettre des mots sur ce qu'elle attendait d'un homme, mais elle avait toujours su qu'elle reconnaîtrait ces qualités dès qu'elle les rencontrerait. Et voilà que Jimmy les possédait toutes ; c'était ce côté téméraire irresponsable et joyeusement casse-cou, qui complétait sa propre tendance à l'anarchie.

— Ann ! dit Jimmy.

— C'est trop tard !

Elle ne voulait pas dire cela. Elle voulait dire que c'était impossible, hors de question, mais son cœur s'emballait, aiguillonné par toute l'ironie de cette histoire. Un voile était tombé de devant ses yeux et elle savait maintenant pourquoi, dès le premier instant, elle s'était sentie attirée par Jimmy. Ils étaient faits l'un pour l'autre et elle avait gâché son bonheur.

— J'ai promis à Lord Wisbeach de l'épouser !

Jimmy s'arrêta net, comme si on lui avait assené un coup violent.

— Vous avez promis d'épouser Lord Wisbeach ?

— Oui.

— Mais... mais quand ?

— À l'instant, il y a quelques minutes, pendant que

je le reconduisais à son hôtel. Il a fait sa demande juste avant mon départ pour l'Angleterre et j'avais promis de lui donner une réponse à mon retour. Les jours ont passé, quelque chose semblait me retenir. Il m'a pressée de lui promettre de l'épouser et il était absurde de tergiverser, alors j'ai dit oui.

— Vous ne l'aimez pas. Vous ne pouvez pas...

Ann le regarda droit dans les yeux.

— Depuis quelques minutes, je n'ai plus les idées très claires, dit-elle. Tout cela semblait avoir si peu d'importance. Je l'aimais bien, il était beau garçon et avait bon caractère. J'avais l'impression que nous nous entendions bien et que nous serions aussi heureux que la plupart des gens. C'était aussi proche de la perfection que cela pouvait l'être, alors... enfin, voilà toute l'histoire.

— Vous ne pouvez pas l'épouser ! C'est hors de question !

— J'ai promis.

— Il faut que vous rompiez votre promesse.

— Je ne peux pas faire une chose pareille.

— Il le faut !

— Impossible. Je dois jouer le jeu.

Jimmy chercha ses mots.

— Mais, dans le cas présent... vous ne pouvez pas... c'est terrible... Dans le cas présent...

Il s'interrompit. Il était piégé. Il ne pouvait pas dénoncer cet escroc sans se dénoncer lui-même. Et cette perspective le faisait reculer. Les préjugés d'Ann contre Jimmy Crocker avaient beau puiser leur source dans un grief absurde et futile, ils avaient grandi avec les années, et qui pouvait dire quelle force ils avaient atteinte aujourd'hui ?

Ann fit un pas vers Jimmy, puis hésita. Alors, semblant se décider, elle s'approcha de lui et lui toucha le bras.

— Je suis désolée, dit-elle.

Il y eut un silence.

— Je suis désolée !

Elle s'éloigna. La porte se referma doucement derrière elle. Jimmy s'assit dans le fauteuil préféré de Mr. Pett et fixa le plafond d'un regard vide. Soudain — combien de minutes ou d'heures plus tard, il ne le savait pas — le bruit sec de la poignée de la porte le tira de sa torpeur. D'un bond, il se leva de son fauteuil. Ann était-elle revenue ?

Ce n'était pas Ann. Dans l'embrasure de la porte apparut la tête blonde de Lord Wisbeach.

— Oh, fit Lord Wisbeach en apercevant Jimmy.

La tête disparut.

— Venez ici ! cria Jimmy.

La tête réapparut.

— Tu me parles ?

— Oui, c'est bien à vous que je m'adressais.

Le reste du corps de Lord Wisbeach suivit la tête à l'intérieur de la pièce. En apparence, Lord Wisbeach était l'image même de la sérénité et de l'amabilité, mais le regard qu'il glissa à Jimmy était empli de méfiance, et il ne s'éloigna pas de la porte. Il garda la main sur la poignée derrière lui. Il était peu probable que Jimmy ait eu vent de sa visite à Mrs. Pett mais il avait perçu comme une menace dans la voix de ce dernier. Or Lord Wisbeach avait pour devise « la sécurité d'abord ».

— On m'a dit que Miss Chester était ici, dit-il pour détendre l'atmosphère.

— Et pourquoi avez-vous besoin de voir Miss Chester, espèce de lèche-bottes servile, de voleur mielleux ? demanda Jimmy.

L'optimiste le plus résolu n'aurait pu se faire d'illusions sur les dispositions de Jimmy : elles n'étaient ni amicales ni cordiales. Les doigts de Lord Wisbeach se resserrèrent sur la poignée et ses pommettes s'empourprèrent légèrement.

— Qu'est-ce que ça signifie ? demanda-t-il.

— Espèce d'escroc diabolique !

Lord Wisbeach quitta soudain son air détendu.

— Crie pas comme ça ! T'es pas fou ? Tu veux qu'on nous entende ?

Jimmy prit une profonde inspiration.

— Je vais m'éloigner de vous, dit-il plus calmement. Je ne sais pas de quoi je serais capable, sinon. Je n'ai pas envie de vous tuer. Plus exactement, j'en ai furieusement envie, mais il vaut mieux que je m'abstienne.

Il recula lentement jusqu'à toucher le bureau. Il s'y accrocha fermement. Il ne fallait pas agir à la légère. Or, la vue de Gentleman Jack l'y invitait fortement. Il s'appuya contre le bureau et l'agrippa des deux mains. Lord Wisbeach tenait toujours la poignée de la porte. Et c'est dans cette atmosphère électrique que se poursuivit l'entretien.

— Miss Chester, dit Jimmy, se forçant à parler calmement, Miss Chester vient de me dire qu'elle avait promis de vous épouser.

— C'est exact, dit Lord Wisbeach. On l'annoncera demain.

Il avait bien envie de dire à Jimmy qu'il comptait sur lui pour une pelle à tarte comme cadeau, mais la prudence lui suggéra de n'en rien faire. Pour l'instant, la réaction de Jimmy le laissait pantois. Pour quelle raison ce dernier n'approuvait pas ses fiançailles avec Ann, il l'ignorait. Mais, de toute évidence, la chose lui tenait à cœur ; et bien qu'il adorât le sport, Lord Wisbeach décida que son adversaire avait vingt centimètres et vingt kilos de trop et était de trop méchante humeur pour qu'un type de son propre gabarit puisse se permettre de le railler.

— Il y a un problème ?

— On n'annoncera rien du tout demain, dit Jimmy, parce que vous serez déjà loin d'ici, si vous avez deux sous de bon sens.

— Qu'est-ce que tu racontes ?

— C'est simple : si vous n'avez pas quitté cette maison demain au petit déjeuner, je vous dénonce.

La nouvelle ne causa aucune joie excessive chez Lord Wisbeach, mais il prit le parti d'en rire.

— Toi ?

— C'est bien ce que j'ai dit.

— Pour qui tu te prends d'aller dénoncer les gens de cette façon ?

— Il se trouve que je suis le neveu de Mrs. Pett, James Crocker.

Lord Wisbeach se mit à rire de nouveau.

— Alors, c'est comme ça que tu comptes t'en sortir ?

— Exactement.

— Tu vas aller trouver Mrs. Pett pour lui dire que tu es Jimmy Crocker, que je suis un escroc et que tu as fait semblant de me reconnaître pour raisons personnelles ?

— Gagné !

— Laisse tomber !

Lord Wisbeach s'amusait tellement qu'il en oubliait de s'alarmer. Il eut un large sourire.

— Je ne dirais pas que ce n'est pas bien vu, mais c'est du déjà vu. Désolé, mais j'y ai pensé avant toi. Je suis allé parler à Mrs. Pett juste après le déjeuner, et c'est ce que je lui ai raconté de but en blanc. Tu penses qu'elle te croira après ça ? Je vais te dire une bonne chose : je suis au mieux avec cette dame. Tu ne parviendras pas à me discréditer auprès d'elle.

— Je crois que si, pour la simple raison que je suis vraiment Jimmy Crocker.

— Ah oui, vraiment !

— Oui, vraiment !

Lord Wisbeach eut un sourire indulgent.

— Tu as raison, il fallait essayer ; mais ça ne prendra pas. Il te faudra inventer un meilleur scénario que celui-là.

— Vous pensez que je bluffe... erreur ! Tenez, regardez ça !

Il quitta sa veste d'un geste rapide et la lança à Lord Wisbeach.

— Lisez donc le nom du tailleur à l'intérieur de la poche ! Et regardez aussi l'adresse : *J. Crocker, Drexdale House, Grosvernor Square, Londres* !

Lord Wisbeach ramassa le vêtement et y jeta un coup d'œil. Son visage vira au vert, mais il luttait encore contre une certitude grandissante.

— Ce n'est pas une preuve.

— Peut-être que non. Mais étant donné la réputation du tailleur dont le nom figure sur l'étiquette, vous admettrez qu'il est peu probable qu'il s'associe à un imposteur, n'est-ce pas ? Si vous voulez vraiment une preuve, il y a une bonne demi-douzaine de personnes travaillant au *Chronicle* qui peuvent m'identifier. Ou bien êtes-vous déjà convaincu ?

Lord Wisbeach capitula.

— J'ignore à quel jeu idiot vous jouez, mais je ne comprends pas pourquoi vous m'avez caché cela lors de notre conversation après le déjeuner.

— Peu importe, j'avais mes raisons. Elles sont sans importance. Ce qui en a, c'est que vous allez décamper d'ici dès demain. Compris ?

— Compris.

— Alors, ce sera tout. Je m'en voudrais de vous retenir plus longtemps.

— Dites, s'il vous plaît, écoutez un peu.

Gentleman Jack avait pris un ton plaintif.

— Vous pourriez quand même me laisser m'en sortir avec les honneurs. Donnez-moi le temps de me faire envoyer un télégramme de Montréal disant que je dois m'y rendre immédiatement. Sinon, autant mettre tout de suite la police à mes trousses. La vieille sait que j'ai une affaire au Canada. Soyez pas méchant.

Jimmy considéra la question.

— D'accord, je n'y vois pas d'objection.

— Merci.

— Mais pas d'entourloupe, hein ?

— Je ne vois pas ce que vous voulez dire.

Jimmy montra le coffre-fort du doigt.

— Allons, allons, compagnon de ma jeunesse. Nous n'avons aucun secret l'un pour l'autre. Je sais que vous voulez mettre la main sur ce qui se trouve là-dedans, et vous savez que je le sais. Cette nuit, je vous conseille de vous cantonner à votre chambre, d'y prendre un bon repos pour vous préparer à votre voyage de demain. Vous me suivez ?

— Je vous suis.

— Alors, au revoir. Faites-moi un beau sourire et disparaissez.

La porte claqua. Lord Wisbeach était resté maître de ses sentiments pendant cette entrevue, mais il ne put s'empêcher de les exprimer tant soit peu en claquant la porte. Jimmy traversa la pièce, prit sa veste sur la chaise, là où Lord Wisbeach l'avait laissée tomber. À cet instant précis, une voix se fit entendre :

— Dites !

Jimmy fit volte-face. Apparemment, la pièce était vide. Tout ceci commençait à prendre un tour assez mystérieux. La voix se fit de nouveau entendre.

— Vous vous croyez drôle, hein ?

La voix venait d'en haut. Jimmy avait oublié la galerie. Il y dirigea son regard et aperçut le visage aux traits épais d'Ogden, penché comme une gargouille par-dessus la balustrade.

— Qu'est-ce que tu fais là ?
— J'écoute.
— Comment es-tu arrivé là ?
— Il y a une porte ici derrière. On y arrive par les escaliers. Je viens souvent ici pour fumer tranquille. Dites, vous êtes un drôle de rigolo de me raconter que vous êtes un kidnappeur ! Vous m'avez bien eu. Alors comme ça, vous êtes vraiment Jimmy Crocker ? À quoi ça rimait toute cette histoire d'enlèvement et de partage de rançon ? Bah ! Vous me fatiguez !

La tête disparut et Jimmy entendit un bruit de pas suivi de celui d'une porte qu'on claque. La bibliothèque avait retrouvé son calme. Jimmy s'assit dans le fauteuil préféré de Mr. Pett, celui qu'Ogden occupait régulièrement au grand déplaisir de ce brave homme. Les récents événements s'étaient succédé à un tel rythme qu'il s'en trouvait tout étourdi. Il voulait revoir chaque question à tête reposée pour faire le point.

La seule chose parfaitement claire dans cet embrouillamini était qu'il avait perdu la possibilité d'enlever Ogden. Toute l'entreprise se présentait pourtant de façon si merveilleusement simple et commode quelques instants plus tôt ! Jimmy ne pouvait plus rien tenter maintenant que le garçon avait découvert son identité. Pourtant, il répugnait à admettre ce fait. Il devait bien y avoir un moyen... même maintenant. Et soudain, un plan admirable se présenta à son esprit. Ce plan exigeait la coopération de son père. À cette pensée, il tressaillit. Les événements s'étaient tellement précipités pour lui depuis son arrivée ici qu'il n'avait accordé aucune attention à une question mystérieuse entre toutes : que pouvait bien faire son père dans cette maison ?

Jimmy s'interrogea sur le meilleur moyen d'entrer en contact avec lui. Il était hors de question de descendre à l'office ou dans quelque autre lieu fréquenté par son père sous sa nouvelle identité. Une heureuse inspiration lui montra qu'en sonnant, tout simplement, il arriverait à ses fins. Il n'était pas exclu qu'un autre membre du personnel se présentât, mais cela valait la peine d'essayer. Il sonna.

Quelques instants plus tard, la porte s'ouvrit. Jimmy leva les yeux. Ce n'était pas son père. Il avait devant lui une femme d'âge indéterminé et d'allure peu avenante, habillée en femme de chambre et dont les regards semblaient, à son âme prise de remords, pleins de suspicion et d'animosité. Elle avait les lèvres serrées, les yeux perçants sous d'épais sourcils. Jimmy avait rarement rencontré une femme qui, dès le premier abord, l'attirât moins que celle-ci.

— Z'avez sonné, m'sieur ?

Jimmy cligna des yeux et faillit aller se mettre à couvert. Les mots lui étaient parvenus comme des projectiles.

— Euh... oui.

— Z'avez b'soin d'quéq'chose ?

Jimmy parvint, non sans mal, à recouvrer ses esprits.

— Oh, euh... oui. Voudriez-vous avoir la gentillesse de m'envoyer Skinner, le maître d'hôtel ?

— Oui, m'sieur.

L'apparition disparut. Jimmy sortit son mouchoir et s'épongea le front. Il se sentait coupable et faible. Il avait l'impression de s'être laissé accuser de crimes innommables. Et cela, tant était grand le pouvoir de l'œil de Miss Trimble — l'œil gauche, qui regardait droit devant lui. On se perd en conjectures quant à l'effet que cet œil aurait pu produire dans la poitrine des mâles qu'elle méprisait s'il avait été double au lieu de simple. L'autre moitié de ce regard s'était perdu quelque part à droite de Jimmy.

Bientôt, la porte s'ouvrit à nouveau et Mr. Crocker apparut, tel un prêtre bienveillant.

CHAPITRE XIX

— Alors, mon brave Skinner, dit Jimmy, comment ça va ?

Mr. Crocker jeta un regard prudent à la ronde. Puis, se dépouillant de ses manières onctueuses comme d'un vêtement, il fit un bond en avant.

— Jimmy ! s'exclama-t-il en saisissant la main de son fils et en la secouant violemment. Cela me fait tellement plaisir de te revoir, Jim !

Jimmy se redressa d'un air hautain.

— Skinner, mon brave, vous vous oubliez d'étrange manière ! Vous allez vous faire sacquer si vous recevez le fier invité de cette façon cavalière !

Il envoya une grande tape dans le dos de son père.

— Papa, quelle joie de te revoir ! Comment diable se fait-il que tu sois ici ? Qu'est-ce qui te prend de jouer les maîtres d'hôtel ? Quand es-tu arrivé ? Raconte-moi tout !

Mr. Crocker se hissa prestement sur le bureau et, un large sourire aux lèvres, y resta assis les jambes pendantes.

— C'est ta lettre qui a provoqué tout cela, Jimmy. Mais tu n'aurais pas dû, tu sais.

— Je me suis dit que tu aurais plus de chance de devenir pair du Royaume si je m'éclipsais. À propos,

Papa, comment ma belle-mère a-t-elle pris l'épisode Lord Percy ?

Le visage réjoui de Mr. Crocker s'assombrit soudain.

— Je n'ai pas trop envie de parler de ta belle-mère, dit-il. Elle était bien chagrinée à propos de Percy et aussi de te voir filer pour l'Amérique. Et maintenant que je suis parti, elle doit être dans un état... j'ose à peine y penser.

— C'est ce que tu ne m'as pas encore expliqué : pourquoi es-tu venu ici ?

— J'avais le mal du pays. Je l'ai à chaque nouvelle saison de base-ball et puis, de parler avec Pett, cela n'a fait qu'aggraver les choses.

— Parler avec Pett ? Alors tu l'as vu à Londres ?

— Si je l'ai vu ? C'est moi qui lui ai ouvert !

— Quoi ?

— C'est moi qui lui ai ouvert la porte de la maison. Je voulais juste aller voir dehors quel temps il faisait, pour savoir s'il avait assez plu pendant la nuit pour m'éviter d'avoir à assister à un match de cricket. À ce moment précis, on a sonné à la porte. Alors je suis allé ouvrir.

— Quel geste roturier ! J'ai honte de toi, Papa ! On ne te le pardonnerait pas à la Chambre des lords !

— Avant même que je comprenne ce qui arrivait, ils m'avaient pris pour le maître d'hôtel. Et comme je ne voulais pas que ta belle-mère apprenne que j'avais ouvert la porte moi-même... tu sais à quel point ça l'a toujours exaspérée... Alors, j'ai simplement laissé couler et je les ai fait entrer. Mais je n'ai pas pu m'empêcher de demander au monsieur comment se déroulait le championnat de base-ball. Cela l'a tellement amusé qu'il m'a offert un emploi de maître d'hôtel au cas où j'aurais envie de changement. C'est alors que j'ai reçu ton mot disant que tu partais pour New York, et... eh bien, je n'ai pas pu résister. Même en me ligotant, on n'aurait pas réussi à me retenir à Londres. Je me suis esquivé le lendemain, j'ai acheté un billet sur le *Carmantic*, lequel a appareillé le mercredi suivant ton départ, et je suis venu directement ici. On m'a donné cet emploi sur-le-champ.

Mr. Crocker se tut. L'enthousiasme illumina son visage, rendant ses traits dépourvus de charme presque beaux.

— Tu sais, Jim, j'ai assisté à un match de base-ball chaque jour sans exception depuis mon arrivée ! Et deux jours de suite, Larry Doyle a réussi à faire le tour d'un seul coup. Mais ce Klem n'est qu'un filou ! Regarde !

D'un bond, Mr. Crocker descendit du bureau et, s'emparant d'une pile de livres, il se mit à les répartir sur le sol.

— Il y avait deux hommes à leur base dans la sixième quand Machin-Chose est venu batter. Il a frappé la balle et le milieu de terrain l'a attrapée — là où se trouve ce livre — et...

— Reprenez-vous, Skinner ! Vous ne pouvez perdre votre temps à jouer avec les livres de votre patron de cette façon.

Jimmy remit les livres en place.

— Calme-toi et continue à raconter. On parlera base-ball plus tard. Quels sont tes plans ? Est-ce que tu as pensé à l'avenir ? Tu ne vas quand même pas rester majordome toute ta vie, n'est-ce pas ? Quand retournes-tu à Londres ?

Le visage de Mr. Crocker perdit son éclat.

— Il va bien falloir que je rentre un jour ou l'autre, malheureusement. Mais pas maintenant, tu as vu les Giants comme ils mènent ?

— Tu t'es sauvé sans rien dire ?

— J'ai laissé un mot à ta belle-mère lui expliquant

que je partais en Amérique pour prendre quelques vacances. Jimmy, je frémis à l'idée de ce qu'elle va me faire quand elle m'aura retrouvé !

— Ne te laisse pas faire, Papa ! Dis-lui que la place d'une femme est à la maison et que celle d'un homme est au terrain de sport ! Sois ferme !

Mr. Crocker secoua la tête d'un air dubitatif.

— C'est facile à dire quand on se trouve à cinq mille kilomètres de chez soi, mais tu sais aussi bien que moi, Jim, que ta belle-mère, quoiqu'elle soit charmante, n'est pas le genre de femme qui te laisse dire ce que tu as sur le cœur. Tu n'as qu'à regarder sa sœur ici ! Sans doute n'es-tu pas dans la maison depuis assez longtemps pour l'avoir remarqué, mais elle ressemble énormément à Eugenia par certains côtés. C'est elle qui porte la culotte et le vieux Pett fait ce qu'on lui dit de faire. Je crois que je suis dans la même situation. Certains hommes sont nés pour se faire commander par certaines femmes : je suis de cette race-là et ta belle-mère est de l'autre. Il y aura un retour de manivelle, c'est sûr, mais il ne faut pas que cela me gâche le moment présent.

Il y avait du vrai dans ce qu'il disait, Jimmy le reconnaissait. Il changea de sujet.

— Allons, ne t'en fais pas. On verra bien. Dis-moi, Papa, où as-tu été pêcher ces manières de majordome stylé ? Comment as-tu fait pour apprendre le métier ?

— C'est Bayliss qui a été mon professeur à Londres. Et puis, j'ai déjà joué les maîtres d'hôtel au théâtre.

Pendant un moment, Jimmy resta silencieux.

— Tu as déjà joué le rôle d'un ravisseur ? demanda-t-il enfin.

— Évidemment ! J'étais Chicago Ed dans une histoire d'escrocs qui s'intitulait *Par ici la sortie*. Tu m'as sûrement vu jouer ça. J'ai eu une bonne critique.

Jimmy fit oui de la tête.

— Je me souviens. Je me disais bien que tu avais déjà eu ce genre de rôle. Tu arrivais dans l'obscurité...

— J'allumais la lumière et...

— Tu tenais les autres en joue avec ton fusil pendant qu'ils en étaient encore à cligner des yeux ! Tu étais formidable dans ce rôle, Papa !

— C'était un bon rôle, dit Mr. Crocker modestement. Il avait de l'épaisseur. J'aimerais bien avoir l'occasion de rejouer les ravisseurs. C'est très excitant.

— Cela ne va pas tarder, dit Jimmy. Je suis en train de monter un sketch avec un ravisseur dans le rôle principal.

— Quoi ? Un sketch ? Toi, Jimmy ? Mais où ça ?

— Ici même, dans cette maison. Cela s'intitule *L'Enlèvement d'Ogden*, et la première est pour ce soir.

Mr. Crocker jeta à son fils un regard inquiet. Il lui semblait que Jimmy divaguait.

— Du théâtre amateur, peut-être ? dit-il prudemment.

— Dans la mesure où la représentation est gratuite, oui. Papa, tu connais le jeune Ogden, à l'étage au-dessus ? Eh bien, c'est simple : je veux que tu le kidnappes pour moi.

Mr. Crocker s'assit pesamment. Il secoua la tête.

— Je ne te suis pas.

— C'est normal, je ne t'ai pas encore expliqué. Écoute. Je présume qu'au cours de tes allées et venucs dans cette maison tu as remarqué une fille avec des cheveux roux magnifiques ?

— Ann Chester ?

— Ann Chester. Je vais l'épouser.

— Jimmy !

— Mais elle ne le sait pas encore. Maintenant, écoute bien. Il y a cinq ans, Ann a écrit un recueil de poèmes. Il est là, sur le bureau. C'est le livre que tu as utilisé comme seconde base tout à l'heure. À cette époque, je travaillais pour le *Chronicle*. J'ai écrit un article incendiaire sur ces poèmes. Est-ce que tu commences à comprendre ?

— Elle t'en veut ? Elle est vexée ?

— Précisément. Retiens bien ça parce que c'est la clé de toute l'histoire.

Mr. Crocker l'interrompit.

— Attends, je ne comprends pas. Tu dis qu'elle t'en veut, pas vrai ? Alors comment se fait-il que vous soyez arrivés ensemble copains comme cochons quand je vous ai fait entrer ce matin ?

— J'attendais la question. L'explication, c'est qu'elle ignore que je suis Jimmy Crocker.

— Mais, tu es arrivé ici en disant que tu étais Jimmy Crocker...

— Exact. Et c'est là que ça se complique. J'ai fait la connaissance d'Ann à Londres, puis je l'ai revue sur le bateau. J'ai découvert que l'homme qu'elle détestait le plus au monde était Jimmy Crocker, aussi me suis-je fait appeler autrement : j'ai dit que je me nommais Bayliss.

— Bayliss ?

— J'ai dû penser à un nom très vite, parce que l'employé de la compagnie attendait pour remplir mon billet. Je venais juste de téléphoner à Bayliss, alors c'est le nom qui m'est venu à l'esprit. Tu sais comment ça se passe quand tu essaies de trouver un nom au pied levé. Bref, je t'explique les conséquences : le vieux Bayliss est venu me faire ses adieux à la gare de Paddington. Ann y était également et elle m'a vu. Elle a dit « Bonsoir, Mr. Bayliss », ce à quoi Bayliss a naturellement répondu « Oh, bonsoir ! ». La seule façon de sauver la situation fut de le présenter comme mon père. Et c'est ce que j'ai fait. Ann croit donc que je suis un jeune homme du nom de Bayliss qui est venu en Amérique pour faire fortune. Et nous en arrivons à la troisième bobine du film. J'ai rencontré Ann par hasard au *Knickerbocker* et je l'ai emmenée déjeuner. Pendant que nous mangions, ce parfait imbécile de Reggie Bartling qui, pour une raison indéterminée, a débarqué en Amérique, s'est approché et m'a salué par mon nom. Je savais que si Ann découvrait qui j'étais réellement, elle ne voudrait plus entendre parler de moi. Aussi ai-je regardé Reggie d'un air hautain en lui disant qu'il se trompait. Il s'en est allé — l'angoisse d'avoir commis une telle bourde l'a probablement poussé au suicide —, nous laissant, Ann et moi, discuter de cette coïncidence extraordinaire qui faisait de moi le sosie de Jimmy Crocker. Est-ce que tu suis l'histoire, jusque-là ?

Mr. Crocker, qui écoutait en fronçant les sourcils et en manifestant une attention soutenue, fit oui de la tête.

— J'ai tout compris. Mais, dis-moi, comment es-tu entré ici ?

— Bobine numéro quatre. J'y arrive. Ann, qui est la fille la plus gentille de la terre et qui est toujours prête à rendre service, a décidé, dans l'intérêt du jeune Ogden Ford et de son avenir, de le soustraire à son environnement actuel où il est trop gâté et mal élevé, pour l'envoyer chez un type à Long Island qui le garderait le temps nécessaire pour lui inculquer les rudiments du savoir-vivre. Son complice dans ce projet admirable était Jerry Mitchell.

— Jerry Mitchell !

— Lequel, tu n'es pas sans le savoir, a été viré hier. Jerry était censé se charger de la préparation de l'affaire. Mais, ayant été viré, il n'était plus disponible. J'ai donc offert de prendre sa place. Me voilà.

— Tu vas kidnapper ce garçon ?

— Non, c'est toi qui vas le faire.

— Moi ?

— Parfaitement. Tu vas donner une représentation

gratuite de ton succès international, Chicago Ed. Mais laisse-moi te donner quelques explications supplémentaires. En raison de certaines circonstances sur lesquelles il est inutile de s'étendre, Ogden a découvert que je suis vraiment Jimmy Crocker, aussi refuse-t-il d'avoir quoi que ce soit à faire avec moi. Je lui avais fait croire que j'étais un truand professionnel, si bien qu'il m'a proposé de se laisser kidnapper si je lui versais la moitié de la rançon !

— Sapristi !

— Oui, c'est un enfant intelligent, plein de ce genre d'idées brillantes. Mais maintenant qu'il ne me voit plus tel que son imagination m'avait fait, il ne veut plus me suivre ; et je voudrais que tu prennes mon rôle pendant que la situation le permet encore. Dans la cinquième bobine, qui sera tournée ce soir après que la maisonnée sera partie se coucher, tu entres en scène. Il faut impérativement que cela se fasse ce soir parce que je viens de me rendre compte qu'Ogden sait que Lord Wisbeach est un escroc. Il risque donc d'aller lui faire la même proposition.

— Lord Wisbeach, un escroc !

— De la pire espèce. Il est ici pour voler l'explosif de Willie Partridge. Mais comme j'ai mis le holà, il pourrait reporter ses vues sur Ogden.

— Mais, Jimmy, si ce type est un escroc... au fait, comment en es-tu si sûr ?

— Il me l'a dit lui-même.

— Alors pourquoi ne le dénonces-tu pas ?

— Parce que, pour ce faire, mon brave Skinner, il faudrait que j'avoue que je suis le vrai Jimmy Crocker, et c'est encore un peu tôt. À mon avis, ce ne sera le bon moment que quand tu seras à l'abri avec Ogden. Je pourrai enfin aller trouver Ann et lui dire : « Je reconnais que je vous ai joué un sale tour, mais je me suis racheté. Oublions le passé ! » Ainsi, tu vois que tout dépend de toi, Papa. Je ne te demande rien de bien compliqué. Je vais de ce pas à la pension de famille mettre Jerry Mitchell au courant de nos arrangements et lui demander d'attendre devant la maison dans la voiture. Tout ce que tu auras à faire, c'est d'aller voir Ogden, de lui jouer ta petite scène à la Chicago Ed, de l'escorter jusqu'à la voiture, de retourner te coucher et de dormir sur tes deux oreilles. Une fois qu'Ogden sera convaincu que tu es un véritable professionnel, tu n'auras plus la moindre difficulté. Je ne doute pas un instant que tu mèneras à bien ce petit travail si facile et attrayant. Et puis, tenir de nouveau un rôle dans une pièce, quel plaisir pour toi !

Jimmy avait touché la corde sensible. Les yeux de son père se mirent à briller d'excitation. L'odeur des feux de la rampe semblait lui dilater les narines.

— J'ai toujours excellé dans les rôles de durs à cuire, murmura-t-il pensivement. J'en redemandais !

— Parfait, dit Jimmy. Sois positif et dis-toi bien que je te fais une faveur en te donnant cette opportunité.

Mr. Crocker se gratta le cou avec l'index.

— Tu voudrais que je tienne le rôle ? demanda-t-il, l'air rêveur.

— Bien entendu !

— Tu voudrais que je le fasse ce soir ?

— Vers deux heures du matin, je pense.

— Accordé, Jim !

Jimmy lui saisit la main.

— Je savais que je pouvais compter sur toi, Papa.

Mr. Crocker était plongé dans ses pensées.

— Perruque sombre... menton mal rasé... sourcils épais... Je crois que je ne peux pas faire mieux, pour ce qui est du déguisement, que Chicago Ed. Dis-moi, Jimmy, comment vais-je faire pour m'approcher de l'enfant ?

— Pas de problème. Tu peux rester dans ma

chambre jusqu'au moment d'aller chez lui. Utilise-la comme loge.

— Comment vais-je m'y prendre pour le faire sortir de la maison ?

— Par cette pièce-ci. Je dirai à Jerry d'attendre avec la voiture dans la rue latérale à partir de deux heures.

Mr. Crocker considéra ces arrangements.

— Il me semble que c'est tout, dit-il.

— Je crois que tout a été dit.

— Je vais faire un discret petit tour en ville pour acheter les accessoires.

— Et moi, je vais de ce pas trouver Jerry.

Mr. Crocker eut soudain une idée.

— Tu ferais bien de dire à Jerry de se déguiser aussi. Il ne faudrait pas que le gamin le reconnaisse et le dénonce par la suite.

Jimmy était béat d'admiration devant tant de professionnalisme.

— Tu penses à tout, Papa ! Je n'aurais jamais fait aussi bien. Tu plonges dans la délinquance avec beaucoup de talent. On dirait que ça te vient tout naturellement !

Mr. Crocker eut un petit sourire modeste.

CHAPITRE XX

Un complot n'a que la solidité de son maillon le plus faible. Les machinations les mieux préparées dérapent souvent si l'un des rouages est mentalement arriéré ou s'il s'appelle Jerry Mitchell.

Celestine, la femme de chambre de Mrs. Pett — celle qui, en réalité, s'appelait Maggie O'Toole et que Jerry aimait d'un amour si violent que cela lui enlevait le peu de cervelle dont la nature l'avait gratifié — Celestine, donc, pénétra dans l'office vers dix heures ce soir-là. Tout le personnel était au cinéma et la seule personne présente dans la pièce était la nouvelle femme de chambre qui, assise sur une chaise droite, lisait Schopenhauer.

Celestine avait le visage rouge, ses cheveux bruns étaient ébouriffés et ses yeux brillaient. La respiration rapide, elle gardait la main gauche cachée derrière son dos. Pendant quelques secondes, elle regarda d'un air hésitant la nouvelle femme de chambre. Celle-ci était d'un abord assez rébarbatif, pas du tout le genre qui suscite les confidences. Mais Celestine avait des confidences à faire et le départ en masse pour le cinéma ne lui permettait pas de faire la fine bouche. Elle se trouvait confrontée à l'alternative suivante : ou bien elle gardait son secret enfermé dans sa poitrine palpitante, ou bien elle le révélait à cette unique auditrice. Dans les mêmes circonstances, aucune demoiselle impulsive n'aurait hésité.

— Dites, fit Celestine.

De derrière Schopenhauer, un visage émergea sans enthousiasme. Un premier œil luisant croisa le regard de Celestine. Un second œil tout aussi brillant fixa le plafond.

— Dites, je viens de parler à mon ami là-dehors, dit Celestine en minaudant. Eh bien, c'est un homme formidable !

Sous les yeux luisants, la bouche aux lèvres minces émit un grognement de désapprobation radicale. Mais Celestine était trop excitée par sa nouvelle pour se laisser décourager.

— Ouais ? fit la lectrice de Schopenhauer.

— Il s'appelle Jerry Mitchell. Vous ne l'avez jamais rencontré, n'est-ce pas ? C'est un homme formidable !

Pour la première fois, l'autre lui accorda une attention pleine et entière. La nouvelle femme de chambre posa son livre sur la table.

— Ah ? dit-elle.

Celestine ne put conserver son secret plus longtemps. Elle sortit sa main de derrière son dos d'un geste rapide. Au troisième doigt brillait une bague. Celestine la regarda avec un amour teinté de respect.

— Qu'est-ce qu'elle est belle !

Pendant quelques instants d'extase muette, elle contempla sa rayonnante perfection.

— Vous savez, j'en revenais pas, poursuivit-elle. Il me téléphone, là tout de suite, et il me dit de me trouver dans la rue devant la porte du jardin à dix heures ce soir parce qu'il a quelque chose à me dire. Il ne pouvait pas entrer ici pour me le dire puisqu'il a été renvoyé. Alors je sors, et il est là. « Salut, ma mignonne », qu'il me dit. Et alors il cherche au fond de la poche de son pantalon et il sort le brillant. « Qu'est-ce que c'est que ça ? » que je lui demande. « C'est une bague de fiançailles », qu'il me répond. « Pour toi, si tu veux la porter. » Ça m'a tellement remuée que j'ai failli tourner de l'œil. Et ensuite, je me souviens seulement qu'il me l'a mise au doigt et...

Celestine s'interrompit avec modestie.

— Dites, elle est vachement belle, non ?

Elle se laissa aller une fois de plus à la contemplation.

— Il me dit qu'il se la coule douce, ou du moins que c'est pour bientôt. Je lui dis : « Tu as trouvé du travail, alors ? » Il me dit : « Non, je n'ai pas de travail, mais ce soir je vais réussir un coup qui va me rapporter assez pour pouvoir ouvrir ce centre de mise en forme dont je t'ai parlé. » Il a toujours parlé d'ouvrir un centre de mise en forme à Long Island, parce qu'il en connaît un rayon sur l'entraînement et la santé et tout, vu que dans le temps il était boxeur professionnel. Je lui demande ce que c'est que ce coup, mais il n'a pas voulu me le dire. Il dit qu'il me le dira après que nous serons mariés ; d'après lui c'est infaillible et il va acheter la licence de mariage demain.

Elle s'interrompit avec l'air d'attendre un commentaire ou des félicitations de la part de sa compagne.

— Ah, dit brièvement la nouvelle femme de chambre, et elle se replongea dans Schopenhauer.

Décidément, on ne pouvait pas dire qu'elle était d'un abord facile.

— Qu'est-ce qu'elle est belle ! fit Celestine, découragée.

La nouvelle femme de chambre émit un drôle de son guttural.

— C'est lui qu'en est un beau, dit-elle de façon énigmatique.

Elle ajouta une autre remarque un ton plus bas, trop bas pour que les oreilles de Celestine puissent l'entendre distinctement. C'était impossible, mais pour Celestine cela ressemblait à :

— J'vais m'occuper d'lui !

CHAPITRE XXI

Riverside Drive dormait. La lune se reflétait dans les fenêtres sombres et les allées désertes. Il était une heure du matin bien sonnée. Le quartier dépravé de la Quarantième Rue débordait encore de lumière et de bruyants fox-trots ; mais dans le vertueux quartier de la Centième Rue où se trouvait la résidence de Mr. Pett régnait un silence de bon aloi. Ce silence n'était interrompu de temps à autre que par le ronronnement d'une automobile ou par le cri désespéré d'un Roméo félin en mal d'amour faisant sa ronde sur le haut du mur.

Jimmy était éveillé. Assis sur le bord de son lit, il regardait son père mettre la dernière main à son maquillage, lequel lui donnait un air hirsute et très intimidant. Crocker père avait conçu Chicago Ed, le roi des kidnappeurs, à grands traits impressionnants. Il ne fallait pas être grand clerc pour voir que ce n'était pas un petit saint avec qui il faisait bon se balader le soir dans les chemins sombres. Mr. Crocker en prit soudain vraiment conscience.

— Le problème, Jim, dit-il en se regardant dans le miroir, c'est que je crains de faire une peur bleue au gamin. Peut-être que je devrais le mettre en garde ?

— Comment ? Tu comptes lui envoyer une carte de visite ?

Mr. Crocker examina ses traits repoussants d'un air dubitatif.

— C'est que ce n'est pas une mince affaire de se jeter sur un gosse à une heure du matin, dit-il. Suppose qu'il fasse une syncope !

— Il y a plus de chances que ce soit lui qui t'en fasse avoir une ! Ne te fais pas de soucis pour Ogden, Papa ! C'est l'enfant le mieux armé de la terre pour faire face à cette situation.

Un verre vide était posé sur le plateau qui se trouvait sur la table de toilette. Mr. Crocker le regarda d'un air triste.

— Quel dommage que tu aies vidé ce verre, Jim ! J'en aurais bien pris une petite goutte. Je me sens un peu nerveux.

— C'est ridicule, Papa ! Tu vas très bien ! J'étais obligé de le jeter. Je suis au régime sec et Dieu seul sait combien de temps j'aurais tenu avec ce verre qui me faisait les yeux doux. J'ai décidé de ne plus jamais m'abaisser au niveau de ces brutes qui laissent le démon du rhum les détruire. Ma future femme a des idées bien arrêtées sur le sujet ; inutile de prendre des risques. Je n'ai rien contre la tentation, du moment qu'elle ne se trouve pas sur ma table de toilette. C'était gentil de ta part, mais...

— Quoi ? Ce n'est pas moi qui ai mis ce verre là !

— Je croyais pourtant que cela entrait dans tes attributions. N'est-ce pas le travail du majordome de fournir à boire à la noblesse et à la bourgeoisie ? Enfin, c'est sans importance. Le contenu de ce verre va servir à l'arrosage des pelouses du voisinage, ce qui ôte, du même coup, une puissante tentation de ton chemin. C'est mieux ainsi.

Il jeta un coup d'œil à sa montre.

— Bon, tout doit être prêt.

Il alla à la fenêtre.

— Je vois une voiture, là-bas ; j'imagine que c'est Jerry. Il est temps de s'y mettre, Papa. Oh, à propos, tu ferais bien de dire à Ogden que tu viens de la part d'un certain Buck Maginnis. C'est le type qui l'a kidnappé la dernière fois et il semble qu'ils soient devenus très copains. Rien de tel qu'une bonne introduction !

Mr. Crocker se regarda une dernière fois dans le miroir.

— Tonnerre ! J'aimerais pas me rencontrer sur une route déserte !

Il ouvrit la porte et s'arrêta un instant, aux aguets. Le murmure assourdi d'un ronflement parvenait du bout du couloir.

— Troisième porte à gauche, dit Jimmy. Trois... compte-les... trois. Ne te trompe pas !

Mr. Crocker se glissa dans l'obscurité, tel un corpulent fantôme, et Jimmy referma doucement la porte derrière lui.

Ayant sans dommage lancé son père complaisant sur le chemin de sa carrière criminelle, Jimmy éteignit la lumière et retourna à la fenêtre. En se penchant à l'extérieur, il se laissa aller à la rêverie. La nuit était calme. Semblables à d'énormes lucioles, parmi les arbres qui flanquaient la maison luisaient les phares de ce qui devait être la voiture de location de Jerry Mitchell. Au loin sur la rivière, un bateau fit retentir sa sirène. L'influence envoûtante du moment et de l'endroit était telle que Jimmy aurait pu rester là éternellement, à tisser des rêves, s'il n'avait été obligé de se rendre à la bibliothèque. C'était à lui que revenait le soin de fermer la porte-fenêtre derrière son père et Ogden, et il se proposait de rester caché dans la galerie jusqu'au moment voulu. Il ne fallait surtout pas qu'Ogden l'aperçoive.

Il ferma sa porte et descendit l'escalier. Aucun signe de vie dans la maison. Tout était calme. Il trouva l'escalier qui menait à la galerie sans avoir à allumer.

La galerie était couverte de poussière et un remugle de vieux cuir l'enveloppa. Pourvu que son père fasse vite ! Il s'accroupit avec précaution et, appuyant la tête contre une étagère, il se demanda comment se passait l'entrevue entre Chicago Ed et sa proie.

Pendant ce temps, Mr. Crocker, masqué jusqu'aux yeux, s'était glissé dans un silence sinistre jusqu'à la porte que Jimmy lui avait indiquée. Une bonne part de l'enthousiasme qui l'animait quand il s'était embarqué dans cette affaire l'avait quitté. Maintenant qu'il s'était habitué à ce nouveau rôle — un rôle de composition, une fois de plus —, son sens inné de la respectabilité commença à pointer le bout de son nez. C'était une chose de jouer Chicago Ed sur une scène de Broadway, mais c'en était une autre que de donner une représentation comme celle-ci. Tandis qu'il longeait le couloir sur la pointe des pieds, la seule pensée qui se présentât clairement à son esprit concernait les conséquences effrayantes de son acte si tout ne marchait pas comme prévu. Il aurait volontiers fait demi-tour, n'était-ce la pensée que Jimmy comptait sur lui et que de la réussite de l'opération dépendait le bonheur de son fils. Ainsi stimulé, il poussa la porte d'Ogden centimètre par centimètre et entra. Il traversa furtivement la pièce. Il avait presque atteint le lit et commençait à se demander comment diable, maintenant qu'il en était là, il pouvait bien passer aux actes en douceur et sans traumatiser le garçon, quand on lui ôta soudain le souci d'avoir à analyser cette question plus avant ; un faisceau de lumière troua l'obscurité à la vitesse d'une bombe qui éclate et une voix s'écria :

— Haut les mains !

Quand Mr. Crocker eut fini de cligner des yeux et se fut accoutumé à la lumière, il aperçut Ogden assis bien droit sur son lit, un revolver à la main. Le revolver reposait sur son genou et le canon était pointé sur l'imposant ventre de Mr. Crocker.

Le père de Jimmy avait envisagé l'un après l'autre les multiples scénarios possibles, mais pas celui-ci. Il était plongé dans un abîme de perplexité.

— Ne fais pas ça ! dit-il d'une voix rauque. Le coup pourrait partir tout seul !

— Et après ? répliqua froidement Ogden. Je suis du bon côté du canon. Qu'est-ce que vous fichez ici ?

Il jeta un regard affectueux à son arme.

— J'ai eu ça avec des bons de paquets de cigarettes, pour tuer les lapins quand on allait à la campagne. Et voilà que j'ai l'occasion de tirer sur quelque chose de partiellement humain !

— Tu veux m'assassiner ?

— Pourquoi pas ?

Le maquillage de Mr. Crocker dégoulinait sur son visage en traînées gluantes. Le masque, cependant, empêchait Ogden de se rendre compte de cet étrange phénomène. Ses regards restaient fixés sur son visiteur. Soudain, il lui vint une idée.

— Dites, vous êtes venu me kidnapper ?

Mr. Crocker éprouva ce soulagement qu'il avait parfois ressenti quand, ayant un trou de mémoire dans une scène, un autre acteur lui soufflait la réplique. Il serait exagéré de dire qu'il avait retrouvé tout son aplomb. Impossible de se sentir détendu avec un pistolet braqué sur l'abdomen ; mais il se sentait quand même beaucoup mieux. Il baissa la voix d'une octave et dit dans un grognement rauque :

— Eh, gamin, fais gaffe ! Pas d'brutalités !

— Gardez les mains en l'air, conseilla Ogden.

— Bien sûr, bien sûr ! grogna Mr. Crocker. Arrête de faire joujou avec ce pistolet. Dis donc, t'as rudement grandi depuis la dernière fois qu'on t'a eu !

Comme par magie, Ogden devint soudain amical.

— Vous êtes de la bande à Buck Maginnis ? demanda-t-il presque poliment.

— Exact !

Mr. Crocker bénit l'inspiration de Jimmy.

— J'suis avec Buck.

— Pourquoi est-ce qu'il n'est pas venu lui-même ?

— Il travaille sur une autre affaire !

Au grand soulagement de Mr. Crocker, Ogden abaissa son pistolet.

— J'suis à fond avec Buck, dit-il sur le ton de la conversation. Lui et moi on est de vieux potes. Vous avez lu l'article quand il m'a kidnappé la dernière fois ? Je l'ai dans mon album de coupures de journaux.

— Bien sûr ! dit Mr. Crocker.

— Dites, écoutez ! Si vous m'emmenez maintenant, il faut que Buck soit raisonnable. Je l'aime bien, mais je ne vois pas pourquoi il serait le seul à en profiter. C'est cinquante-cinquante ou rien, vu ?

— Pigé, gamin.

— Alors, si c'est entendu, d'accord. Donnez-moi une minute pour m'habiller et je vous suis.

— Ne fais pas de bruit, dit Mr. Crocker.

— Qui est-ce qui fait du bruit ? Au fait, comment vous êtes entré ici ?

— Par la porte-fenêtre de la bibliothèque.

— J'ai toujours dit qu'un cambrioleur entrerait par là un jour. Ça me dépasse qu'on n'ait pas encore fixé de barreaux.

— Il y a une camionnette avec le moteur qui tourne qui attend dehors.

— Vous faites ça dans les formes, pas vrai ? fit observer Ogden en enfilant sa chemise. Qui est-ce qui travaille avec vous ? Quelqu'un que je connais ?

— Non, un nouveau.

— Ah ? Quand j'y pense, j'me souviens pas de vous !

— Vraiment ? dit Mr. Crocker, quelque peu décontenancé.

— Faut dire qu'avec ce masque ça se comprend. Lequel du groupe est-ce que vous êtes ?

— Chicago Ed, tel est mon nom de scène.

— Je ne me rappelle personne de ce nom-là !

— Eh bien, tu t'en souviendras après ça ! rétorqua Mr. Crocker, bien inspiré.

Ogden le considéra soudain avec suspicion.

— Enlevez ce masque et laissez-moi vous regarder.

— Pas question !

— Comment je peux savoir si vous jouez franc jeu ?

Mr. Crocker se paya d'audace.

— D'accord, dit-il en se dirigeant vers la porte. C'est à toi de voir. Si tu penses que je triche, j'me tire.

— Eh là ! pas si vite ! se hâta de dire Ogden, peu disposé à abandonner de façon aussi sommaire une affaire aussi juteuse. Je n'ai rien contre vous personnellement. Inutile de s'emporter !

— J'dirai à Buck que j'ai pas réussi à t'avoir, dit Mr. Crocker en faisant encore un pas vers la porte.

— Allez, arrêtez ! Qu'est-ce qui vous prend ?

— Tu me suis ?

— Évidemment, si les conditions sont respectées. Buck doit me filer la moitié de ce qu'il retirera de ce coup.

— C'est ça. Buck te filera la moitié de ce qu'il touchera.

— Alors, c'est d'accord. J'enfile cette chaussure et on y va. Je suis prêt.

— En silence !

— Qu'est-ce que vous imaginez qu'j'allais faire ? Chanter ?

— Par ici ! dit Mr. Crocker d'un ton enjoué.

Ils quittèrent la pièce prudemment. Pendant un instant, Mr. Crocker eut l'impression qu'il manquait quelque chose. Il avait atteint les escaliers quand il comprit de quoi il s'agissait : il manquait les applaudissements. La scène méritait une ovation.

À l'affût dans la galerie, Jimmy entendit la porte de la bibliothèque s'ouvrir doucement et, jetant un coup d'œil par-dessus la balustrade, il aperçut deux silhouettes dans l'obscurité. L'une était imposante, l'autre petite. Ensemble, elles traversèrent la pièce.

Des chuchotements lui parvinrent.

— Je croyais que vous aviez dit que vous étiez venu par ici.

— Bien sûr.

— Alors pourquoi le volet est fermé ?

— Je l'ai refermé après être entré.

Un faible grattement se fit entendre, puis un claquement. Éclairée par la lune, la pièce perdit de son obscurité. Les silhouettes s'évanouirent. Jimmy descendit de la galerie quatre à quatre et referma doucement la porte-fenêtre. À peine eut-il attaché le volet qu'un bruit de pas caractéristique lui parvint du couloir.

CHAPITRE XXII

La première émotion que le bruit de ces pas suscita chez Jimmy fut une vulgaire réaction de l'instinct de conservation. Il était en mauvaise posture et, pour le moment, c'était la seule chose à laquelle il pouvait penser. S'il venait à être découvert, il lui faudrait fournir pas mal d'explications, et c'était précisément ce qu'il voulait éviter. D'un bond maladroit mais silencieux, il se propulsa vers l'escalier de la galerie ; au moment même où il y trouvait refuge, la porte s'ouvrit. Il s'immobilisa, s'attendant à être interpellé, mais, apparemment, il avait opéré son mouvement de retraite à temps car aucune voix ne se fit entendre. La porte se referma si doucement que cela en fut presque inaudible, puis ce fut de nouveau le silence. La pièce demeurait dans l'obscurité et c'est peut-être cette première constatation qui réconforta Jimmy : l'intrus désirait, tout comme lui, éviter les regards de ses semblables. Dans son mouvement de panique, Jimmy n'avait pas douté un instant qu'il fût la seule personne dans cette pièce à avoir des raisons peu avouables de s'y trouver. Mais maintenant, bien caché dans la galerie, sans risque d'être aperçu d'en bas, il pouvait tout à loisir surveiller les mouvements du nouvel arrivant et en tirer des conclusions.

Un homme honnête aurait commencé par allumer. Un homme honnête ne se serait pas déplacé furtivement. Penché au-dessus de la rampe, Jimmy essayait de percer l'obscurité. Tout cela n'était pas normal. Il venait d'arriver à cette conclusion quand, d'un seul coup, il devina l'identité du visiteur au pied léger : ce ne pouvait être que son vieil ami Lord Wisbeach, mieux connu sous le nom de Gentleman Jack par ses acolytes. Jimmy s'étonna de ne pas y avoir pensé plus tôt. Puis il s'étonna que Gentleman Jack osât risquer un hold-up après la conversation qu'ils avaient eue quelques heures auparavant.

À cet instant précis, l'obscurité s'atténua, comme si l'on venait de craquer une allumette. L'homme se servait d'une lampe torche et Jimmy discernait tout distinctement à présent. Son hypothèse se vérifiait. Il s'agissait bien de Lord Wisbeach. Celui-ci était agenouillé devant le coffre-fort. Ce qu'il faisait exactement, Jimmy ne pouvait le voir car le coffre était masqué par son corps ; mais la lampe éclairait le visage de l'individu, faisant apparaître des traits durs et froids tout à fait différents du masque aimable et légèrement distrait que Sa Seigneurie présentait d'habitude au monde. Tandis que Jimmy regardait, quelque chose se produisit dans le cercle de lumière par-delà son champ de vision. Gentleman Jack grommela une exclamation de satisfaction et, alors, Jimmy aperçut la porte du coffre grande ouverte. L'air s'emplit d'une pénétrante odeur de métal chauffé à blanc. Jimmy n'était pas expert en la matière, mais de temps à autre il avait appris par les journaux les méthodes des cambrioleurs modernes ; aussi devina-t-il qu'on avait utilisé un chalumeau oxyacétylénique dont la flamme coupe le métal comme un couteau coupe le fromage.

Lord Wisbeach éclaira l'intérieur du coffre, y plongea la main et en retira un objet qu'il plaça dans la poche de poitrine de sa veste avec d'extrêmes précautions. Puis il se redressa. Il éteignit sa lampe, se dirigea vers la fenêtre en laissant le reste de ses outils près du coffre ouvert. Il débloqua le volet et leva le loquet de la fenêtre. Le moment était venu pour Jimmy d'intervenir.

— Tstt, tstt, fit-il d'un ton de léger reproche.

La réprimande eut un effet remarquable sur Lord Wisbeach. D'un bond convulsif, il quitta la fenêtre puis, pivotant sur lui-même, il braqua le faisceau de sa lampe torche sur chaque recoin de la pièce.

— Qui est là ? demanda-t-il dans un souffle.

— Votre conscience ! dit Jimmy.

Lord Wisbeach avait négligé d'inspecter la galerie. Il leva immédiatement sa lampe dans cette direction. La lumière inonda la galerie du côté opposé où se tenait Jimmy. À présent, Gentleman Jack tenait un revolver, lequel suivait approximativement le mouvement de la lampe torche. Étendu de tout son long sur le plancher de la galerie, Jimmy se remit à parler.

— Jetez ce revolver, et la lampe avec ! dit-il. Je vous tiens en joue !

La lumière de la lampe passa au-dessus de sa tête, mais il était protégé par le rebord de la rampe.

— Je vous donne cinq secondes. Après ce délai, je tire !

Tandis qu'il commençait à compter, Jimmy se mit à regretter son goût du grand spectacle. Il aurait été si simple de réveiller toute la maison et d'éviter ainsi cette délicate position ! Et si son coup de bluff ne marchait pas ? Et si l'autre tenait encore son revolver après les cinq secondes ? Il regrettait de n'avoir pas proposé dix secondes au lieu de cinq. Gentleman Jack était un homme de ressources, comme le prouvait son action précédente. Il était capable de risquer le tout pour le tout. Peut-être même refuserait-il de croire que Jimmy était armé. Après tout, rien ne le lui prouvait. Peut-être manquait-il autant de dispositions à croire qu'il semblait manquer de sang normand ! Jimmy prit tout son temps pour compter.

— Quatre ! dit-il à contrecœur.

L'instant était oppressant. Alors, à l'extrême soulagement de Jimmy, revolver et lampe torche tombèrent simultanément sur le sol. En un éclair, Jimmy s'était ressaisi.

— Allez vous mettre face au mur ! dit-il d'un ton cassant. Les mains en l'air !

— Pourquoi ?

— Je vais vérifier s'il ne vous reste pas un revolver.

— Je n'en ai pas d'autre.

— Je veux m'en assurer par moi-même. Avancez !

Gentleman Jack obéit sans enthousiasme. Quand il eut atteint le mur, Jimmy descendit. Il alluma. Il tâta les poches de l'autre et y trouva presque aussitôt un objet dur et métallique.

Il secoua la tête d'un air de reproche.

— Vous n'êtes pas très exact dans vos affirmations, dit-il. Pourquoi toutes ces armes ? « *Je n'ai pas élevé mon fils pour en faire un soldat !* » À présent, vous pouvez vous retourner et baisser les bras.

Gentleman Jack se révéla d'un naturel philosophe. Son échec ne semblait plus le contrarier. Il s'était assis sur le bras d'un fauteuil et regardait Jimmy sans hostilité apparente. Il esquissa même un sourire.

— Je croyais que je t'avais eu, dit-il, tu dois être plus fort que je ne le pensais. Je n'aurais jamais cru que tu résisterais à ce verre.

Jimmy avait enfin le fin mot de cette histoire qui l'avait rendu si perplexe.

— Alors c'est vous qui avez mis ce whisky dans ma chambre ? Il était drogué ?

— Tu ne l'avais pas deviné ?

— J'ignorais que la vertu était récompensée aussi rapidement ici-bas, dit Jimmy. J'ai renoncé à ce whisky non parce que je m'en méfiais mais parce que j'avais décidé de ne plus toucher une goutte d'alcool.

Son compagnon se mit à rire. Si Jimmy avait mieux connu cet individu retors que les gars de la bande appelaient Gentleman Jack, ce rire l'aurait inquiété. Ceux qui le connaissaient bien savaient que quand ce dernier gloussait d'un air entendu, c'était qu'il préparait un mauvais coup.

— Tu as de la chance, ce soir, dit Gentleman Jack.

— Ça m'en a tout l'air.

— Mais la nuit n'est pas encore terminée.

— Presque. Vous feriez mieux d'aller remettre cette éprouvette dans ce qui reste du coffre-fort. Vous croyiez peut-être que je l'avais oubliée ?

— Quelle éprouvette ?

— Allons, allons, mon vieux ! Celle qui est remplie de l'explosif de Partridge et que vous avez mise dans votre poche de poitrine !

Gentleman Jack se remit à rire, puis se dirigea vers le coffre-fort.

— Placez-la doucement sur le premier rayon, dit Jimmy.

L'instant d'après, chaque fibre de son système nerveux se mit à frémir. Une immense clameur déchira l'air. Gentleman Jack, apparemment atteint d'une crise de démence, criait de toutes ses forces.

— Au secours ! Au secours !

Jusque-là, la conversation s'était poursuivie *mezza voce*, si bien que ce vacarme inattendu fit l'effet d'une bombe. Les cris résonnaient dans la pièce et secouaient les murs. Jimmy se figea, le regard vide. Puis soudain, un bruit assourdissant vint encore augmenter le vacarme. Quelque chose de vivant sembla se tordre et tressauter dans sa main. Il le laissa immédiatement tomber et regarda, hébété, un trou rond et fumant dans le tapis. Les hurlements de Gentleman Jack avaient fait un tel effet sur Jimmy qu'il en avait complètement oublié qu'il tenait un revolver ; et il avait malencontreusement appuyé sur la détente.

Soudain, tout se précipita. Jimmy reçut un coup au menton. Il recula en vacillant et, quand il eut recouvré ses esprits, il se retrouva face au canon du revolver qui lui avait presque troué le pied un instant auparavant. Au-dessus du revolver, le visage sardonique de Gentleman Jack souriait d'un air sinistre.

— Je te l'avais dit, que la nuit n'était pas encore terminée, ricana-t-il.

Jimmy était encore un peu groggy. Il restait là à essayer de reprendre pied ; il avait la sensation que sa tête allait exploser. Il recula jusqu'au bureau et s'y appuya. C'est alors qu'une voix s'éleva derrière lui.

— Qu'est-ce qui s'passe ici ?

Il tourna la tête. Une étrange procession pénétrait par la porte-fenêtre. En tête venait Mr. Crocker encore affublé de son masque hideux ; puis, un individu à la barbe épaisse et portant des lunettes rondes qui faisait penser à une automobile sortant d'une meule de foin ; puis venaient Ogden Ford et, fermant la marche, une robuste personne à l'air déterminé, aux yeux brillants mais mal synchronisés et qui tenait d'une main ferme un grand revolver, l'image même de la femme moderne qui ne se laisse pas marcher sur les pieds. Cette personne ressemblait trait pour trait à la femme de chambre qui avait répondu à son coup de sonnette et lui avait envoyé son père — ce qui ne faisait qu'ajouter à l'atmosphère cauchemardesque de cette nuit. Mais comment cela était-il possible ? Jimmy ne savait pas grand-chose des habitudes des femmes de chambre, mais elles ne se promenaient sûrement pas au petit matin avec des revolvers.

Tandis que, fiévreusement, il essayait de mettre de l'ordre dans ce chaos, la porte s'ouvrit et une foule hétéroclite réveillée par les cris fit irruption dans la bibliothèque. Tournant la tête pour affronter cette invasion, Jimmy aperçut Mrs. Pett, Ann, deux ou trois petits génies et Willie Partridge, plus ou moins dévêtus tous autant qu'ils étaient et bredouillant des questions confuses. La femme au revolver, assumant une domination instantanée et indiscutable sur l'assemblée, lança un ordre bref :

— Fermez la porte !

Quelqu'un ferma la porte.

— Alors, qu'est-ce qui s'passe ? dit-elle en se tournant vers Gentleman Jack.

CHAPITRE XXIII

Gentleman Jack avait abaissé son revolver et s'apprêtait à tout expliquer avec cet air insupportable que prennent ces gens qui affirment n'avoir fait que leur devoir et qui feignent n'en attendre aucun remerciement.

— Qui êtes-vous ? demanda-t-il.

— Peu importe qui j'suis, dit Miss Trimble d'un ton sec. Mrs. Pett sait qui j'suis.

— J'espère que vous n'en prendrez pas ombrage, Lord Wisbeach, dit Mrs. Pett, qui se tenait au milieu du groupe près de la porte. J'ai engagé un détective pour vous aider. J'ai vraiment cru que vous ne pourriez pas y arriver tout seul. J'espère que vous ne m'en voulez pas.

— Pas le moins du monde, Mrs. Pett. C'était une décision très sage.

— Je suis si heureuse de vous l'entendre dire !

— C'était une excellente initiative.

Miss Trimble interrompit les politesses.

— Qu'est-ce qui s'passe ? Qu'est-ce qu'vous entendez par là, m'aider ?

— Lord Wisbeach a très aimablement proposé de faire de son mieux pour protéger l'explosif de mon neveu, dit Mrs. Pett.

Gentleman Jack eut un sourire modeste.

— J'espère vous avoir aidée tant soit peu ! Je pense être arrivé juste à temps. Regardez !

Il montra le coffre-fort du doigt.

— Il vient de l'ouvrir ! Heureusement, j'avais mon revolver sur moi. J'ai mis ce type en joue et j'ai appelé à l'aide. Encore un peu et il m'échappait.

Miss Trimble traversa la pièce pour aller au coffre-fort qu'elle inspecta en faisant la moue, comme si elle le détestait. Elle fit entendre un grognement et retourna à sa place près de la fenêtre.

— Beau travail ! fit-elle en guise de commentaire.

Ann s'avança. Elle avait le visage en feu et les yeux brillants.

— Insinueriez-vous que vous avez trouvé Jimmy en train de forcer le coffre ? Je n'ai jamais rien entendu d'aussi ridicule !

Mrs. Pett intervint.

— Ce jeune homme n'est pas James Crocker, Ann. C'est un imposteur qui s'est introduit chez nous dans le but de voler l'invention de Willie.

Elle regarda Gentleman Jack avec affection.

— Lord Wisbeach me l'a dit. Il a fait semblant de reconnaître ce jeune homme cet après-midi.

La bouche grande ouverte, le jeune Ogden fit entendre un profond gargouillis. Les événements le laissaient pantois. La scène qu'il avait surprise entre les deux hommes dans la bibliothèque lui avait prouvé que Jimmy était bien Jimmy Crocker, alors que Lord Wisbeach n'était qu'un imposteur. Il ne comprenait pas pourquoi Jimmy ne fournissait pas ses preuves comme à ce moment-là. Ogden ignorait que, dans la tête de ce dernier, les effets du coup de poing commençaient à peine à se dissiper. Il se prépara à mentir avec aplomb au cas où Jimmy le prendrait à témoin. Pas question que sa petite transaction soit révélée au grand jour.

Ann regardait Jimmy, horrifiée. Pour la première fois, elle se rendit compte qu'elle ignorait presque tout de lui et qu'il était fort probable — et même presque certain à première vue — qu'il soit venu dans le but inavoué de voler l'explosif de Willie. Elle luttait contre cette pensée, mais une voix semblait lui rappeler que c'était elle-même qui lui avait suggéré de se faire passer pour Jimmy Crocker. Elle se souvenait de l'empressement et de la complaisance avec lesquels il s'était embarqué dans ce projet insensé. Mais était-ce tellement insensé ? N'était-ce pas une simple couverture ? Si Lord Wisbeach disait l'avoir trouvé dans cette pièce avec le coffre-fort éventré, quelle autre explication y avait-il ? Et puis, simultanément, avec la conviction de la culpabilité de Jimmy vint la certitude qu'il était l'homme qu'elle aimait. Il lui avait suffi de le voir en difficulté pour en être sûre. Elle alla se placer à ses côtés avec l'idée vague de faire quelque chose pour l'aider, de lui apporter son soutien. Une fois là, elle se rendit compte qu'il n'y avait rien à faire et rien à dire. Elle plaça sa main sur celle de Jimmy et attendit, impuissante, sans même savoir ce qu'elle attendait.

Ce fut le contact de ses doigts qui tira Jimmy de sa léthargie. Il se ressaisit presque dans un sursaut. Il avait vaguement eu conscience de ce qui se disait mais avait été incapable d'articuler le moindre mot. Et maintenant, d'un seul coup, il était de nouveau lui-même. Il se lança dans le débat avec énergie.

— Bon sang ! s'écria-t-il. Vous faites tous une grossière erreur. C'est moi qui l'ai trouvé en train de forcer le coffre-fort !

Gentleman Jack eut un sourire dédaigneux.

— Comme c'est vraisemblable ! Avouez que c'est vraiment tiré par les cheveux !

— C'est ridicule ! renchérit Mrs. Pett.

Elle se tourna vers Miss Trimble et dans un geste s'écria :

— Arrêtez cet homme !

— Attendez une minute, répliqua la jeune femme, perspicace, en se tapotant pensivement les dents avec le canon de son revolver. Attendez une minute, faut qu'j'regarde ça d'plus près. Chacun des deux va raconter sa version d'l'histoire.

— Vraiment, dit Gentleman Jack d'un ton doucereux, cela semble proprement ridicule...

— Ridicule ou pas, c'est pas vos oignons ! rétorqua la vaillante Trimble d'un ton acerbe. Fermez-la et écoutez-moi. C'est tout c'qu'on vous d'mande.

— Je sais que vous n'êtes pas coupable ! dit Ann en resserrant son étreinte sur le bras de Jimmy.

— Suffit, s'vous plaît, suffit !

Miss Trimble retira de sa bouche le canon de revolver et le pointa sur Jimmy.

— Qu'est-ce qu'z'avez à dire ? Et qu'ça saute !

— Je me trouvais là en bas...

— Pour quoi faire ? demanda Miss Trimble comme si elle avait fait exploser une bombe.

Jimmy s'arrêta net. La voie des explications semblait semée d'embûches.

— Je me trouvais là en bas, reprit-il avec force, et cet homme est entré dans la pièce avec sa lampe torche et un chalumeau, et il a commencé à s'attaquer au coffre-fort.

La voix distinguée de Gentleman Jack interrompit le compte rendu.

— Vraiment, cela en vaut-il la peine ?

Il se tourna vers Miss Trimble.

— Ayant entendu du bruit, je suis descendu. Je n'étais pas ici dans quelque but inavouable. J'étais éveillé quand un bruit a attiré mon attention. Comme

Mrs. Pett le sait, je me méfiais de ce garçon et je m'attendais à ce qu'il s'empare de l'explosif à tout moment ; aussi ai-je pris mon revolver et suis-je descendu sans faire de bruit. Quand je suis entré, le coffre-fort était ouvert et cet homme se dirigeait vers la fenêtre.

Miss Trimble se caressa le menton avec son revolver et resta songeuse. Puis elle se tourna vers Jimmy comme un serpent à sonnette prêt à mordre.

— Va falloir trouver quéqu'chose d'mieux qu'ça. J'vous connais, vous. Z'êtes pris la main dans l'sac !

— Non ! s'écria Ann.

— Si, dit Mrs. Pett. Cela saute aux yeux.

— Je crois, fit Gentleman Jack d'un ton mielleux, que je ferais bien d'aller téléphoner à la police.

— Vous pensez à tout, Lord Wisbeach, dit Mrs. Pett.

— Ce n'est rien, répondit Sa Seigneurie.

Jimmy le regarda se diriger vers la porte. Au fond de lui-même, il avait la vague impression que tout pourrait s'éclaircir si seulement il pouvait se rappeler un fait qui lui échappait. Les effets du coup de poing n'étaient pas totalement dissipés. Jimmy luttait pour se souvenir, en vain. Gentleman Jack s'approcha de la porte et l'ouvrit. Un jappement aigu, inaudible jusqu'alors étant donné l'épaisseur des portes et le bruit des voix, se fit entendre dans le couloir. Gentleman Jack reclaqua la porte précipitamment.

— Sapristi ! Le chien est là-dehors !

Ses paroles furent confirmées par le bruit des pattes d'Aïda grattant activement le bois. Déconcerté, Gentleman Jack regarda autour de lui.

— Le chien est là-dehors ! répéta-t-il d'un ton lugubre.

Dans le cerveau de Jimmy, la lumière se fit. Le fait

qui lui échappait jusqu'à présent lui vint à l'esprit d'un seul coup.

— Ne laissez pas sortir cet homme ! s'écria-t-il. Je viens de me rappeler ! Vous dites que vous m'avez vu en train de forcer le coffre-fort. Vous avez prétendu avoir entendu du bruit et être descendu pour voir ce qu'il en était. Eh bien alors, que fait donc cette éprouvette d'explosif dans la poche poitrine de votre veste ?

Jimmy pivota sur lui-même en direction de Miss Trimble.

— Inutile d'avoir ma parole ou sa parole. Pour savoir lequel est l'escroc, il suffit de nous fouiller tous les deux !

Il se mit à retourner ses poches frénétiquement.

— Regardez ici, et ici, et ici ! Maintenant, demandez-lui d'en faire autant !

Il eut le plaisir d'observer une crispation dans l'attitude jusque-là détendue de Gentleman Jack. Miss Trimble regardait ce dernier avec une suspicion soudaine.

— C'est vrai ! dit-elle. Allez, Bill Machin-Chose, à vot'tour d'nous montrer ! R'gardons un peu c'qu'il y a là-d'dans.

Gentleman Jack se redressa avec arrogance.

— Je ne saurais admettre...

Mrs. Pett l'interrompit avec indignation.

— Jamais je n'ai entendu une chose pareille ! Lord Wisbeach est un vieil ami...

— Suffit ! ordonna Miss Trimble dont l'œil gauche ressemblait à celui d'un basilic. Faut nous faire voir, Bill, et en vitesse !

Un sourire fatigué se dessina sur le visage de Gentleman Jack. Il était l'aristocrate blasé que l'on ennuyait et qui protestait en silence contre un manque de savoir-vivre évident. Il plongea ses doigts effilés dans sa poche. Il en sortit l'éprouvette et, la levant, dit calmement d'une voix traînante qui força l'admiration de Jimmy lui-même :

— D'accord ! Si je suis fichu, je suis fichu !

Ce geste, joint aux paroles de Gentleman Jack, produisit sur l'assemblée une réaction pour le moins brutale. Mrs. Pett poussa un cri étranglé. Willie Partridge se mit à japper. Tous les génies lancèrent simultanément des exclamations perçantes.

Gentleman Jack attendit que la clameur se fût calmée pour reprendre de sa voix traînante :

— Mais je ne suis pas encore fichu ! Je vais sortir par cette fenêtre et si quelqu'un essaie de m'en empêcher, ce sera...

Il fit une courbette polie à Miss Trimble.

— ... sa dernière action en ce bas monde. Si l'un d'entre vous fait le moindre geste pour m'arrêter, je lâche cette éprouvette et cette pièce sera réduite en miettes !

Si le premier discours de Gentleman Jack avait fortement impressionné l'auditoire, le second le paralysa. Un silence de mort s'ensuivit. Seuls les jappements d'Aïda ne pouvaient être calmés.

— Restez où v'z'êtes ! ordonna Miss Trimble tandis que Gentleman Jack se dirigeait vers la fenêtre.

Elle tenait son revolver sans bouger, mais, pour la première fois de la nuit et peut-être pour la première fois de sa vie, ses paroles manquaient de conviction. Elle avait beau être une femme extraordinairement compétente, cette situation la déroutait. Gentleman Jack traversa lentement la pièce en tenant l'éprouvette en l'air, serrée entre le pouce et l'index. Il arriva à la hauteur de Miss Trimble qui, ayant abaissé son revolver, s'était mise sur le côté, ne sachant pas, de toute évidence, comment résoudre cette crise sans précédent. Brusquement, la porte s'ouvrit. Le visage d'Howard Bemis, le poète, apparut.

— Mrs. Pett, j'ai téléphoné...

Puis une voix l'interrompit.

— Yip ! yip ! yip !

Par l'entrebâillement, la chienne Aïda, ravie d'être débarrassée de l'obstacle, se rua dans la pièce comme un manchon de fourrure pourvu de pattes et d'une langue. Elle la traversa à toute allure en direction des alléchantes chevilles de Gentleman Jack. Depuis la première fois qu'elle les avait vues, Aïda n'avait rêvé que de les mordre, mais il y avait toujours eu quelqu'un pour l'en empêcher.

— Bon sang ! s'écria Gentleman Jack.

L'exclamation se noya dans un prodigieux vacarme. De chaque gorge s'échappa un cri, un hurlement ou autre interjection, au moment où l'éprouvette, glissant des doigts de la victime, décrivit une courbe parabolique dans les airs. Ann se jeta dans les bras de Jimmy qui la tint bien serrée. Il ferma les yeux. Alors même qu'il attendait l'inéluctable, la pensée furtive lui vint que s'il devait mourir, c'était le genre de mort qu'il préférerait. L'éprouvette s'écrasa sur le bureau et éclata en mille morceaux... Jimmy rouvrit les yeux. Rien ne semblait avoir changé. Il était encore vivant. La pièce dans laquelle il se trouvait était en parfait état. Personne n'était déchiqueté. La scène ne différait de ce qu'elle était deux secondes auparavant que par un seul aspect : Gentleman Jack n'en faisait plus partie. Un profond soupir parcourut l'assemblée. S'ensuivit un long silence puis, provenant de la rue, le bruit d'un moteur qui démarre. À ce bruit, le barbu à lunettes qui faisait partie de l'escorte de Miss Trimble poussa un cri plaintif.

— Nom d'un chien ! Il a mis les voiles avec ma caisse... et je l'avais louée !

Ces paroles parurent détendre l'atmosphère. Un à un, tous recouvraient leur sang-froid. La première à se remettre fut Miss Trimble, cette maîtresse femme. Elle se releva — elle s'était en effet jetée par terre en imaginant qu'elle y serait plus en sécurité — et, ayant donné à sa jupe quelques tapes énergiques de sa main gauche, elle en revint aux choses sérieuses.

— J'l'ai laissé m'bluffer avec une fausse bombe ! dit-elle amèrement en guise de commentaire.

Elle resta songeuse quelques instants.

— Dites donc, que quelqu'un r'ferme c'te porte et virez-moi c'te sale bête. J'peux pas arriver à réfléchir avec ces jappements continuels !

Mrs. Pett, pâle et effrayée, prit Aïda dans ses bras. Au même moment, Ann quitta ceux de Jimmy. Elle évita son regard. Elle éprouvait une singulière timidité. La timidité n'avait jamais fait partie de ses défauts, et pourtant elle aurait donné cher pour se trouver ailleurs à cet instant.

Miss Trimble prit de nouveau la situation en main. Le vrombissement de la voiture s'était évanoui. Gentleman Jack venait de sortir de leur vie. Cette constatation rendait Miss Trimble amère. Sa voix était âpre.

— Ben, le v'là parti ! dit-elle d'un ton aigre. Maint'nant on peut s'mett' au travail. Dites !...

Elle s'adressait à Mrs. Pett qui eut un sursaut nerveux. Avoir traversé l'ombre de la vallée de la mort et se retrouver entière plutôt qu'en mille morceaux l'avait privée de son arrogance habituelle.

— Dites, 'coutez-moi ! On a joué double jeu ici c'soir. C'type qui vient d'partir, c'tait la première partie d'la r'présentation. Maint'nant on peut commencer la deuxième. Vous voyez ces messieurs ?

Avec un large mouvement de son revolver elle désignait Mr. Crocker et son compagnon barbu.

— Z'ont essayé d'kidnapper vot' fils !

Mrs. Pett poussa un cri perçant.

— Mon Oggie !

— Oh, la ferme ! murmura l'adolescent, mal à l'aise.

Il sentait venir des moments désagréables et il voulait concentrer toutes ses facultés sur le rôle qu'il allait y jouer. Il lança un regard en coin à Chicago Ed. Dans quelques instants, Ed allait essayer de minimiser ses propres crimes en prétendant que lui, Ogden, l'avait invité à venir l'enlever. Nier fermement, tel serait son système de défense.

— J'm'en doutais bien, reprit Miss Trimble, que quéqu'chose d'vait s'passer c'soir et j'attendais dehors qu'ça commence. C'type ici... (elle montrait le conspirateur barbu qui battait humblement des paupières derrière ses lunettes) ça fait une heure qu'il attend au coin d'la rue 'vec une auto. J'l'ai pas quitté des yeux. J'ai découvert son manège. Et v'là que l'gamin s'ramène avec cette gueule d'empeigne.

Elle se tourna vers Mr. Crocker.

— Vous, enl'vez vot' masque qu'on vous voie !

Mr. Crocker retira à contrecœur le morceau d'étoffe qui cachait son visage.

— Mince alors ! s'exclama Miss Trimble, profondément dégoûtée. Dites, c'est la peste qu'z'avez ou quoi ? On dirait un personnage d'bande dessinée !

Elle fit face au craintif Mr. Crocker et lui passa un doigt osseux sur le visage.

— Du maquillage ! dit-elle en regardant les taches avec écœurement. Du fard gras ! Nom d'une pipe !

— Skinner ! s'écria Mrs. Pett.

Miss Trimble examina sa victime de plus près.

— V'là c'qu'on trouve quand on creuse un peu.

Elle se retourna vers le barbu.

— Et j'suppose qu'toute cette broussaille est fausse !

Elle tira violemment sur la barbe du pauvre Jerry. La barbe lui resta dans les mains, découvrant un menton carré.

— Si c'est pas une perruque, z'aurez mal au crâne d'main, fit observer Miss Trimble en enfonçant ses doigts dans la luxuriante chevelure. J'vous souhaite bonne chance !... Ah, c'tait une perruque ! Donnez-moi ces lunettes !

D'un air résolu, elle passa en revue le fruit de son travail.

— Vous savez, Clarence, fit-elle remarquer, z'êtes un type avisé. Z'êtes bien plus beau déguisé. Quelqu'un connaît c'petit monsieur ?

— C'est Mitchell, dit Mrs. Pett, le professeur de gymnastique de mon mari.

Miss Trimble fit demi-tour et, se dirigeant vers Jimmy, lui tapota la poitrine d'un air entendu avec son revolver.

— Dites, ça d'vient intéressant ! C'est ici qu'z'allez expliquer, jeune homme, comment qu'ça s'fait qu'vous vous trouviez ici dans c'te pièce quand c't escroc qui s'est enfui était en train d'perdre son temps avec l'coffre-fort. M'est avis qu'z'étiez d'mèche avec ces deux-là.

Le sentiment d'être au bord d'une de ces crises qui jalonnent le fleuve tranquille de nos vies envahit Jimmy. Cacher davantage son identité à Ann lui semblait impossible. Il était sur le point de parler quand celle-ci intervint.

— Tante Nesta, dit-elle, je ne peux pas laisser cette situation se prolonger. Jerry Mitchell est innocent. C'est moi qui lui ai dit d'enlever Ogden.

Il y eut un long silence gêné. Mrs. Pett émit un rire nerveux.

— Je crois que tu ferais mieux d'aller te coucher, ma chère petite. Tu as été gravement choquée. Tu ne sais plus ce que tu dis !

— Mais c'est la vérité ! Je vous dis que je le lui ai demandé, n'est-ce pas, Jerry ?

— Bon !

D'un geste, Miss Trimble imposa le silence à Ann.

— Allez r'trouver vot' p'tit lit, comme vous l'conseille vot' tante. Vous dites qu'z'avez dit à c'type de kidnapper l'gamin. Ben, et ce Skinner alors ? Vous lui avez rien dit à lui ?

— Je... je...

Ann se mit à bafouiller. Elle était parfaitement incapable de justifier le rôle de Skinner, ce qui rendait les explications difficiles.

Jimmy vint à son secours. Il redoutait la façon dont Ann recevrait la nouvelle, mais pour le bien de la jeune fille il fallait qu'il parle. Seul un cœur plus dur que le sien aurait pu résister à la supplication muette sur le visage couvert de fard gras de son père. Mr. Crocker était beau joueur. Il n'aurait pas dit un mot sans un signe de la part de Jimmy, même pour s'épargner une nuit en cellule ; mais il espérait bien que Jimmy parlerait.

— C'est simple, commença Jimmy en essayant de prendre un air dégagé, lequel fut immédiatement réduit à néant par l'œil de Miss Trimble, parfaitement simple ! Je suis vraiment Jimmy Crocker.

Il évitait le regard d'Ann.

— Je ne vois pas pourquoi vous faites tant d'histoires.

— Alors pourquoi qu'z'êtes dans l'complot pour kidnapper l'gosse ?

— Cela, bien sûr... ha, ha... peut sembler nécessiter des explications.

— Vous l'admettez, alors ?

— Oui, en fait j'ai bien eu l'idée d'enlever Ogden. Je voulais l'envoyer dans une clinique pour chiens, si vous voyez ce que je veux dire.

Il tenta d'esquisser un sourire conciliant, mais y renonça en voyant l'œil gauche de Miss Trimble. Il prit son mouchoir et essuya sur son front une goutte de sueur. Il constatait avec étonnement que les explications les plus simples étaient souvent les plus difficiles à fournir.

— Avant d'aller plus loin, je dois vous dire une chose. Skinner, ici présent... Skinner est mon père.

Mrs. Pett en eut le souffle coupé.

— Skinner était le majordome de ma sœur à Londres.

— En un sens, dit Jimmy, c'est exact. C'est une assez longue histoire. La vérité, voyez-vous...

Miss Trimble poussa une exclamation de suprême mépris.

— Jamais rencontré tant d'escrocs aussi bavards d'toute ma vie. Ça m'dépasse c'que vous essayez d'gagner avec ces idioties. Vous savez (elle indiqua Mr. Crocker), c'type est r'cherché pour un délit en Angleterre. On a sa photo au bureau. Si vous voulez mon avis, y s'est barré avec les p'tites cuillers ou un truc dans l'genre. Dites un peu (elle fixa un des génies de son œil dominateur), s'rait temps d'vous rendre utile. App'lez-moi l'*Astorbilt* au téléphone. Y a une dame qui fait une enquête sur c'bonhomme. Elle a dit à l'agence Anderson — et Anderson nous a fait la commission — de l'appeler à n'importe quelle heure du jour ou d'la nuit. Z'allez lui dire d'venir immédiatement ici en taxi pour l'identifier !

Le génie s'arrêta à la porte.

— Qui dois-je demander ?

— Mrs. Crocker, lança Miss Trimble d'un ton sec, Mrs. Bingley Crocker. Dites-lui qu'on a trouvé l'type qu'elle cherche.

Le génie sortit à reculons. De l'embrasure de la porte parvint un hurlement de douleur.

— Je vous prie de m'excuser, dit le génie.

— Vous ne pouvez pas regarder où vous allez, non ?

— Je suis sincèrement désolé.

— Brrh !

Mr. Pett entra à cloche-pied. Il se mit à masser son pied endolori à travers sa pantoufle. Il était clair que le petit homme, d'ordinaire doux et aimable, était de très méchante humeur. Il lança un regard noir à la ronde.

— Que diable se passe-t-il ici ? J'ai gardé mon calme aussi longtemps que j'ai pu, mais on ne peut pas fermer l'œil avec votre vacarme !

Aïda, bien à l'abri dans les bras de Mrs. Pett, se mit à aboyer.

— Yip ! yip ! yip !

Mr. Pett sursauta violemment.

— Tuez-moi ce satané chien ! Jetez-le dehors ! Faites-le taire d'une manière ou d'une autre !

Mrs. Pett dévisagea son mari d'un air ahuri. Jamais elle ne l'avait vu ainsi. C'était comme si un lapin s'était retourné en lui montrant les crocs. Après l'avalanche d'émotions de la nuit, ce fut la goutte d'eau qui fit déborder le vase. Elle se sentit faiblir. De toute sa vie de femme mariée, jamais elle n'avait connu la peur. Elle avait tenu tête au bouillant Mr. Ford ; et quant au doux Mr. Pett, elle l'avait piétiné. Mais là, maintenant, elle avait peur. Ce nouveau Pett l'intimidait.

CHAPITRE XXIV

Plusieurs facteurs avaient contribué à la remarquable métamorphose de Mr. Pett. Tout d'abord, le renvoi inopiné de Jerry Mitchell l'avait contraint à faire une croix, deux jours durant, sur les exercices physiques auxquels son organisme s'était habitué. Ce qui avait entraîné chez lui une extrême irritabilité tant physique que mentale. Il avait réfléchi si longuement à l'injustice de son sort qu'il en était presque arrivé au stade de la rébellion. Et puis, comme cela lui arrivait parfois quand il était contrarié, une attaque de goutte vint corser le tout. Il était d'une nature patiente et, pour peu qu'on lui accordât une bonne nuit de repos, il aurait supporté ces épreuves sans problème. Il venait tout juste de s'endormir, après s'être retourné dans son lit pendant deux heures, quand les bruyants événements de la bibliothèque commencèrent. Il s'éveilla et prit vaguement conscience du tumulte au rez-de-chaussée.

Mais ses malheurs l'avaient plongé dans une telle morosité que même les appels au secours ne parvinrent pas à le tirer de son lit. Dans son état, marcher serait terriblement douloureux ; or, il refusait de souffrir à cause d'un inconnu qu'on assassinait dans sa bibliothèque. Ce n'est que quand les aboiements stridents d'Aïda atteignirent ses centres nerveux et commencèrent à les mettre en pelote qu'il se trouva contraint de descendre. Et, même à ce moment-là, ses motivations avaient peu de chose à voir avec la bonté d'âme. Il ne venait pas secourir quelqu'un ou s'interposer entre l'assassin et sa victime. Il venait, dans un accès de rage meurtrière, trucider Aïda. Mais en marchant sur son pied goutteux au seuil de la bibliothèque, le génie avait détourné le cours de sa colère en lui donnant un tour plus général. Son venin ne se concentrait plus seulement sur Aïda, il en voulait à la terre entière.

— Qu'est-ce qui se passe ici ? demanda-t-il d'un ton impérieux, les yeux rouges. Personne ne va me le dire ? Je vais devoir rester ici toute la nuit ? Et qui diable est cette personne ?

Il jeta un regard menaçant à Miss Trimble.

— Qu'est-ce qu'elle fabrique avec ce pistolet ?

Sans prendre garde, il frappa le sol de son pied. Un hurlement de douleur lui échappa.

— Madame est détective, Peter, dit timidement Mrs. Pett.

— Détective ? Pour quoi faire ? D'où vient-elle ?

Miss Trimble se chargea des explications.

— Mrs. Pett m'a envoyé chercher pour surveiller qu'personne kidnappe son fils.

— Oggie, expliqua Mrs. Pett. Miss Trimble gardait Oggie chéri.

— Pourquoi ?

— Pour éviter qu'il ne soit kidnappé, Peter.

Mr. Pett lança un regard noir au gros garçon. Puis il aperçut la silhouette triste de Jerry Mitchell. Il sursauta.

— C'est ce garçon qui kidnappait le gamin ? demanda-t-il.

— Bien sûr, dit Miss Trimble. J'l'ai pris la main dans l'sac. Il attendait là-d'vant 'vec sa voiture. J'l'ai r'tenu, et aussi l'aut' type, 'vec un pistolet et j'les ai ramenés.

— Jerry, dit Mr. Pett, vous avez échoué mais ce n'est pas votre faute. Je vais être correct avec vous car vous auriez réussi si personne n'était venu y fourrer son nez. Vous recevrez comme prévu l'argent nécessaire pour votre centre de remise en forme. J'y veillerai. Et maintenant, courez vous coucher ! Rien ne vous retient plus ici !

— Dites donc ! s'exclama Miss Trimble, outrée. Voulez dire qu'z'allez pas porter plainte ? Puisque j'vous dis qu'j'l'ai pris la main dans l'sac en train d'kidnapper l'gamin !

— C'est moi qui lui ai dit de l'enlever ! lança Mr. Pett d'un ton hargneux.

— Peter !

Face à sa femme, Mr. Pett avait l'air d'un lion miniature. Il se hérissa. Le souvenir de ce qu'Ogden lui avait fait endurer renforça sa détermination.

— Cela fait deux ans que j'essaie de vous convaincre d'envoyer ce gamin en pension, mais vous refusez d'en entendre parler. Je ne supportais plus de le voir traînasser dans la maison, aussi ai-je dit à Jerry Mitchell de l'emmener chez l'un de ses amis qui dirige une clinique pour chiens à Long Island. Il devait garder Ogden le temps de lui mettre un peu de plomb dans la cervelle. Mais avec vos détectives, vous avez tout chamboulé... du moins pour l'instant, car ça me semble toujours une bonne idée. Alors choisissez : soit vous envoyez le gamin en pension la semaine prochaine, soit il va chez l'ami de Jerry Mitchell. Je ne veux plus le voir dans cette maison, à se prélasser dans mon fauteuil et à fumer mes cigarettes. Que décidez-vous ?

— Mais Peter !

— Eh bien ?

— Si on l'envoie dans une école, il risque de se faire kidnapper.

— Cela ne peut lui faire que du bien. Et si c'est le cas, je paierai la note, et avec plaisir encore. Emmenez-le se coucher maintenant ! Demain vous chercherez l'adresse d'une école. Bonté divine !

Il sautilla jusqu'au bureau et regarda les débris qui le jonchaient avec dégoût.

— Qui a mis tout ce désordre sur mon bureau ? Et dire que c'est la seule pièce de la maison dont je revendique la jouissance, où je peux trouver un peu de paix ! Et voilà qu'on me la transforme en pétaudière ! En plus, on a renversé du café ou un truc dans ce genre sur mon bureau !

— Ce n'est pas du café, Peter, dit Mrs. Pett avec douceur.

Cet homme des cavernes qu'elle avait épousé en croyant que c'était un inoffensif animal de compagnie l'avait vidée de toute son énergie.

— C'est l'explosif de Willie !

— L'explosif de Willie ?

— Lord Wisbeach... je veux dire l'homme qui se faisait passer pour Lord Wisbeach... l'a laissé tomber là.

— Laissé tomber là ? Alors pourquoi n'a-t-il pas explosé et tout anéanti jusqu'à Hoboken ?

Mrs. Pett regarda, impuissante, Willie qui roulait les yeux en se fourrant les doigts dans la tignasse.

— Il y avait fort heureusement une erreur de calcul dans ma formule, Oncle Peter, dit-il. Je vais tirer cela au clair dès demain. Je me demande si le trinitrotoluol...

Mr. Pett laissa échapper un hurlement strident. Il se mit à battre l'air de ses poings fermés. Il semblait frappé d'une congestion cérébrale.

— Est-ce que depuis tout ce temps ce... ce mollusque vit à mes crochets... est-ce que j'ai entretenu ce rapace pendant toutes ces années pour qu'il s'amuse à fabriquer un explosif qui n'explose pas ?

Il pointa un doigt vengeur en direction de l'inventeur.

— Tu vas tirer ça au clair demain, vraiment ! Oui, tu pourras faire tout ce que tu veux demain, mais après dix-huit heures. Jusque-là, tu vas travailler pour la première fois de ta vie... tu travailleras à mon bureau, là où tu aurais dû te trouver dès le début !

Il promena son regard belliqueux sur l'assemblée.

— Maintenant, vous allez peut-être enfin tous retourner vous coucher et laisser les gens dormir en paix ! Rentrez chez vous ! dit-il à la détective.

Miss Trimble ne broncha pas. Elle regarda Mrs. Pett s'éloigner avec Ogden et Willie Partridge prendre la tête d'un cortège de génies, mais elle ne bougea pas d'un pouce.

— Faut pas vous mett' en boule, Mr. Pett, dit-elle calmement. J'ai b'soin d'dormir comme vous, mais faut qu'j'reste ici. Y a une dame qu'arrive en taxi d'l'*Astorbilt* pour identifier c'visqueux. Elle le r'cherche.

— Quoi ? Skinner ?

— C'est c'qui dit s'appeler.

— Qu'est-ce qu'il a fait ?

— J'en sais rien, la dame va nous l'dire.

La sonnette de la porte d'entrée retentit violemment.

— J'suppose qu'c'est elle, dit Miss Trimble. Qui va ouvrir ? Moi j'peux pas y aller.

— J'y vais, dit Ann.

Mr. Pett lança à Mr. Crocker un regard encourageant et affectueux.

— J'ignore ce que vous avez fait, Skinner, dit-il, mais je vous soutiendrai. Vous êtes le meilleur supporter que j'aie jamais rencontré et si je peux vous éviter le pénitencier, je ferai de mon mieux.

— Ce n'est pas le pénitencier que je redoute ! fit Mr. Crocker, l'air dépité.

Une grande et belle femme à l'allure décidée fit son entrée. Elle resta dans l'embrasure de la porte et jeta un regard autour d'elle. Puis elle posa les yeux sur Mr. Crocker. Son visage blême se figea un instant, l'air incrédule. Elle s'approcha de quelques pas et le dévisagea.

— Vous l'identifiez, m'dame ? demanda Miss Trimble.

— Bingley !

— C'est l'type qu'vous r'cherchez ?

— C'est mon mari ! s'écria Mrs. Crocker.

— On peut pas l'arrêter pour ça, fit Miss Trimble avec dégoût.

Elle replaça son revolver dans les profondeurs de son uniforme.

— J'crois bien que j'vais mett' les bouts, dit-elle d'un air renfrogné.

De toute évidence, elle n'était pas de bonne humeur.

— D'tous les boulots tordus qu'j'ai faits, ç'ui-ci est bien l'plus tordu. On m'dit d'surveiller un groupe d'escrocs et, après m'avoir fait perd' une nuit d'sommeil, y s'trouve qu'y s'agit d'une gentille p'tite réunion d'famille !

D'un mouvement du pouce, elle désigna Jimmy.

— Au fait, c'type prétend qu'il est l'fils de c'type-là. J'suppose qu'y a pas d'problème ?

— C'est mon beau-fils, James Crocker.

Ann poussa un faible cri noyé dans le formidable grognement de Miss Trimble. La détective se tourna vers la porte-fenêtre.

— J'crois que j'vais m'barrer, fit-elle observer d'un ton caustique, avant qu'on découvre qu'j'suis vot' p'tite-fille Geneviève.

CHAPITRE XXV

Mrs. Crocker se tourna vers son mari.

— Eh bien, Bingley ? fit-elle, une note dure dans la voix.

— Eh bien quoi, Eugenia ? répliqua Mr. Crocker.

Le regard doux de Mr. Crocker brillait d'une étrange lueur. Cette nuit, il avait été témoin d'un miracle. Il avait vu une femme plus terrible encore que la sienne se faire dominer par un homme encore plus humble que lui, et ce spectacle l'avait grandement impressionné. La chose ne lui était encore jamais venue à l'esprit, mais apparemment, c'était faisable. Un peu de volonté et de détermination, voilà ce qu'il fallait. Il regarda Mr. Pett. Il lui avait suffi de prononcer deux ou trois phrases d'un ton ferme pour écraser la sœur d'Eugenia. Oui, c'était faisable.

— Qu'avez-vous à dire, Bingley ?

Mr. Crocker se redressa.

— Simplement ceci ! dit-il. Je suis citoyen américain et je me suis rendu compte que ma place était en Amérique. Inutile de discuter, Eugenia. Désolé si cela chamboule vos projets, mais je-ne-retournerai-pas-à-Londres !

Il regarda sa femme muette de surprise d'un œil sévère.

— Je vais rester ici pour voir la Coupe des Champions. Et ensuite, je poursuivrai par les Championnats du Monde.

Mrs. Crocker ouvrit la bouche pour parler, la referma, l'ouvrit de nouveau, et s'aperçut enfin qu'elle n'avait rien à dire.

— J'espère que vous allez être raisonnable, Eugenia, que vous resterez de ce côté-ci de l'Atlantique et que nous serons heureux. Je suis désolé d'avoir à prendre cette attitude, mais vous avez trop exigé de moi. Vous êtes une femme et vous ne savez pas ce que c'est que de rester cinq ans sans voir un match de base-ball ; croyez-moi, c'est plus que n'en peut supporter un véritable amateur. J'ai failli être anéanti, et je refuse de risquer cela à nouveau. Si Mr. Pett accepte de me garder comme majordome, je resterai ici, dans cette maison. S'il refuse, je trouverai un autre emploi. Mais, quoi qu'il arrive, je reste de ce côté-ci !

Mr. Pett lança un cri d'approbation.

— Vous aurez toujours votre place chez moi, mon ami ! s'écria-t-il. Si j'ai un maître d'hôtel qui...

— Mais Bingley, comment pouvez-vous être maître d'hôtel ?

— Si vous l'aviez vu ! fit Mr. Pett avec enthousiasme. Il est merveilleux. Il est capable de s'occuper de tout le tralala comme s'il vivait depuis plus de quarante ans sous le toit du duc Machin-Chose et puis d'aller balancer illico une bouteille de soda sur un arbitre. C'est vraiment un type bien !

Le panégyrique fit chou blanc sur Mrs. Crocker. Elle éclata en sanglots. C'était une expérience nouvelle pour son mari, qui la regarda d'un air gêné. Son attitude résolue s'effondra sous cet assaut inattendu.

— Eugenia ?

Mrs. Crocker s'essuya les yeux.

— Je ne peux pas le supporter, dit-elle en sanglotant. Je travaille depuis des années et des années, et maintenant que le succès est tout proche... Bingley, revenez ! Je vous en prie ! Seulement un petit moment encore !

Mr. Crocker la fixa du regard.

— Un petit moment ? Après cette histoire avec Lord Percy Whipple — je sais que tu devais avoir d'excellentes raisons de lui flanquer ton poing sur la figure, Jimmy, mais c'était vraiment la fin des haricots —, bien sûr qu'après cette histoire avec Lord Percy, il n'y a pas la moindre chance de...

— Il y en a une ! Il y en a une ! Cela ne change rien du tout ! Lord Percy est venu chez nous le lendemain avec un œil au beurre noir, le pauvre garçon, et il a dit que James était beau joueur et qu'il aimerait faire plus ample connaissance avec lui ! Il a dit qu'il ne s'était jamais senti autant de sympathie pour quelqu'un et qu'il voulait qu'il lui montre comment il réussissait un coup qu'il a appelé un « direct ». Cette altercation n'a fait que lui rendre James plus sympathique et Lady Corstorphine dit que le duc de Devizes a lu le compte rendu du combat au Premier ministre le soir même. Ils ont tous deux beaucoup ri, à en avoir une attaque d'apoplexie.

Jimmy était très touché. Il ne soupçonnait pas un esprit aussi sportif chez son adversaire.

— Ce Percy est un chic type ! s'exclama-t-il avec enthousiasme. Papa, tu devrais rentrer, ce n'est pas juste.

— Mais Jimmy, essaie de comprendre ! Il n'y a qu'un match d'écart entre les Giants et les Phillies, et les Braves viennent juste après... et on n'est qu'à la moitié de la saison !

Mrs. Crocker le regarda d'un air suppliant.

— Ce ne sera pas long, Bingley. Lady Corstorphine, qui est bien informée, dit que votre nom apparaîtra à coup sûr sur la prochaine liste des distinctions honorifiques. Quand ce sera chose faite, vous pourrez venir ici aussi souvent que vous le voudrez. Nous pourrions passer l'été en Amérique et l'hiver en Angleterre, ou comme il vous plaira.

Mr. Crocker capitula.

— D'accord, Eugenia, je rentre.

— Bingley ! Nous devons prendre le prochain bateau, chéri. Les gens commencent à se demander où vous êtes. J'ai dit que vous vous reposiez à la campagne. Mais ils vont finir par se douter de quelque chose si vous ne rentrez pas bien vite.

Mr. Crocker avait l'air hagard. Il n'avait jamais ressenti autant d'attachement pour sa femme que maintenant, alors qu'elle versait ces larmes inattendues et qu'elle quémandait des faveurs d'une voix entrecoupée qu'il ne connaissait pas. D'un autre côté... il revoyait les Polo Grounds par un chaud après-midi... il repoussa vite cette vision.

— Très bien, dit-il.

Mr. Pett offrit un mot de consolation.

— Peut-être que vous pourrez faire un saut pour la Coupe du Monde.

Le visage de Mr. Crocker s'éclaira.

— C'est vrai !

— Et je te télégraphierai les scores chaque jour, Papa, dit Jimmy.

Mr. Crocker le regarda et sa joie se tinta de désapprobation.

— Tu vas rester ici, James ? Il n'y a aucune raison pour que tu ne rentres pas, toi aussi. Si tu te décides à changer tes habitudes...

— J'ai décidé de les changer, mais je vais faire tout cela à New York. Mr. Pett va me trouver une place à son bureau ; je vais commencer au plus bas de l'échelle et descendre de plus en plus bas en travaillant.

Mr. Pett se mit à japper de plaisir. L'émotion qu'il ressentait s'apparentait à celle d'un père missionnaire quand il voit se remplir le banc des pénitents. S'être attaché Willie Partridge afin de le conduire pas à pas dans le cercle de la haute finance à coups de subsides n'avait pas été une mince affaire. Mais que Jimmy, libre de son choix, ait décidé de travailler au bureau le remplit d'une telle joie qu'il faillit danser sur son pied malade et s'arrêta juste à temps.

— Ne t'inquiète pas pour moi, Papa. Je vais faire des merveilles. Ce n'est pas bien compliqué de faire fortune. J'ai observé Oncle Peter ce matin, et tout ce qu'il faisait, c'était de rester assis à son bureau d'acajou et de donner l'ordre au commis de dire aux gens qui l'appellent qu'il était absent pour la journée. Je pense que je devrais m'élever jusqu'aux sommets dans cette branche de l'industrie. D'après le peu que j'en ai vu, il semble que cela ait été fait pour moi !

CHAPITRE XXVI

Jimmy regarda Ann. Ils étaient seuls. Mr. Pett était retourné se coucher et Mrs. Crocker était rentrée à son hôtel. Mr. Crocker, quant à lui, enlevait son maquillage dans sa chambre. Un moment de silence suivit leur départ.

— C'est la fin d'une journée parfaite ! dit Jimmy.

Ann fit un pas vers la porte.

— Ne partez pas !

Ann s'arrêta.

— Mr. Crocker ! dit-elle.

— Jimmy, corrigea-t-il.

— Mr. Crocker ! répéta fermement Ann.

— Ou Algernon, si vous préférez.

— Puis-je savoir...

Ann le regarda longuement.

— Puis-je savoir...

— Quand on commence de cette façon, dit Jimmy, c'est presque toujours parce qu'on veut dire quelque chose de désagréable.

— Puis-je savoir pourquoi vous vous êtes donné tout ce mal pour me ridiculiser ? Pourquoi ne pas m'avoir dit dès le début qui vous étiez ?

— Auriez-vous donc oublié toutes ces horreurs que vous avez proférées au sujet de Jimmy Crocker ? Je me suis dit que si vous appreniez qui j'étais, vous ne voudriez plus entendre parler de moi.

— Vous aviez raison.

— Allons, vous n'allez tout de même pas laisser un incident qui remonte à plus de cinq ans prendre une telle importance !

— Je ne vous pardonnerai jamais !

— Et pourtant, il y a quelques minutes, au moment où la bombe de Willie allait exploser, vous vous êtes jetée dans mes bras.

Ann s'empourpra.

— J'ai perdu l'équilibre.

— Pourquoi essayer de le recouvrer ?

Ann se mordit la lèvre.

— Vous avez été méchant et cruel. Quelle importance s'il y a longtemps ou pas ? Si vous étiez capable d'une telle chose à ce moment-là...

— Soyez raisonnable ! Ne croyez-vous pas que l'on puisse s'amender ? Prenez votre exemple : il y a cinq ans, vous étiez un poète mineur ; aujourd'hui, vous voilà kidnappeur amateur, une jeune fille intelligente et adorable dont l'arrivée contraint les parents à enfermer leurs enfants à clé et à s'asseoir sur la clé ! Quant à moi, il y a cinq ans, j'étais une brute épaisse. Aujourd'hui, je suis un homme d'affaires sobre et sérieux à qui son oncle a fait appel pour redresser son affaire qui bat de l'aile. Pourquoi ne pas enterrer le passé ? De plus — sans vouloir me jeter des fleurs, mais je veux simplement attirer votre attention là-dessus — pensez à ce que j'ai fait de vous ! Vous avez vous-même admis que mon influence avait révolutionné votre caractère. Sans moi, vous en seriez à faire une chose pire que d'écrire de la poésie : vous écririez des vers libres. Je vous ai évité cela et vous me repoussez !

— Je vous déteste ! dit Ann.

Jimmy s'approcha du bureau et prit un petit livre.

— Posez ça !

— Je voulais simplement vous lire *Amour défunt* ! C'est pour illustrer mon propos. Regardez-vous telle que vous êtes maintenant et dites-vous que c'est à moi que vous devez l'amélioration. Nous y voici ! *Amour défunt. « Mon cœur est mort... »*

Ann lui arracha le livre des mains et le lança à travers la pièce. Il fit un vol plané au-dessus de la rampe et s'abattit sur le sol de la galerie dans un bruit sourd. Les yeux brillants, elle fit face à Jimmy. Puis elle s'éloigna.

— Veuillez me pardonner, dit-elle sèchement, je n'ai pas beaucoup de patience.

— C'est à cause de vos cheveux, dit Jimmy d'un ton apaisant. Impossible de ne pas avoir l'humeur vive avec des cheveux de cette merveilleuse nuance de roux. Il faut que vous épousiez un type très gentil qui sait ce qu'il veut, mesurant un mètre quatre-vingts environ, avec des yeux bleus, des cheveux bruns, rasé de près et qui a un bel avenir dans les affaires. Il vous fera marcher droit.

— Mr. Crocker !

— Doucement, bien sûr. Gentiment, amoureusement — l'histoire du truc de velours plutôt que le bidule de fer — mais néanmoins fermement.

Ann se tenait près de la porte.

— Pour une fille au tempérament ardent comme le vôtre, il faut absolument quelqu'un avec qui se disputer. Nous avons beaucoup d'affinités, vous et moi. Notre mariage sera un mariage heureux. Vous seriez malheureuse en compagnie d'un paillasson humain avec écrit « Bienvenue » sur son front. Il vous faut un type d'une autre trempe. Il vous faut, pour ainsi dire, un partenaire, quelqu'un avec qui vous puissiez vous chamailler tranquillement tout en sachant qu'il ne va pas courber l'échine et se laisser taper dessus ; quelqu'un toujours prêt, au contraire, à vous retourner la baffe. J'ai peut-être mes défauts...

Il marqua une pause comme s'il attendait quelque chose. Ann resta silencieuse.

— Non, non, reprit-il. Mais c'est exactement le genre d'homme que je suis. Les échanges vifs sont le fondement même du mariage heureux. Vous rappelez-vous ce vers de Tennyson : « *Nous nous fâchions, ma femme et moi* » ? À mes yeux, il évoque l'image de la félicité domestique. Je nous imagine, vieillissants, vous d'un côté du poêle, moi de l'autre, réchauffant nos vieux os et nous envoyant à la figure des vacheries bien senties... en nous appelant « chéri » tout de même ! Si je devais sortir de votre vie maintenant, vous seriez malheureuse comme une pierre. Vous n'auriez plus personne avec qui vous quereller. Vous seriez comme la femelle du jaguar dans la jungle tropicale qui, vous le savez sans doute, exprime son affection pour son compagnon en le mordillant dans la partie charnue de son anatomie. Si un jour elle mordait de travers et qu'elle rencontrait le vide...

Pendant ce discours, Ann avait eu envie de dire une foule de choses, mais il n'y en eut qu'une qu'elle parvint à formuler clairement. Et, à sa grande humiliation, c'était, de toute la collection, la seule de peu de portée.

— Seriez-vous en train de me demander en mariage ?

— Parfaitement.

— Je refuse !

— Vous croyez cela maintenant parce que je ne vous apparais pas sous mon meilleur jour. Je suis nerveux, mal à l'aise, trop timide pour parler, mais tout cela disparaîtra à la longue, et vous serez agréablement surprise quand émergera ma véritable personnalité. Sous la surface — je le dis en toute modestie — je suis un crack !

La porte se referma avec bruit derrière Ann. Jimmy se retrouva seul. Songeur, il alla s'asseoir dans le fauteuil de Mr. Pett. Un sentiment de profonde solitude l'envahit soudain. Il alluma une cigarette et se mit à fumer pensivement. Comme il avait été bête de parler de cette façon ! Quelle fille de caractère pourrait supporter cela ? S'il y avait un moment où il aurait dû se montrer apaisant, sérieux et modeste, c'était bien celui-là. Et lui, il avait fait le fanfaron !

Dix minutes s'écoulèrent. Jimmy bondit de sa chaise. Il lui semblait avoir entendu un bruit de pas. Il ouvrit la porte à toute volée. Le couloir était vide. Il retourna s'asseoir, pitoyable. Bien sûr qu'elle n'était pas revenue ! Pourquoi le ferait-elle ?

Une voix s'éleva.

— Jimmy !

Jimmy bondit de nouveau et se retourna, l'air hagard. Puis il leva les yeux. Ann était penchée au-dessus de la balustrade de la galerie. Elle souriait.

— Jimmy, j'ai repensé à tout ce que vous m'avez dit. Je veux seulement vous demander une chose. Est-ce que vous admettez qu'il y a cinq ans vous avez agi de façon abominable ?

— Oui ! hurla Jimmy.

— Et que depuis vous vous êtes conduit de façon tout aussi abominable ?

— Oui !

— Et que vous n'êtes qu'un odieux personnage ?

— Oui !

— Alors, c'est d'accord. Vous le méritez !

— Je mérite quoi ?

— Vous méritez d'épouser une fille comme moi. Cela me tracassait, mais maintenant je vois que c'est la seule punition assez sévère pour vous !

Elle leva le bras.

— Le passé est mort, Jimmy. Allez l'enterrer ! Bonne nuit !

Un petit livre s'écrasa aux pieds de Jimmy. Il le contempla d'un regard vide pendant un instant. Puis il se rua vers l'escalier de la galerie dans un hurlement sauvage qui se propagea jusqu'à la chambre de Mr. Pett et réveilla ce pauvre homme juste au moment où il allait sombrer dans le sommeil pour la troisième fois de la nuit.

Un rire musical se fit entendre à l'autre bout de la galerie et une porte se referma. Ann était partie.

IMPRIMÉ EN FRANCE PAR BRODARD ET TAUPIN
6964U-5 - Usine de La Flèche, le 25-09-1998
Dépôt légal : octobre 1998
N° d'édition : 2932
Imprimé en France